SHY NOVELS

白の純真
Prince of Silva

岩本 薫

イラスト 蓮川 愛

Contents

白の純真【イノセント】

Prince of Silva

「ジョゼ……ジョゼ」

　誰かが自分を呼んでいる。夢とうつつを行ったり来たりしていた意識が、呼び声に引っ張られて徐々に覚醒に傾き始める。

　それでもまだ現実の世界に戻りたくない気持ちのほうが強く、頑《かたく》なに目を瞑《つぶ》り続《つづ》けた。

　まだ戻りたくない。このまま眠りの深淵に引き返して、もう一度〝あの場所〟に行きたい。

　……明るくて美しい場所。

〝そこ〟は不思議な場所だ。

　自分の背丈ほどに生い茂る草木や、頭上から垂れ下がる蔦《つた》を掻き分け、闇のように濃い緑の中を進んでいくと、出し抜けに視界が開けて、〝そこ〟は現れる。

　頭上を覆う樹木の隙間から差し込む月光に照らされ、〝そこ〟はぼうっと明るい。

　その明るい場所では、青白い光のシャワーを浴びた無数の蝶《ちょう》が、ひらひらと舞っている。

　舞い踊る蝶の下に、睡蓮の葉が浮く池が見えた。蓮池の周囲にはびっしりと水草のような植物が生えている。

　時折、群舞を踊っている蝶が池にダイブして、水面にほんの一瞬浸かるやいなや、すぐさま飛び立つ。その都度、水滴とメタリックブルーの翅《はね》が、月の光に反射してキラキラと光った。

　きれいだ。

　他に言い表しようのない神秘的な美しさに陶然となる。

　この世界に、こんなにも美しい場所があるなんて……。

ここから離れたくない。

このままずっと、ずっと、永遠にここにいたい。蝶の舞いをいつまでも眺めていたい……。

そう思っていたのに、体を揺すられた。

「ジョゼ。もう起きないと」

耳許に口を寄せて肩を揺すっているのは、同室のマルコだ。縮れた灰色の髪。顔には無数のそばかす。前歯が二本出ていて、小柄でちょこまかしているせいか、院内ではネズミと呼ばれている。

「ジョゼ、起きて」

ふたたび体を揺すられて、完全に目が覚めてしまった。美しくも神秘的な場所は、もはや手の届かない彼方へと去り、入れ替わりに現実が襲いかかってくる。

こうなったら二度と〝あの場所〟に戻ることはできないと、これまでの経験からわかっていた。

肩を摑んでいるマルコの手を振り払い、むくりと起き上がる。

自分を窺《うかが》うマルコの表情は、機嫌を損ねてしまったのではないかと不安そうだ。

「朝食の時間までに着替えて顔を洗わないと……」

「……わかってる」

マルコが悪いわけではないのだが、起こしてくれてありがとうと礼を言う気分にはなれなかった。

ひさしぶりに〝あの場所〟に行けたのに……余計なことを。

ちっと舌打ちをしたら、マルコがびくっと震えた。おどおどするネズミを押しのけ、ベッドから床に裸足で下り立ち、洗面所に向かう。陶器のボウルでざぶざぶと顔を洗い、マルコが手渡すタオルで拭《ふ》いた。

正面の鏡に映った顔は、不機嫌そのもの。

深海のように冷たく沈んだ青い目。青みを帯びた白い肌。ウェーブがかかった銀の髪。

大人は口々に、「アンティークドールのようだ」「なんて美しいんだ」「こんなにきれいな子供は見たことがない」などと誉めそやすが、自分ではそう思わない。

きれいというのは、〝あの場所〟のようなことを言うのだ。

昔から繰り返し見る不思議な夢。

なぜ〝あの場所〟を夢に見るんだろう。

昔の記憶？　いや……違う。

〝あの場所〟は……おそらくジャングルだ。

自分はこの街から出たことがないし、もちろんジャングルにも行ったことはないけれど、見上げるような樹木が密生しているあの雰囲気は、図書館の写真集で見た密林に似ている。

一度も行ったことがないのに、何度も夢に見る。

なぜだろう。まるで、自分にとって大切な場所であるかのように……。

「ジョゼ？　急がないと……」

心配そうなマルコの声が催促する。こいつは媚《こ》びへつらっているように見せかけているが、その実、自分を監視しているのだ。

「わかってるって言ってるだろ！」

声を荒らげ、やつあたり気味にタオルをマルコに投げつけて、寝間着を脱ぎ始めた。

九歳でこの養護施設に来てから一年が過ぎた。

父親の顔は覚えていない。母親の話だと、北ヨーロッパ出身の若いバックパッカーだったらしい。世界一周の途中で立ち寄ったこの国が気に入ったらしく、ダウンタウンに住み着き、母と知り合った。自分が生まれたあとしばらくは親子三人で暮らしていたが、もともと気まぐれな質《たち》だったのか、ある日ふらりと出て行き、そのまま帰って来なかった。自分の国に帰ったのかもしれないし、旅を再開して別の国へ旅立ったのかもしれない。

母親はスラム出身でもともと身寄りがなかった。これといって手に職もなかった母親は、父親が消えたのちは、体を売って食《く》い扶持《ぶち》を稼いだ。大方の売春婦の例に漏れずジャンキーであったので、薬が切れると凶暴になってよく自分を叩いた。いきり立っては大声をあげ、物を投げつけて、「おまえのせいだ！」と叫んだ。

自分がこんな惨《みじ》めな生活を強いられているのは、おまえがいるからだ。

父親によく似た息子を、自分を捨てた男と混同しているようだった。混乱がひどい時は首を絞め、殺そうとした。そうならなかったのは、鶏《とり》ガラのように痩せていた母親に、自分を絞め殺すだけの力が足りなかったからに過ぎない。

客を取る間、母親は自分を狭いアパートの物置に押し込み、鍵をかけていた。まだものの道理がわからなかった幼い頃は、「仕事」の邪魔をしないように、手足を縛られていたこともある。そのまま忘れて出かけてしまった母親が三日帰って来なくて、餓死寸前までいったこともあった。暗くて、ひもじくて、縛られた手足が痛くて、とても怖かった。それなのに、帰って来た母親は、お漏らしをしたと言って自分を責め、殴った。

父親似の白い肌にはいつも、赤、青、紫、茶、黄など、いろいろな色の痣《あざ》があった。癒える間もなく母親に殴る蹴るの折檻《せっかん》をされるので、次々と新しい痣ができて、まだら模様になるのだ。

そんな母親だったから、ある朝ベッドで冷たくなっているのを見つけた時はほっとした。もう折檻されなくて済む。よかった。助かった。冷たい亡骸《なきがら》を見て、まずはそう思った。

だが、そう思った自分は甘かった。心臓発作で母親が死んだ翌日には、問答無用で大家にアパートを追い出されたからだ。売春婦であろうがジャンキーですぐ暴力をふるおうが、あたたかい寝床と食事を与えてくれる保護者がいるのは幸運な環境だったのだと、それを失ってから知った。

保護者を亡くした自分に、ダウンタウンに居場所はなく、仕方なくスラムに居を移すほかなかった。

そこからは、まさに生死をかけた、飢えとの闘いの日々が始まった。

スラムには、自分と同じような境遇の子供がたくさんいた。彼らと身を寄せ合って暖を取り、ネズミが走り回る廃屋の床に、段ボールを敷いて寝た。常に空腹で、垢《あか》と汚れで肌は黒ずみ、頭はシラミで痒《かゆ》かった。

ストリートチルドレン。

街行く人々は、自分たちを見ると眉をひそめ、鼻をつまみ、しっしと片手で追い払った。

臭い。触るな。服が汚れる。あっちへ行け！

どんなに嫌われても、疎《うと》まれても、生きていくためには物乞いをするしかなかった。

仲間内でも俊敏な者は、商店の店先から商品を掠《かす》め取《と》ることができる。ある程度年嵩《としかさ》の者は、ギャングの使い走りなどをして小金を得ることもできた。

けれど自分はどちらでもなかった。

体が小さく、がりがりに痩せていて、走るとすぐに息が上がる――そんな自分にできるのは物乞いだけだ。生き延びるための、唯一無二の手段。

朝はたいがい空腹で目が覚めた。ぞろぞろと四、五人で廃屋から出て、ゴミを漁る。食べ残しや腐った残飯、奪い合うようにしてなんでも食べた。食べられる時に食べておかないと、次はいつありつけるかわからない。この一年で一緒に寝起きしていた仲間のうち数名が、満足に食べられずに弱って死んだ。医者にかかるなど夢のまた夢なので、病気や大きな怪我《けが》をしたら、まず助からない。

食べることと眠ることに費やす時間以外は、商店街の路上にたむろって、ひたすらカモを待った。観光客が通りかかるのを見計らっては、わらわらと駆け寄って取り囲み、汚れた手を突き出して金をせびる。

「ちょうだい！　お金、ちょうだい！」

「金くれよ！　ワンコインでいいから！」

女たちは自分たちを不憫《ふびん》に思ってか、コインを施してくれることが多い。汚い手で服に触られるのを忌み、小金を渡してそそくさと場を逃れようとする者もいた。だが、そうじゃない大人もいる。金持ちのくせにコインの一枚も恵もうとしない、一見紳士に見せかけたケチどもだ。そいつらは大方が太っていて、太鼓のような腹をしている。

「こら！　どっかへ行け！　退《ど》け！」

追い払われても、しつこく取り囲んでいると、近くの商店から店主が出てきた。

「またおまえらか！　この餓鬼《がき》どもめ！　商売の邪魔だ！」

どやしつけられ、モップを振り回されて、蜘蛛《くも》の子を散らすようにわっと逃げる。

時には業を煮やした店主が、警察に連絡することもあった。

やつらに捕まったら最悪だ。警棒で滅多打ちにされる。やつらは、自分たちを忌み嫌う店主から、金をもらっているのだ。小遣い銭と引き替えに、目障《めざわ》りな餓鬼を痛めつけ、見せしめのために半殺しにする。

ストリートチルドレンにとって、警察官は天敵だった。

あの日もいつもと同じように、自分は仲間とカモを待ち伏せしていた。

すると大きな黒い車が店の前に停《と》まった。車体がぴかぴかに磨かれていて、周囲の景色が映り込んでいる。初めて見る立派な車の中から中年の女が降りてきた。つばの広い帽子を被り、生地をたっぷり使ったよそ行きの服を着ている。カモだ。仲間同士で合図をし合った。

女が店に入って買い物をしている間にじわじわと距離を詰め、店から出てきた瞬間に駆け寄って取り囲む。あっちこっちから手を出し、女の服を掴んだ。

「やめて！　離しなさい！　離しなさいったら！」

金切り声をあげた女が、服を掴む手を振り払おうとした。それでも粘り強く離さずにいたら、バタバタと近づいてくる足音が聞こえた。

「逃げろ！」

危険を知らせる仲間の声。制服の警察官が二人、駆け寄ってくるのが見えた。近所を巡回していて、女の悲鳴で駆けつけたようだ。

「悪餓鬼どもが！　とっちめてやる！」

警棒を振り回して警察官がわめき散らす。その顔には底意地の悪い笑みが浮かんでいた。ちょうどいい、憂さ晴らしの対象を見つけたとでもいうように。

「このゴミが！」

「うわーっ」

三々五々、ちりぢりに逃げる。

自分も必死で逃げたが、運悪く、一人の警察官の標的になった。おそらく一番小さくて足が遅いからだ。あっという間に距離を詰められ、横に並ばれた。足を引っかけられて前のめりに転ぶ。勢い余って地面を二回転した。俯せで止まった瞬間、追いついた警察官に警棒で背中を押さえつけられた。手足を懸命にばたつかせたが、ピンで留められた昆虫みたいに動けない。ぺちゃんこになった背に警察官が乗り上げてきて、自分の体重の何倍もの重みに「ぎゃーっ」と悲鳴が出た。

背骨がミシミシと軋《きし》み、石畳に押しつけられた肋《あばら》もミシッと嫌な音を立てた。両目から涙が溢れ、鼻の奥からつーっとなにかが流れ落ちる。血が地面にぽたぽたと落ちた。

「いたっ……いたいーっ」

涙声で訴えても、警察官は力を緩めない。それどころか、さらに膝をぐっとめり込ませてきた。

「ひっ……」

潰される――！

圧迫された胃から胃液が逆流し、口からごふっと溢れる。顔に黒いベールを被せられたみたいに、目の前がふっと暗くなった。

ああ……死ぬのか。

これまでも何度か死神に腕を掴まれた。そのたび、氷のように冷たい手をかろうじて振り払ってきたけれど、今度こそ本当に……。

誰にも愛されず、惨めで、虫けらみたいな人生が――終わる。涙と鼻血と自分の吐き出した胃液に塗《まみ》れて。

それほど悲しくはなかった。心の中は静かで、もはや痛みも感じない。

無理をして生きていたって、いいことなんて一つもなかった。痛かったり、寒かったり、ひもじかったり、そんな毎日の繰り返しだ。明日への希望もない。生き延びたところで、よくて薬の売人が関の山だ。

だったら……もう……楽になりたい……。

生への執着をみずから手放す。遠くなっていく意識のどこかで誰かが叫んだ。

「やめて！」

その声で、ふっと現実に引き戻される。

「お嬢様！　いけません！」

男の制止の声に、のろのろと首を捻《ひね》って後ろを向いた。涙でぼやけた視界に、長いスカートを翻《ひるがえ》して駆け寄ってくる若い女性が映り込む。

「その子から離れて！」

凛《りん》とよく通る声で、女性が警察官に命じた。

背中に押しつけられた警棒が、びくっと震えたのがわかる。食い込んでいる膝からもじわじわと力が抜け、それに伴って体が楽になった。

「退きなさい！」

すぐ側まで来た女性が、有無を言わせぬ厳しい声音を発する。命令に応じた警察官がゆっくりと起き上がった。

圧迫から解放されたとたん、急激に肺に酸素が入ってきて、ごほっ、ごほっと咽《む》せる。女性が石畳に膝をついて、抱き起こしてくれた。

「お嬢様！　そのような者に触れてはお手が汚れます！」

追いかけてきた男が止めようとしたが、若い女性は構わず、自分を膝に乗せる。

体を仰向けにされて、女性と目が合った。

碧《みどり》の瞳だ。

なぜだろう。いつも見る夢の〝あの場所〟を思い出した。

深い碧が、生い茂る樹木の緑を連想させたからだろうか。

自分を見つめる美しい碧の瞳がふっと陰り、心配そうに尋ねてくる。

「名前は？」

「……ジョゼ」

「ジョゼ、もう大丈夫よ。安心して……」

やさしく宥められて、体から力が抜けた。

「もう大丈夫よ……ジョゼ」

子守歌のような声を耳に、目蓋《まぶた》が徐々に下がり、すーっと気が遠くなっていく。完全に視界が黒く塗り潰されるのと同時に、最後の意識を手放した。


次に意識を取り戻した時、真っ白な空間にいた。天井も壁もカーテンも、自分が横たわっている寝具も白い。

これほどまでに汚れ一つない、なにもかもが白い部屋は、生まれて初めてだ。なんとなく居心地悪さを感じて起き上がろうとしたら、「まだ起きては駄目！」と制された。

声のするほうに視線を向けて、碧の瞳とぶつかる。

「肋骨にひびが入っているのよ」

ベッドの傍らに立つ女性が、神妙な顔つきで教えてくれた。そう言われると、急に胸がズキズキと痛くなる。

「こんな子供になんてひどいことを……」

眉をひそめて女性がつぶやいた。碧の瞳には怒りの感情が浮かんでいる。

「あのあと、あなたに乱暴した警察官から事情を聞き出したの。店主と取引をして、金銭と引き替えに子供たちを虐待していたことを白状させた。彼らの行いは警察官としてあるまじき違法行為だわ。警察署の上層部に通報したから、彼らには然るべき処分があるはずよ」

自分が眠っていた間に起こった出来事を語り聞かせてから、女性が安心させるように微笑みかけてきた。

「私はイネス・シウヴァ」

（……イネス）

女性が口にした名前を胸の中で繰り返し、亜麻色の髪に縁取られた白い貌《かお》を見上げる。改めてよく見れば、非常に若い女性だ。おそらくまだ成人していないだろう。

優美な山なりの眉。すっきりと通った細い鼻梁《びりょう》。形のいい桜色の唇。

イネスは若くて美しいだけでなく、とても賢そうだった。スラムの人間の目は闇を宿して澱《よど》んでいることが多いが、イネスの碧の瞳は強い意志を映し出してキラキラと輝いている。

すらりとした立ち姿は気品に満ちており、身につけている服はいかにも上質そうで、嗅《か》いだことがないようないい匂いがした。

イネス・シウヴァが何者なのかはわからなかったが、いままで会った誰とも違う――特別な人種であることだけはわかった。

「ここはシウヴァが運営する病院よ。あなたが私の腕の中で意識を失ってしまったから、車でここに運び込んだの。お医者様に処置をしてもらって、さっきこの病室に移動してきたところ」

イネスが透き通った声で説明してくれる。

「乳母がダウンタウンの商店に用があって、彼女が買い物をしている間、私は車の中で待っていたの。ダウンタウンはあまり立ち寄らないからめずらしくて、窓から外の様子を眺めていたら、子供たちが集まってきて乳母を取り囲んだわ。彼女が悲鳴をあげたから、警察官が二人駆けつけてきて、子供たちは逃げ出した。そこまではわかるけれど、逃げた子供の一人を警察官が捕まえて、ひどい暴力をふるい始めた。これは理解できないし、見過ごすことのできない事態よ。だから私は運転手が止めるのも構わず、車から飛び出した。間に合ってよかったわ。一歩間違えば、あなたの怪我はひびでは済まなかった」

「…………」

イネスが自分とは生きる世界が違う、金持ちの娘であることはわかる。それも、ただの金持ちではなく、きっと自分が想像もつかないような大金持ちだ。乳母も運転手も「お嬢様」と呼んでいたし、見たこともない立派な車に乗っていたのだから。

そんな金持ちの娘が、わざわざ車から飛び出して自分を助けてくれた。高価な服が汚れるのも厭《いと》わずに、垢だらけの自分を抱き起こしてくれた。……信じられない。

自分の身に起きた奇跡がにわかには信じられず、イネスの美しい貌をまじまじと見上げる。

「あなたたちストリートチルドレンは、スラムに住んでいて、毎日ダウンタウンに物乞いに来るのだと、店主に聞いたわ」

イネスが物憂げな表情を作った。

「子供たちだけで廃屋に住み、ダストボックスを漁って、食べ残しで飢えを凌《しの》ぐのだと……」

想像するのも辛《つら》いといった沈鬱な色を顔に浮かべてから、「ご両親は？」と尋ねてくる。

その問いかけに、首を横に振った。

「兄弟も？」

もう一度首を横に振る。

「そう……ひとりぼっちなのね。怪我が治るまでは、この部屋でゆっくりするといいわ」

イネスが言葉を区切るのを待って口を開き、掠れた声を絞り出す。

「あの……」

「なあに？　ジョゼ」

名前を呼ばれて、びっくりした。なんで知っているんだろうと考え、そういえば意識を失う前に名前を訊かれたのを思い出した。それをイネスは覚えていたのだ。

母親が死んでから、大人に名前で呼ばれたことは一度もなかった。「この餓鬼ども」「そこのチビ」「小僧」がせいぜいだ。

名前を呼ばれると、ちゃんとした一人の人間として扱われているような気分になる。

「……この部屋のお金が払えません」

そんな人に事実を伝えるのは辛かったが、言わないわけにはいかなかった。

「まあ……ジョゼ」

イネスが両目を大きく見開き、ほどなくしてじわりと細めた。

「いいのよ。お金のことは心配しないで。言ったでしょう？　ここはシウヴァが運営しているの。あなたはなにも気にする必要はないのよ」

さっきからイネスが繰り返す「シウヴァ」とはなんなのだろう。

部屋の代金を心配しなくていいって、本当なんだろうか。

「それよりも、怪我が治ったあとのことだけど……」

思案げな面持ちで切り出されて、びくっと肩が震える。やはりこの世に甘い話などないのだ。

怪我が治り次第、警察に突き出されるのだろうか。

びくびくしていると、イネスが切り出した。

「実はね、シウヴァが運営している養護施設があるの。そこには、あなたと同じような境遇の、身寄りのない子供がたくさんいるのよ。その施設に入れば食事には困らないし、きちんとした教育も受けられるわ」

また「シウヴァ」だ。いよいよシウヴァの正体が気になったが、それよりも、話の内容に興味をそそられた。

教育？　まさか学校に通えるということ？

そんな夢のような場所があるのか。

「もしあなたさえよかったら、その施設に入所できるように手続きをするわ。私も月に一度は慰問しているから様子を見られるし……どうかしら？」

顔を覗き込まれて躊躇《ためら》った。

食べるに困らず、教育まで受けられる。しかも月に一回イネスに会える？

思いがけず、差し伸べられた救いの手。でもすぐに、その手を取るのは怖かった。だって、そんな都合のいい話があるはずがない。

これまで何度も裏切られてきた。自分だって、必要に迫られれば仲間を裏切る。そうしなければ、スラムでは生き残れないからだ。

用心深く、自分を見つめるイネスの顔を窺う。

碧の瞳はすっきり澄みわたっており、嘘をついているようには見えない。それに自分を騙《だま》したところで、イネスに得はない。自分を売り飛ばしても、引き替えに得られる金銭はわずか。そんなはした金は、イネスにとってなんの意味もないだろう。

なにより、実際にイネスは自分を助けてくれた。イネスが庇ってくれなければ、自分はあの場で死んでいた。抱き起こしてくれた腕のぬくもりをまだ覚えている……。

信じてみよう。この美しい人を。

「……お願い……します」

イネスがほっと息を吐く。「よかった」と言って微笑んだ。

「これで安心だわ」

自分に向けられた眼差しは春の日差しのようにあたたかく、〝あの場所〟の夢を見た時と同じ幸福感に包まれた。

イネスが何度も口にしていた「シウヴァ」がなんであるのかは、退院後にシウヴァが運営する養護施設に入所してから知った。

シウヴァは、この国でも一、二を争う名家であり、その当主グスタヴォ・シウヴァは、大統領にも匹敵する権力と莫大な資産を併せ持つ権力者。

イネスはグスタヴォの長女で、年若いながらも慈善活動に熱心だった。自分に救いの手を差し伸べてくれたのも、チャリティー活動の一環であったようだ。清らかで慈悲深い心の持ち主である彼女は、たまたま暴行現場に行き合わせただけの、縁もゆかりもない孤児を捨て置けなかったのだろう。

シウヴァが運営する養護施設には、自分と同じような身寄りのない孤児たちが百名近く暮らしていた。

孤児たちには、清潔な衣服、やわらかいベッド、三度の食事、おやつが無条件で与えられる。

その上、シウヴァが雇った優秀な教師が勉強を教えてくれる。望めば、図書室で本を読むことも、中庭で運動をすることもできた。

生きるだけで精一杯だったスラムに比べれば、ここは天国だ。

食堂での夕食を終えて、マルコと一緒に自室に向かっていると、長い廊下の向こうから黒いキャソックを身につけた男が歩いてきた。

「院長様、こんばんは」

男の前で足を止め、マルコが挨拶をする。

神父の衣装に身を包んだ初老の男は、この施設の院長だ。もともとは神父であり、現在はシウヴァの命を受けて、百名の孤児たちの父親代わりを務める。

皺深《しわぶか》い貌に柔和な笑みを浮かべた院長が、「こんばんは、マルコ」と挨拶を返した。

「きみは確か今日、礼拝堂の清掃当番ではなかったかな？」

一瞬、マルコは訝《いぶか》しげな表情をしたが、ややしてなにかに思い当たったかのように「はい、そうです」とうなずく。

「忘れていました。これから礼拝堂に向かいます」

「ならばよろしい。お行きなさい」

マルコがぺこりと一礼して、礼拝堂に向かって一人歩き出した。途中で振り返り、横目でちらっとこちらを盗み見たが、すぐに前を向いて歩き去る。

「ジョゼ」

院長が穏やかな声で呼んだ。

「少し話がしたいのだが、いいかね？」

「……はい、院長様」

先に歩き出した院長のあとを黙って追った。廊下の角を何度か曲がり、階段を上がって、行き着いたのは大きな木の扉。

院長室の扉を開けた院長が、「入りなさい」と促した。言われたとおりに室内に足を踏み入れる。

バタンと扉が閉まり、カチッという施錠音が響いた。振り返った院長が、黒衣の長い裾をさばき、足早に歩み寄ってくる。すぐ手前で足を止めて目を細めた。

「ジョゼ……私の天使……会いたかった」

感極まったような嗄《しゃが》れ声《ごえ》に、首筋がぞっと粟立つ。

片手で髪を弄《もてあそ》びながら、「美しい銀の髪……」とひとりごちた男が、その手を顎《あご》に移動させて、くいっと持ち上げた。

「サファイアの瞳……薔薇《ばら》のつぼみの唇」

舐《な》め回《まわ》すような視線が不快で、覚えず眉をひそめる。しかし男は意に介さず、血管が浮き上がった手で顔を撫で上げた。もう片方の手が、シャツの首のボタンを外す。

「なんという肌だ……しっとりと瑞々《みずみず》しく……指に吸いつく」

シャツの中をまさぐる不快な指に、奥歯を食いしばった。

「おまえは自分の罪深さがわかっているか？」

男が口を耳に近づけて囁《ささや》く。

「おまえがここに来てから……私はおまえのことばかり考えるようになってしまった……」

はあはあと荒い息が耳殻《じかく》に吹き込まれた。

「悪い子だ……」

興奮したせいか、男の体臭がきつくなり、饐《す》えたような加齢臭が鼻孔をつんと刺激する。

「悪い子には……お仕置きが必要だな」

ひとりごちるようにつぶやくと、体を離し、キャソックの裾を捲《めく》り上《あ》げた。黒い下衣の股間は、男の昂《たかぶ》りを端的に表して盛り上がっている。身震いがする光景だった。

下衣をくつろげて床に落とした男が、「跪《ひざまず》きなさい」と命じる。

「ジョゼ、聞こえなかったのか？」

仕方なく、のろのろと床に膝をついた。それを待って、男が下着の中からみずからのものを摑み出す。顔に押しつけられ、胃のあたりからぐぐっと吐き気が込み上げてきた。喉元まで迫り上がってきた吐き気を堪《こら》える頭上から、掠れた声が落ちてくる。

「口を開きなさい」

その命令はどうしても受け入れられず、唇をきつく引き結んで顔を背けた。

「ジョゼ」

苛立った声音が名前を呼んだ。それでも頑なに顔を背け続けていると、男が小さく舌打ちをする。直後、なにかを思い出したかのようにわざとらしい咳払いをした。

「そうだった……明日は月に一度の慰問日だが」

ぴくりと肩が揺れる。じわじわと顔を正面に戻し、上目遣いに男を見た。唇の両端を上げてはいるが、自分を見下ろす男の目は笑っていない。

「私はおまえを明日一日、部屋で謹慎させることもできる」

施設の王であり、絶対的な権限を持つ男は、卑劣な脅《おど》しを平然と口にした。

「イネスには、おまえが私の懐中時計を盗んだので懲罰を与えていると告げよう。彼女はおまえを気にかけているから、さぞかし心を痛めるであろうな」

「………っ」

くたばれ！　クソジジイ！

罵声と唾を吐きかけてやりたかった。

けれど実行に移せば、その罰として、男が先程の脅しを現実のものとすることもわかっていた。

長らく神の忠実な僕《しもべ》として生き、人格者として知られ、人々から全幅の信頼を寄せられている男の言葉を疑う者はいない。イネスも男を立派な人物と信じて疑わず、だからこそ院長を任せている。聖職者の仮面の下に下卑た裏の顔を隠し持っているなどと、想像すらしないだろう。

一方の自分は、親の素性もはっきりしないスラム出身の孤児。

どちらの言葉が信用されるかなんて、比較するまでもない。

ぎりっと奥歯を擂り合わせ、男を睨《にら》みつける。視線の先の皺深い顔が、なにかに酔ったような、陶然とした表情を作った。

「青い瞳を怒りに燃え上がらせるおまえは、ことさらに美しい……」

——確かにスラムと比べれば、ここは天国だ。

だが、天国に住まう条件として、神は試練を与えたもうた。

いや、そうじゃない。神なんかいない。はじめからどこにもいなかった。

生まれ育った壁の薄いアパートにも、ネズミが走り回るスラムの廃屋にも、礼拝堂を備えた立派な施設にも。

神なんかに頼るものか。

救いの手を待っていたって、地獄からは抜け出せない。この十年で思い知った。

待っても無駄だ。

自分の力で這い上がるしかないのだ。

「口を開けなさい」

もう一度命じられ、ぎゅっと目を瞑る。

眼裏《まなうら》に浮かぶのは、キラキラと輝く碧の瞳だ。

「…………」

口を開けて、男の股間におそるおそる顔を近づける。焦《じ》れたらしい男の手が髪を鷲掴《わしづか》み、乱暴に引き寄せてきた。

薄暗い部屋で床に膝立ちになり、初老の男の性の捌《は》け口《ぐち》になっている自分。

ゴミ箱の残飯を漁っていた頃と、どちらが惨めなのかわからない。

それでも――どんなに惨めでも、以前のように死にたいとは思わなかった。

いまの自分には、果たしたい夢があるからだ。

この地獄を生き延び、絶望の淵から這い上がって自由になる。

そしていつの日か……イネスと釣り合う人間になる。

そのために、力が欲しい。誰にも邪魔されないだけの権力。

どんな手段を使ってでも力を手に入れ、いつか、必ず行ってみせる。

美しい蝶が舞う〝あの場所〟へ――。

I

セスナの副操縦席の窓に、緑の絨毯《じゅうたん》が映り込んだ。

上空から密林を望む時、蓮《れん》は自分が鳥になったような気持ちになる。

アマゾン川と一口に言っても、単なる水の流れではない。川の中に熱帯雨林に覆われた中州が帯状に走り、また池沼《ラーゴ》が数え切れないほど点在する。水生植物が密生している池沼《ラーゴ》は、上空から見ると、まるで魚の鱗《うろこ》のようだ。

と、そこでセスナが少し揺れた。

操縦桿《そうじゅうかん》を握るミゲルが、「強い上昇気流で、少し揺れます。なにかに摑まっていてください」と注意を促してくる。

「了解」

そう応じた蓮は、アシストグリップに摑まった。普段はヘリコプターを使うので、あまり揺れないのだが、小型セスナは気流の影響を受けやすい。時と場合によって、シートベルトだけでは心許ないことがあった。

上昇気流が発生するのは、膨大な植物がいっせいに光合成を行うためだ。

地球の肺とも言われるアマゾンの熱帯雨林は、大気中の酸素の約三十パーセントを供給しているらしい。

つまり、密林の存在は地球にとってとても重要で、開発のための森林伐採によってこの豊かな緑が縮小することは、すなわち地球に多大なダメージを与えることとなる。……もっともこれらの知識は都会に行ってから得たもので、実際に密林で生活していた子供の頃は、ただ無邪気に動物たちとジャングルを駆け回っていたのだが。

十歳の時に、南米の小国エストラニオ有数の名家シウヴァ家の跡取りとして引き取られ、首都ハヴィーナにある『パラチオ　デ　シウヴァ』で暮らすようになり、その後当主となって、年に数回生まれ故郷に帰省できるようになってからも、「帰って来られた！」という喜びや懐《なつ》かしさでいっぱいで、ジャングルの存在意義を改めて考慮することはなかった。

だが今回は個人的な郷愁を覚えるだけではなく、現在、ジャングルが直面している危機的な状況について、あれこれと考えてしまう。

「そろそろ徐々に高度を落としていきます」

ミゲルがアナウンスした。元軍人のミゲルは操縦のプロで、大概のものは乗りこなせる。明るくてお調子者の面はあるが、腕は確かなので、蓮も安心して任せられるのだ。

大きく回転しながら高度を落としていくと、低木の森を走る細い一本の筋が見えてきた。セスナの離着用にシウヴァが設置した滑走路だ。

その滑走路を目指して高度を下げていったセスナが、ここだと着地ポイントを見極めたかのように、ふわりと降り立つ。しばらくガタガタと滑走路を走って機体が停《と》まった。

「無事に着陸しました。お疲れ様でした、レン様」

「ミゲルこそ、お疲れ。ありがとう」

ヘッドセットを外したミゲルを労《ねぎら》い、蓮自身はシートベルトを外す。ミゲルがドアを開けてタラップを下ろしている間に、後部スペースに移動した。座席のない貨物スペースには鉄製の檻《おり》が置かれている。檻は動かないように、ベルトで固定されていた。檻の真ん中で蹲《うずくま》っていたブラックジャガーが、蓮を見てむくりと身を起こし、「グルゥウ」と唸る。

「エルバ、着いたよ。いま出してやるから、もうちょっと待ってくれ」

今回セスナを使ったのは、エルバを同行させるためだ。ヘリコプターは滑走路が要らないので、ジャングルの家の空きスペースに停められて便利なのだが、エルバを運搬するのには向いていない。

ミゲルも手伝ってくれて、二人で檻を固定していたベルトを外した。鉄の扉を開けると、エルバが大きな前肢《まえあし》を踏み出し、のっそりと中から出てくる。

「お疲れさん。飛行中は窮屈な思いをさせたが、その分、好きなだけジャングルを駆け回れよ」

ミゲルの言葉に、言われなくてもそうするよと言いたげに髭《ひげ》をぴくぴくさせてから、エルバは一番先にタラップを下りていった。バックパックを背負った蓮があとに続き、すべての電源をオフにしてから、最後にミゲルが滑走路に降り立つ。

メンバーが揃うのを待っていたかのように、エルバが滑走路を外れて森の中に入っていった。ここからは、蓮の生家であるジャングルの家まで一本道なので、迷うことはない。

「エルバ、先に行っていいよ。俺たちはゆっくり行くから」

そう声をかけた蓮を振り返り、エルバが「グルルゥウ」とうれしそうな唸《うな》り声《ごえ》を出した。長い尻尾《しっぽ》でぱたんと地面を打ったかと思うと、くるりと前を向き、一目散に駆け出していく。あっという間に、黒い流線型は草藪《くさやぶ》に隠れて見えなくなった。ミゲルが「速い、速い」と感心したようにつぶやく。

「都会暮らしも長いのに、こっちに帰ってくるとやっぱり野生の血が騒ぐんですねえ」

「エルバにとって、ジャングルは生まれ育ったホームグラウンドだからな」

クエックエッ、キキキッ。カカカッ、キーキー。

樹冠に隙間なくみっしり覆われた頭上から、鳥やサルの鳴き声が聞こえてきた。いまでもまだ、どの鳴き声がどの動物のものなのか、聞き分けることができる。

「あっちー……」

ミゲルがミリタリーシャツの袖で額の汗を拭《ぬぐ》った。歩き出して間もないのに、蓮ももう背中が汗だくだ。編み上げ靴で地面を踏みしめるたび、落ち葉が降り積もった腐植土から、もわっと湿気を含んだ熱が立ち上る。まるでサウナの中にいるかのような蒸し暑さだった。蓮にとっては、甘く熟《う》れた果物や花の匂いと共に、懐かしい故郷の空気だ。

「こうしてジャングルに入ると思い出しますよ。初めて少佐と一緒に、あなたを迎えに来た時のことを」

ミゲルが、視界を遮る枝葉を長鉈《ながなた》で掻き分けながら話しかけてくる。一応、切り拓《ひら》かれた道なのだが、一ヶ月も使わないとたちまち緑や蔦《つた》、蔓《つる》に侵食され、塞がれてしまうのだ。蓮も長鉈を左右に振って、足許の草藪を刈り取りつつ進んだ。

「ブラックジャガーを脇に従えた子供が、『エルバは俺の言うことがわかるし、俺もエルバの気持ちがわかる』って言い出したんで、俺は確か『ジャガーと話が通じるって⁉　坊主、いくらジャングル育ちだからってそりゃないだろ？』って笑ったんです」

「ああ……覚えている。俺はムキになって『嘘じゃない』って言い返したよな」

「ええ。だってそんな小説や映画みたいな話、すぐには信じられなかった。子供にありがちなホラだと思っていましたよ。だけど、あなたとエルバの様子を見ているうちに、次第にこれはひょっとするとひょっとするぞっていう気分になってきました」

ざくっ、ざくっと、ミゲルが視界を遮る枝を断ち切る。

「でもね、これは本物だって思ったのは、少佐と一緒にエルバを迎えに行った時です」

シウヴァの屋敷で暮らし始めてしばらくして、蓮はひどいホームシックに罹《かか》った。寝込んでしまった自分のために、側近の鏑木《かぶらぎ》がジャングルに飛び、エルバを『パラチオ　デ　シウヴァ』に連れて来てくれたのだ。

「少佐の呼びかけに応《こた》えて、エルバは自分から檻の中に入ったんです。度肝を抜かれました。これはどんなトリックなのかと思いましたよ。少佐の言葉を理解したというより、エルバには、遠く離れたあなたが自分を求めていることがわかったんでしょうね」

ミゲルが感慨深げな声を出す。

「うん」

それはおそらく、エルバ自身も蓮を求めていたからだ。

鏑木のおかげで、蓮はエルバとふたたび一緒に暮らすことができた。この八年間、蓮の気持ちを機敏に察して、側に寄り添うエルバの存在にどれだけ助けられたかわからない。しかし、自分たちが共に暮らすためには、本来は野生動物であるエルバを、公共の場で鎖に繋ぎ、屋内に閉じ込めなければならなかった。

「エルバには窮屈な思いをさせて申し訳ないと思っている。……それに今回、俺の目のことでもエルバにずいぶん心配かけちゃったから……罪滅ぼしを兼ねて里帰りさせてあげられてよかった」

ミゲルがめずらしく真面目な面持ちで「本当に……治ってよかったです」と神妙にうなずく。

「俺もエンゾも、治ってから少佐に事情を聞いたんで、アレですけど……」

「いや……ありがとう」

蓮の目が見えなくなったのは、二ヶ月ほど前のことだ。

医者の診断は、心因性視覚障害。目の機能としてはなんら問題がないはずなのに、脳がエラーを起こして「見えないと錯覚している」状態になっていた。目の心身症とも言われる障害だ。

原因は、脳が処理できないレベルの大きなストレスを感じたこと。

ストレスの元凶は、蓮の側近であり、秘密の恋人でもある鏑木の突然の辞任だった。それだけでも充分ショックだったのに、なおのこと鏑木は辞任した翌日にエストラニオを去り、以降連絡がつかなくなった。

男同士、主従関係という障壁を乗り越え、やっと恋人同士になることができた矢先、最愛の人に去られた蓮は、立ち直れないほどの打撃を受けた。単なる失恋ではない。鏑木の存在は、公私にわたって蓮の最大の支えだった。その支えを失った衝撃は、蓮をしたたかに打ちのめした。

シウヴァ当主としての責任感のみで、鏑木が抜けたあともしばらくは、なんとか気力で乗り切った。だがある瞬間から、張り詰めていた糸が切れたみたいに目が見えなくなった。

絶望という名の暗闇の中で暮らした時間は、治る見込みがないだけにストレスフルで、本当に辛《つら》い日々だった。執事のロペスや親友のジン、エルバ、従妹《いとこ》のアナ・クララ、アナの母親のソフィア、秘書、その他のたくさんの人々のフォローがなければ耐え切れなかっただろう。

結局、蓮の日の状態をジンから伝え聞いた鏑木が、やはりジンの手引きで深夜に『パラチオ　デ　シウヴァ』の部屋に忍び込んできて、彼が自分の元を去った理由が明かされ——蓮の目はもう一度光を取り戻した。

光と一緒に、最愛の人も帰ってきた。

——シウヴァとおまえは切っても切り離せないものだ。シウヴァも大事だが、いまの俺にとっては一番じゃない。俺にとって一番大切なのは、おまえだ、蓮。

永遠に越えられないと思っていた大きな壁——シウヴァ。

その巨大な壁をついに越えて、鏑木と深く結びつくことができた。

さらに主従という枷《かせ》が外れたことで鏑木の心の扉が開き、本当の気持ちが見えてきて、自分たちの関係は一歩進んだ。

だが同時に、大きな敵の存在も明らかになり始め……。

「レン様、見えてきましたよ！」

ミゲルの声で、いつの間にか入り込んでいた物思いから呼び戻される。はっと顔を上げると、道が途切れ、視線の先に拓けた空間と建物が見えた。ジャングルを開拓した四角い敷地に建つ、高床式の小屋。小屋といっても、雨期の洪水やスコールにも耐えうる頑丈な造りの建物だ。

敷地内の空きスペースにはヘリコプターが停まっていた。見慣れたシウヴァのものではなく、民間のヘリコプターだ。

(来ている！)

どくんっと心臓が一拍跳ねる。蓮が立《た》ち竦《すく》んでいる間に、ミゲルが小屋まで駆け寄り、丸太の梯子《はしご》の下から「少佐！　エンゾ！」と叫んだ。ややあって、木のドアが開き、中から二人の男性が出てくる。共にミリタリールックに身を包み、足許は編み上げ靴という出で立ちだ。

こちらに向かって手を振り、梯子を使って下りてくる。地上に降り立った二人が大股で歩み寄ってきて、蓮とミゲルの前で足を止めた。カーキ色のシャツの上にミリタリーベストをつけた二メートルを超す髭面《ひげづら》の大男と、彼ほどではないものの、こちらも長身でがっしりとした体格の黒髪の男。

自分をまっすぐ見つめる黒髪の男の彫りの深い貌《かお》を、蓮も黙って見つめ返した。

(……鏑木)

ヴィクトール・剛《ごう》・鏑木。

鏑木家の当主であり、少し前まで蓮の側近だった男。側近の職をみずから辞した現在は、水面下でシウヴァのために活動している。

公には、鏑木はエストラニオを出国し、世界を旅して回っていることになっているので、衆人環視下に於《お》いては身を隠す必要がある。蓮とも大っぴらに会うことはできない。

それ故、コミュニケーションの手段はもっぱらメールや電話だ。

メールやテレビ電話などのツールで密にやりとりこそしていたが、こうして直接顔を合わせるのは二週間ぶりだった。

灰褐色の瞳でじっと見つめられるだけで、体温が一度近く上昇するのを感じる。

許されるならば、いますぐ、目の前の男に抱きついてキスしたかった。恋人にも抱き締め返して欲しかった。しかし、ミゲルとエンゾの目がある。彼らにはまだ、自分たちが恋人同士であることを打ち明けていないので、飛びつきたい衝動をぐっと堪《こら》えるしかなかった。

鏑木も、あまり長い間見つめ合っていては部下に訝《いぶか》られると思ったのか、鷹揚な笑みを浮かべて「蓮」と話しかけてくる。

「無事に着いてよかった」

「うん……鏑木も」

蓮が微笑み返すと、鏑木はミゲルに視線を向けた。

「ミゲル、お疲れ。蓮とエルバの護送、ご苦労だった」

「少佐もお疲れ様です。いつ頃着いたんですか？」

親衛隊にいた時代の癖が抜けないミゲルは、退役してずいぶん経ったいまでも、鏑木を「少佐」と呼ぶ。

そう呼びかける声には、畏敬の念が籠《こ》もっているように思える。ミゲルとエンゾにとって鏑木は、いまだに尊敬すべき上官なのだろう。

「一時間ほど前だ。エンゾと二人で食料と生活用品を運び込んで、小屋の掃除もざっと済ませた」

「エルバとは会った？　先に小屋に向かったはずなんだけど」

蓮の問いかけに、鏑木は首を横に振った。

「いや。こっちにはまだ来ていない。大方、今頃は森を巡回しているんじゃないか？」

おそらく、小屋に向かう途中で我慢できなくなり、方向転換してジャングルの奥深くへ分け入ったのに違いない。

「そうか。じゃあ、走り回って気が済んだら戻ってくるかな」

「たぶんな。俺たちは小屋で珈琲《コーヒー》でも飲んで一服しよう」

鏑木の促しにうなずき、数ヶ月ぶりに丸太の梯子を登る。蓮に続いて鏑木、ミゲル、エンゾの順で小屋に入った。

「へー……中は、こんなふうになっているんですか」

ミゲルが興味深そうな声を出し、きょろきょろと室内を見回す。前回、鏑木が記憶障害になった際にミゲルたちがここまで送ってくれたが、小屋の中までは入らなかったのだ。

「八年前とずいぶん変わっただろう?」

「変わったっていうか、もう別物ですよ」

八年前の掘っ立て小屋と比べているのか、そんなふうに言って肩をすくめる。確かに、蓮が生まれ育った小屋とは、外観も内装も大違いだ。

暖炉《だんろ》付きのリビング、ダイニング、炊事場、パウダールーム、バスルームといった共用スペースにプラスして寝室が二つ。それぞれがそこその広さを持ち、最高級ホテルとまではいかないが、設備も整っていて快適な空間だ。使用していない間は、定期的に近隣の村人が訪れて掃除や手入れをしてくれているので、清潔でもある。

空輸してきた食材や食料品は、すでに貯蔵庫や冷蔵庫にしまったあとらしく、室内はすっきり片付いていた。

「ミゲル、エンゾ、くつろいでくれ。いま珈琲を淹《い》れる」

「俺らがやりますよ」

「おまえたちは操縦で疲れただろう。いいから一息入れてくれ」

鏑木が炊事場に向かったので、蓮も「俺も手伝う」と言ってあとを追う。炊事場で二人きりになったとたん、蓮は鏑木の背中に抱きついた。

不意打ちに小さく身じろいだ鏑木が、窘《たしな》めるような声を出す。

「……蓮」

「大丈夫。リビングからは見えないよ」

蓮の囁《ささや》き声《ごえ》に、ふーっとため息が返ってきた。手を摑んで離されそうになり、「いやだ」としがみつく力を強めると、「そうじゃない」と鏑木が否定する。

「この体勢じゃ、おまえを抱き締められない」

「鏑木……」

力が抜けた隙に鏑木が素早く身を返した。向き合った瞬間に二の腕を摑まれ、引き寄せられる。掻き抱くように、逞《たくま》しい胸に抱き込まれた。

「蓮……会いたかった」

熱の籠もった囁き。熱くて硬い体。力強い抱擁《ほうよう》。

すべて、この二週間、恋《こ》い焦《こ》がれ、待ちわびていたものだった。

「俺も……俺も会いたかった！」

体内を駆け回る歓喜に圧《お》されて広い背中に腕を回し、ぎゅっと抱き締め返す。

しばらくの間、お互いの体温を分かち合うみたいに抱き合ってから、どちらからともなく抱擁を解いた。

至近で目と目が合う。灰褐色の瞳に、目を潤ませた自分が映り込んでいる。

男らしくて精悍《せいかん》な貌が近づいてくるのに従い、目を閉じた。吐息が唇にかかり、やがて熱っぽい感触が重なってくる。

「……………ん、ふ……っ」

上唇をちゅっと吸い、下唇をちゅくっと啄み、唇を押しつけては離し……。

やさしいキスを繰り返す鏑木の意図が、蓮にもわかった。口の中に導き入れ、舌を絡ませ合ったら、きっと際限なく求め合い、止まらなくなってしまう。

最後に鼻の頭と額にくちづけてから、鏑木が名残惜《なごりお》しそうに唇を離した。代わりに蓮の後頭部を大きな手のひらで包んで引き寄せる。蓮は幸せな心持ちで、硬い首筋に顔を埋《うず》めた。恋人にもたれかかり、大好きな匂いに包まれて、ふーっと満足げな息を吐く。

ミゲルとエンゾの目を盗んでのあわただしいキスだったが、それでも欠乏していた恋人の熱をいくらかは補充できた。今回のジャングル来訪の目的を思えば、二人の時間を持てないのは仕方がない。思う存分に甘えるのは、諸々の懸念が片付いてからだ。

蓮が気持ちの整理をつけたのを察したのか、鏑木が最後にぽんぽんと頭を軽く叩いてから、体を離す。

当初の目的を遂行するために、棚から珈琲豆を取り出す鏑木の横で、蓮は手動式の珈琲ミルを用意した。

頭を実務モードに切り替えたらしい鏑木が、蓮の養父母の農園から仕入れた珈琲豆をミルで挽《ひ》きながら、「ガブリエルはどんな様子だ？」と尋ねてくる。

その名前を聞いた蓮の背筋は、条件反射でぴんと伸びた。

「俺が旅立つ直前に、ソフィアとアナと一緒に本館に来て顔を合わせたけど、その時の感じだと、今回の休暇にとりたてて疑惑は抱いていないようだった」

――バカンスの間のことは心配しなくていい。私とソフィアでしっかりきみの代わりは務めるから、安心して生まれ故郷で羽を伸ばしておいで。

包容力に溢れた微笑みを脳裏に浮かべ、自分を送り出した男の声を耳に還《かえ》す。

蓮の叔父にあたる亡きニコラスの妻・ソフィアの婚約者――ガブリエル・リベイロ。

銀の髪にサファイアの瞳という、類い稀な美貌の持ち主。

だが、美しい薔薇《ばら》には棘《とげ》がある。その諺《ことわざ》どおり、ガブリエルは優美な立ち居振る舞いの裏側に恐ろしい爪を隠し持っていた。表向きはソフィアの婚約者として如才なく立ち回り、未来の義理の娘となるアナを実の娘のようにかわいがり、シウヴァの当主たる蓮のサポートに尽力を惜しまない。

しかしそれらは仮の姿。真のガブリエルは、目的のためには手段を選ばない非情の男だ。鏑木は、ガブリエルとマフィアの繋がりを疑っている。

だがほんの一ヶ月前まで、蓮は目のトラブルで当主の仕事ができない自分に成り代わり、業務を代行してくれる彼を頼り切っていた。

鏑木の辞職という悲劇を演出したのが彼であったことを知るまで、自分を失明にまで追い込んだ張本人の献身に感謝していたのだ。

鏑木からガブリエルの裏の顔を知らされても、にわかには信じられなかった。それほど、ガブリエルの手口は巧妙、かつ用意周到であり、手間も時間もかかっていた。

ソフィアと婚約して『パラチオ　デ　シウヴァ』の別館に移り住んだところから、すでにガブリエルの謀略は始まっていた。シウヴァの内部深くに入り込んだガブリエルは、蓮と鏑木が恋人関係になったことに勘づいた。興信所に自分たちを張り込ませて決定的な証拠写真を手に入れると、鏑木を呼び出し、蓮と鏑木のキスシーンが写っている写真をネタに「側近を辞めろ」と脅《おど》しをかけたのだ。

従わなければ、この写真をマスコミにばらまく。そうなれば、シウヴァはスキャンダルの大波に呑み込まれる。蓮のみならず、アナもソフィアも苦しむ。

卑劣な脅しに屈するほか、鏑木に選択肢はなかった。が、唯々諾々《いいだくだく》と膝を屈したわけではない。ガブリエルの指示に応じてシウヴァを辞め、エストラニオを離れたと見せかけて、その実ダウンタウンに潜伏していた。

そうしている間にジンを通じて蓮の目が見えなくなったことを知り、『パラチオ　デ　シウヴァ』に忍んできたのは前述のとおりだ。

再会した鏑木に、彼が自分とシウヴァから離れざるを得なかった事情を聞かされ、なにより自分への気持ちが変わっていなかったことを知った蓮は、ふたたび光を取り戻した。とはいえ、ある夜を境に突然目が見えるようになるのは不自然だ。なにかあったのではないかとガブリエルに怪しまれる。鏑木がエストラニオに潜伏していることは、謀略の首謀者であるガブリエルに知られたくない。

鏑木との協議の末に、「最終的には見えていることを明かすにせよ、徐々に段階を踏んでいこう」という話になった。

この一ヶ月、蓮は、「少しずつ目が見えていく」という脚本《シナリオ》に則《のっと》って演技をし続けた。親身になってくれる周囲の人たちを騙《だま》すのは心苦しかったが、ガブリエルを欺くためには仕方がないことだと自分に言い聞かせた。

まずは「うっすら見えるようになってきた」ことを周知し、車椅子の使用回数を減らした。次にロペスの手を借りずに身支度をして、自分で食事を取るようにした。そうやって一歩ずつ確実に「ゴール」へのステップを踏み続け、最終的に一ヶ月という時間をかけて「完治」まで持っていった。

「もう大丈夫だ。みんなが支えてくれたおかげだ。本当にありがとう」

そう告げて、周囲を安堵させられたことに一番ほっとしたのは、他ならぬ蓮自身だったかもしれない。これでもう周りを偽らずに済むからだ。使命感に基づき、一世一代の大芝居を打ったが、もともと嘘をつくのは得意ではない。鏑木の励ましとジンのフォローがなければ、大役をやり遂げるのは難しかった。

その後、シウヴァの幹部会に完全復活の報告を上げるにあたって、蓮は一つの要望を伝えた。

業務復帰に先んじて、一週間の休暇を求めたのだ。

休暇先はジャングル。

光を失い、治る見込みもなく、どん底にあった自分が奇跡的に完治し、ふたたび普通の生活が送れるようになったのは、ある意味生まれ変わったようなものだ。

そうであれば、生まれ故郷でリフレッシュの総仕上げをし、心身共に新しい自分となって、新たな人生の一歩を踏み出したい。

目の疾患が精神的な要因に依《よ》るものであったこと、ジャングルで生まれ育った蓮がこの世で一番リラックスできる場所が彼の地であることを理解している幹部会は、蓮の休暇願いを受け入れた。

こうして無事に一週間の休暇を勝ち取った蓮は、操縦桿を握るミゲルとセスナで、鏑木とエンゾは民間のヘリコプターで、別々にハヴィーナを飛び発ち、現地集合と相成ったわけだ。

自分たち四名がジャングルで落ち合うというプランは、ジンにだけ伝えてある。無論、ガブリエルには秘密だ。

「よし、これで四人分だ。蓮、あいつらの分を運んでくれ」

「了解」

鏑木に頼まれた蓮は、珈琲の入ったマグカップを両手に持った。リビングまで運んで、カフェテーブルのミゲルとエンゾの前に置く。

「おわ、シウヴァの当主手ずから……すみません」

ミゲルが恐縮した声を出した。エンゾも軽く頭を下げる。

「蓮の育てのご両親の農場の豆だ。美味いぞ」

左手のマグカップを蓮に寄越した鏑木が、右手のカップを持って、二人が座るソファの対面に置かれた革の肘掛け椅子に腰を下ろした。蓮もマグカップを手に、鏑木と横並びの肘掛け椅子に座る。

「いただきます」

マグカップを口許に運んだミゲルが、立ち上るアロマをくんくんと嗅《か》いだ。

「ほんとだ。すげーいい匂いしますね」

「豆のせいもあるけど、鏑木の淹れ方が上手いのもあると思う」

「少佐は料理も上手いから、アマゾン料理、楽しみっスよ」

ミゲルが相好を崩す。

その場のメンバーが淹れ立ての珈琲で一息ついたのを見計らい、鏑木が「さて」と切り出した。

鏑木以外の三人が、リーダーの発言を聞くために居住まいを正す。

「もうすでにみんな承知のことだと思うが、今回のジャングル逗留の目的はブルシャの探索だ」

ブルシャ——ジャングルの奥地に人知れず生息する幻の植物。その葉を煎じて飲むと幻覚を見ると言われ、かつてインディオたちが宗教的儀式や麻酔の代用品として用いた。

これは蓮も最近知ったのだが、そもそもインディオのみに伝わっていた幻の植物が広く知れ渡ったのは、シウヴァの始祖が探検隊を組んでジャングルの奥地へと分け入り、そこで出会った原住民にブルシャの生息地に導かれたことを端緒としていた。

ブルシャの持つ魔力に夢中になった始祖だったが、数年後、精神を狂わせる幻覚の副作用があることを知り、ただちにアマゾン流域から引き揚げ、以降は関わりを断った。始祖はブルシャに関して箝口令《かんこうれい》を敷いたが、人の口に戸は立てられなかった。噂は漏れ伝わり、大量のフォレスト・ハンターをジャングルに呼び寄せた。ゴールド・ラッシュならぬ、ブルシャ・ラッシュだ。

一攫千金を夢見て密林の奥地へと押し寄せた彼らだったが、誰一人としてブルシャを手にすることはおろか、見ることすらできなかった。やがて時が経ち、噂を知る者たちも死に絶え、近年、ブルシャはインディオに伝わる伝説に過ぎなかったというのが通説になっている。

だが蓮と鏑木は、ブルシャが実在のものであることを知っている。モルフォ蝶《ちょう》に導かれた不思議な場所で、池のふちに密生したブルシャをこの目で見たからだ。

鏑木が密かに持ち帰った葉を精査した結果、ブルシャがコカインと非常によく似た成分を持つ、純度の高い麻薬の一種であることもわかった。

ガブリエルの最終的な狙いが、ブルシャにあることも。

――ガブリエルはおそらく、ブルシャを手に入れて生態を研究し、最終的には栽培システムを確立するつもりだ。ブルシャ・プランテーションが完成して流通が安定すれば、マフィアにとって巨大な資金源になるからな。

鏑木のいつかの言葉が脳裏に蘇ってくる。

これは蓮の推測でしかないが、ガブリエルは伝説のブルシャについて調べているうちに、シウヴァの始祖に行き着いたのではないか。

ブルシャに辿り着くための鍵はシウヴァにある。そう考えてソフィアに近づき、彼女を誘惑して『パラチオ　デ　シウヴァ』に移り住んだ。まんまとシウヴァの内部深くに入り込んだガブリエルは、ついにブルシャの謎を解き明かす鍵が、祖父の部屋の中にあることを突き止めた。

――レン、いつかグスタヴォ翁《おう》の部屋を見せてくれないか。

そうとは知らず、ある日ガブリエルにそう言われた蓮は、彼の要求を鏑木に伝えた。すると思い当たる節があったらしい鏑木が、蓮を祖父の部屋の地下二階にある隠し部屋へと導いた。

隠し部屋に置かれたアンティークのライティングデスクの中から、歴代の当主が書き付けた冊子を見つけた蓮と鏑木は、祖父の日記を読んだ。

そこには、驚愕《きょうがく》の事実が記されていた。

始祖がブルシャについて書き記した日記は、彼の遺言によって門外不出とされ、代々の当主が厳しく管理してきた。シウヴァの当主となった者だけが、始祖の日記に目を通すことができる——はずだった。

しかし、その鉄の掟《おきて》を破った者がいた。

不届き者の名は、イネス。蓮の母親だ。グスタヴォの寵愛を受けていたイネスは、父に地下の隠し部屋を教えられ、始祖の日記を読んでいた。

よそ者には絶対に秘密を漏らしてはならないという父の教えに背き、イネスは恋人であった植物学者の甲斐谷学《かいやまなぶ》に日記を読ませた。ブルシャの伝説に魅せられ、遠く離れた日本からエストラニオまで来た恋人が、幻の植物の発見に学者生命を懸けているのを知っていたからだ。

だが娘の背信行為は、ほどなく父グスタヴォの知るところとなった。シウヴァの掟に背いた愛娘に激昂したグスタヴォは、イネスを軟禁。すでに学の子を身籠《みご》もっていたイネスは、乳母の手引きで彼と駆け落ちし、ジャングルの奥地で蓮を産み落とした。

一方、イネスの出奔から十年後——イネスの弟であり、シウヴァの跡継ぎでもあったニコラスは、妻子がある身でマフィアのハニートラップにかかり、賭場で莫大な借金を作った。父の助けを借りていったんは借金を清算し、女とも切れたニコラスだったが、一年後、ふたたびマフィアに脅される。女とドラッグを使っている過去の写真をネタに強請《ゆす》られたのだ。シウヴァの跡取りという大きな獲物を、マフィアがそう簡単に手放すわけがなかった。

　だが一年の間にニコラスには、シウヴァの跡取りとして、また一家の大黒柱としての自覚が芽生えていた。弱い自分と決別するために、ニコラスはマフィアの脅しを退けた。

　リークしたければすればいい。そうなったらすべてを警察に話す、と。

　一ヶ月後、ニコラスの乗ったリムジンが崖下に転落し、大破炎上した。

　彼の死に、マフィアの関与を示す証拠は見つからなかったが、グスタヴォは、息子は口封じのために殺されたのではないかと疑いを抱いた。

　そのグスタヴォも、息子の死の六年後、謎の襲撃犯の凶弾に倒れた。

　もし、グスタヴォを襲った犯人グループのバックにマフィアがついていたとしたら？

　ガブリエルが、マフィアの身内であるのだとしたら？

　ニコラスの死以降、シウヴァはマフィアに狙われ続けていた可能性がある……。

「ガブリエルより先に、俺たちはブルシャの生息地に辿り着かなければならない」

　強い決意を秘めたリーダー鏑木の言葉に、蓮、ミゲル、エンゾの三名は神妙な顔つきで耳を傾けた。

　ガブリエルの目的が鏑木の疑念どおりに栽培システムの確立にあり、彼が自分たちよりも先にブルシャを見つけてしまい、なおかつブルシャがジャングルでしか生育できなかった場合、プランテーションは密林の中に造られることになる。

　そうなったら、樹木は容赦なく伐採され、森で生きる動物や植物、虫の生態系にも多大な影響が出るだろう。

しかも問題はジャングルの破壊にとどまらない。

ブルシャ・プランテーションから安定して純度の高い麻薬が供給されることによって、エストラニオに新たな麻薬カルテルが出現する可能性も否めない。麻薬の汚染が広がれば、たくさんの人間が災いに巻き込まれ、不幸になる。とりわけ標的になるのは、貧しい人々だ。子供たちも巻き添えを食う。

そうさせないためにも、自分たちの手で生息地を封印する。

意図したわけではなかったにせよ、結果的にブルシャを世に知らしめた始祖の末裔《まつえい》として、自分がケリをつけるべきだ。

蓮は、心に決めた。もちろん、それには鏑木の助力《サポート》が必要不可欠だ。

先回りして災いの芽を摘むというミッションを遂行するに当たり、鏑木は、自分たちをフォローアップする人材が必要だと考えた。ジンを加えても、三人では、マンパワー的にできることが限られる。

人選を話し合い、ミゲルとエンゾが候補に挙がった。退役軍人の彼らは、操縦のプロであり、銃器類の扱いに慣れている。鏑木のお供で何度かジャングルを訪れてもいる。

鏑木がシウヴァを離れた現在、二人は部下ではなくなったが、信頼関係は依然として揺るぎないものがあった。蓮も彼らならば、八年前から知っていて気心が知れてもいる。

鏑木がミゲルとエンゾに事情を話し、二人もミッション参加を快諾してくれた。

「少佐とレン様は、一度その場所に行かれているんですよね？」

ミゲルの確認に、蓮は「ああ」と答える。

「でも、そこに辿り着いたのは本当に偶然だったんだ。ジャングルに地図はないし、これといった目印があるわけでもないから……もう一度、あの場所に行けるかどうかはわからない」

　正直言って、あまり自信はなかった。あの夜も、行きはモルフォ蝶の誘導に従っただけだし、帰りも枝を折ってマーキングした場所まで戻るのに二時間ぐらい迷った。しかも、あの時折った枝はもう残っていないだろう。ジャングルは、日々変化している。それこそが、森が生きている証拠だ。

　モルフォ蝶の導きがあれば話は別だが、そこまでの偶然は期待できない。

「勝率が低い賭であることは否めない。それは俺も認める。頼れるのは蓮のジャングルに関する知識と、これだけだからな」

　そう告げた鏑木が、カフェテーブルの上のタブレットを引き寄せた。ボタンを押して起動させ、画像ビューアーを開く。

　ビューアーを操作していた指を、特徴的な植物の写真で止めた。鏑木がブルシャの生息地から持ち帰った一枚の葉を撮影したものだ。

「ここに写っているのがブルシャだ。よく見て形状を覚えてくれ」

　ミゲルとエンゾがタブレットを覗き込み、興味深そうにブルシャを見つめる。

「へー、これがブルシャ……なんだか蝶みたいな形ですね」

「そうだ。翅《はね》を開いた蝶に似たフォルムと縞模様《しまもよう》が特徴だ。葉の裏には起毛がある。水辺に生えている可能性が高い」

　様々な角度から写されたブルシャを見せながら説明した鏑木が、ボタンを押してタブレットの電源を落とした。

「今日はもうじき日が暮れる。夜のジャングルは危険だ。できれば避けたい。明日の早朝から動こう。夜明けと同時に森に入れるように、各自準備をしてくれ」

蓮が「わかった」と応じ、ミゲルとエンゾも首肯する。

「蓮の休暇は一週間。移動日を抜かせば実質五日だ。五日間でブルシャを見つける。いいな？」

鏑木の号令に、一同は大きくうなずいた。


「はー、行けども行けども緑、緑、緑。同じような風景ばっかり。緑の魔境とはよく言ったもんだ」

ミゲルがげんなりした声を出す。

エンゾは相方のぼやきに相槌《あいづち》を打たず、黙々と太い腕をふるった。ざくっ、ざくっと立ち塞がる枝葉を長鉈で断ち切っていく。

獣道を切り拓く彼らのあとに、後続の蓮と鏑木は従った。先陣は体力を消耗するので、二時間ごとの交代制を取っている。

時折、遥《はる》か先を行くエルバが隊の中に戻って来て、蓮の横に並んだ。護衛よろしくしばらく傍《かたわ》らを併走していたかと思うと、顔を上げてぴくぴくと髭を動かし、ふいっといなくなる。どうやら、野生のピューマやジャガーなどの猛獣の気配を察して、追い払いにいっているようだ。エルバが先回りして危険な肉食動物を遠ざけてくれるので、一行は安心してジャングルの奥地に足を踏み入れることができた。

頭上では小型のサルたちがザッ、ザッと葉音を立て、樹から樹へと忙しく飛び移る。キーキーという甲高い叫びは、仲間によそ者の侵入を知らせる鳴き声だ。威嚇《いかく》するように、樹の上から歯を剝くサルもいる。このあたりは、人の住む限界集落から離れた未開の地だから、サルも人間を見るのは初めてなのだろう。

「うわ、あのサルの顔、酔っ払いみたいに真っ赤だ」

「ウカアリは、顔が赤ければ赤いほど個体としてモテるんだ。生命力が強い証《あかし》で、繁殖期にはメスが赤い色に寄ってくる」

蓮の説明に、ミゲルが「へー」と目を丸くした。

「そっか、モテの証なのか。それにしても、いろんなサルがいるなー」

「わかっているだけで百種類以上いるらしい」

「百種類！」

素《す》っ頓狂《とんきょう》な声が密林にこだまする。キキーッと頭上のサルが鳴いた。

「ほとんどが樹の上で暮らすために小型で、形態はそれぞれだけど、尻尾が長いのが特徴だ。尻尾が第五の手の役割をするんだ」

「あーなるほど。確かに尻尾でぶら下がって餌《えさ》食ってますもんね」

蓮とミゲルが会話している間、エンゾと鏑木は黙って道を切り拓き続ける。その首筋や顔には、汗の粒がみっしりと浮いていた。

定期的にエンゾがパシッと首筋を叩き、たかってくる虫を潰す。ミゲルもぶんぶん飛び回る虫に苛立ったように、両腕を振り回す。

ジャングルにおける一番の敵は、ジャガーでもボアでもなく、小さな蚊だ。ジャングルには二百種類以上の蚊がいて、汗の匂いや呼気に含まれる二酸化炭素、体温に引き寄せられ、動物や人間に襲いかかる。

ここに来る前に申し合わせて、各自マラリアを筆頭に十数種類の予防注射を受けてきているが、それでも刺されれば痒《かゆ》い。痒みが悪化すれば眠りも浅くなる。どうやらここ数日、ジャングル育ちの蓮と、比較的密林環境に慣れている鏑木以外の二人は、睡眠が充分に摂《と》れていないようだ。

睡眠時間が短ければ疲れが取れないまま、翌日に持ち越されてしまう。そのせいか、午前中はまだいいのだが、午後になったとたんに、ミゲルとエンゾのスタミナががくんと落ちていくのがわかった。

基本テンションの高いミゲルが、口数が極端に少なくなるのでわかりやすい。

ジャングルの奥地に分け入り、ブルシャ探索を開始して四日。

元軍人で、タフネスで鳴らす彼らですら、疲労が蓄積してきているのを感じる。

探索一日目は早朝からヘリコプターで飛び、上空から探したが、折り重なる樹冠に阻まれて、目的地を見つけることはできなかった。月の光が差し込んでいたから、ある程度の隙間があったのだとは思うが、俯瞰《ふかん》で見てわかるほどにぽっかり穴が開いているわけではなかったのだろう。

やはり、地上を地道に攻めていくしかない。

午後からは、モーター付きのカヌアでアマゾン川の支流を上り、見覚えのある砂州《プラヤ》でエンジンを止めた。川に迫り出すような巨大なマンチンガの大木。ここに間違いない。鏑木にも確認して、同意を得た。モルフォ蝶の群舞に遭遇したあの夜も、同じようにこの砂州《プラヤ》にカヌアを止めた。あの時は、バレイロに集まる動物たちを見るために上陸したのだが、今回の目的はブルシャだ。

四名と一頭で密林に入り、ブルシャの生息地を探し歩いた。だが、日が暮れるまでに見つけることはできなかった。

翌日は、夜明けと共にカヌアで出発。砂州《プラヤ》に着くなり、まずはそこにテントを張った。一日探索してみて、いちいち小屋から往き来するのは時間のロスだという見解に達したからだ。

テントを始点にして、二日目も森を探索して回った。その日は危険を覚悟の上で夜も歩いたが、手がかりは得られなかった。三日目は昼から動き、夜の九時頃まで探し歩いたが、手がかりはなし。

モルフォ蝶の導きも、いまのところなかった。期待してはいけないと思いつつ、ついつい蝶の姿を探してしまう蓮の心の甘えを嘲笑うように、モルフォ蝶はちらりとも姿を見せない。

もしも今回の探索で成果が得られなかったとして、次はいつジャングルに来られるのか。心因性視覚障害で業務から長期離脱してしまった以上、すぐにまた休暇を取るわけにはいかないだろう。雨期に入れば探索も難しくなる。

あれこれと考えるにつれて、焦りがじりじりと背中を這い上がってきた。ちらっと横目で窺《うかが》った鏑木の顔つきも厳しい。同じように焦燥《しょうそう》を感じているのがわかった。

この三日間、ブルシャを見つけることはできなかったが、要所要所の枝に黄色いリボンを巻いてきた。このあたりは探索済みという印だ。次に来た時、「この一帯にはない」という目印があれば、無駄足を踏まずに済む。

こうして歩くのも無駄ではないと自分に言い聞かせながら、こめかみから流れ落ちてきた汗を手の甲で拭っていた蓮は、肩をぴくりと揺らした。

鳥やサルの鳴き声に紛れて聞こえる――かすかな音に耳を澄ます。

「……水の音」

少しだけ先を歩いていた鏑木が足を止め、蓮を振り返った。

「どうした？」

「水の音が聞こえる」

目を細めてつぶやくと、鏑木の顔に緊張が走る。

「例の池か？」

「わからない」

「ミゲル、エンゾ！」

先行していた仲間を鏑木が呼び止めた。

「……こっちだ」

水の音に引き寄せられるように、蓮は藪《やぶ》を掻き分け、歩き出す。鏑木を先頭にミゲルとエンゾも後ろからついてくる。進んでいるのは、道らしき道もない獣道だ。顔にバチバチと枝や葉が当たるのもお構いなしに、茂みの中を突き進む。次第に水音が大きくなり、自然と早足になった。

下生えの草木を踏み締めて五分ほど歩く。ザーザーという水音は、もはや鳥の囀《さえず》りやサルの鳴き声を呑み込むほどに大きくなっていた。

（ここまで大きいということは……相当大きな支流が？）

逸《はや》る気持ちに背中を押され、歩を速めると、密生した藪が不意に途切れ、視界が開ける。

「あっ……」

思わず声を出して立ち竦んだ。後ろに続く男たちも、一様に息を呑むのがわかった。

ほんの一メートルほど先が断崖絶壁になっており、右手に滝が見える。轟々《ごうごう》と音を立てて大量の水が岩肌を流れ落ちていた。

「こんな森の奥深くに滝があったなんて……」

子供の頃、育ての父に連れられて『待ち伏せ猟』をしに上流までカヌアを漕いだ時も、ここまでは足を延ばさなかった。養父からも滝の話が出たことがないので、きっと存在自体を知らなかったのだろう。

滝は幅十メートル、高さ二十メートルほどだろうか。

断崖のギリギリまで行って崖下を覗き込むと、うねった水がとぐろを巻く滝壺《たきつぼ》が見えた。水流は荒れ狂いながら、一本の川筋となり、左手に流れていく。滝壺でいったんスピードが落ちてはいるが、それでもかなり流れが速い。川幅は滝の幅とほぼ同じくらいだろうか。このあたりを流れている川ならば、アマゾン川の支流の支流の、さらに支流だろう。滝もそうだが、人間に知られていないので、もちろん名前はない。

「確かに少しずつ地面が傾斜して、標高が上がってきている感覚はあったが、こんなところに滝があるとはな……」

「ヘリで探索していた時にも、気がつきませんでしたね」

鏑木とミゲルの会話をよそに、魅入られたかのように無名の滝を見つめていた蓮は、肩を掴まれてぴくっとした。ばっと振り返って鏑木と目が合う。

「あまり身を乗り出すな」

怖い顔で窘《たしな》められ、「あ、うん」と体を後ろに退いた。反転してみんなと向き合い、「思ったんだけど」と切り出す。

「ここに川があるということは、近くに池があるかもしれない。ジャングルの中にある湖や池は、かつて川の一部だったことが多いんだ」

「つまり、あの夜に見た池は、蛇行した支流に取り残された水溜まりだった……ということか？」

鏑木の確認に「その可能性はあると思う」と答えた。「ふむ」とうなずいた鏑木が、やがて「よし」と言った。

「今日はこの周辺を重点的に回ろう」

リーダーの指示に従い、ふたたび全員で歩き出す。

途中でエルバも合流し、四人と一頭で川の流れに沿って探索したが、結局、日が暮れるまでに例の池を見つけることはできなかった。

ミゲルとエンゾの疲労が溜まっているのと、最終日の明日一日を早朝から効率よく動くために、夜の探索は行わないと鏑木が決めた。

砂州《プラヤ》で火を熾《おこ》し、鏑木が調理したナマズと豆のカレー煮込みで夕食を済ませ、食後の珈琲を味わったあと、早めに就寝する。

二つのテントに、蓮と鏑木、ミゲルとエンゾの二組に分かれて入った。エルバはフクロウの夜鳴きに誘われるように、夜の巡回に出かけていった。

防水シートが敷かれたテントの床に仰向けに寝そべり、天井に視線を据えて、蓮はぽつっとつぶやく。

「本当に……あったのかな？」

ミリタリーシャツのボタンを外していた鏑木が手を止め、こちらを見た。

「夢だったんじゃないかな……」

ランプの光のせいで、よりいっそう陰影が際立つ貌が、つと眉をひそめる。

「ブルシャの生息地を見たことがか？」

「うん……」

鏑木が蓮の顔の横に片手をつき、覆い被さるようにして上から覗き込んできた。灰褐色の瞳がじっと見下ろしてくる。

「二人で同じ夢を見るわけがないだろう」

「……そうだけど……あまりにも幻想的な場所だったし……いま思い返すと、あんなふうにモルフォ蝶が集まっていたのもなんだか夢みたいで」

「蓮」

「もしくは、あそこは異空間で、なにかのタイミングが揃わないと扉が開かないんじゃないかな」

「言いたいことはわかる。これだけ見つからないと、否定したい気持ちにもなるだろう。だが、あれは夢じゃないし、あの場所も異空間じゃない」

現実逃避から引き戻すように、蓮の視線を逃さずに捉えた鏑木が、「現実だ」と言い切った。

「その証拠に俺はブルシャの葉を持ち帰り、成分を調べた。写真だって残っている」

力強い眼差しで射貫《いぬ》かれ、蓮は目を瞬《しばた》かせる。

「……うん……わかってる」

吐息混じりの掠《かす》れ声《ごえ》を零して、顔の横の逞しい腕に頬をすり寄せた。

「俺……心のどこかで、ジャングルに入って近くまで行けば、またモルフォ蝶が導いてくれるんじゃないかって思っていたのかもしれない。自分は特別で、モルフォ蝶に選ばれた人間なんだって……」

生まれつき背中にある――シウヴァの直系にのみ現れる蝶の形の痣《あざ》。

蝶に似たフォルムを持つブルシャ。

そしてあの夜、自分をブルシャの元へと導いたモルフォ蝶。

すべてが一つの大きな運命の輪に繋がる気がしていたけれど。

「でも、そんなの驕《おご》りだった」

ここ数日、朝からの探索が徒労に終わるたび、胸の底に少しずつ降り積もっていた失意の感情が、唇から溢れ出る。今日は滝を見つけて、今度こそ〝あの場所〟に近づけたと思ったから、収穫を得られなかった失望も一段と大きかった。

「……俺は思い上がっていたんだ」

じわりと目を細めた鏑木が、もう片方の手を伸ばしてきて、蓮の前髪に触れる。そっと指で掻き上げ、露《あらわ》になった額にくちづけた。

「蓮、おまえは自分で思っているより疲れているんだ」

髪を撫でつけていた指を、髪の中まで潜らせてくる。

「この一ヶ月ずっと周囲に対して演技をしていた。ガブリエルとの駆け引きに気を張り続けていた。そのタスクが完了してすぐさま、休む間もなくジャングルに来た。疲れていて当然だ」

指の腹が地肌を滑った。

（気持ち……いい）

絶妙な力加減で揉み込まれ、一日分の疲れと失望で固くなった頭皮が解《ほぐ》されていく。ツボを押さえたマッサージの心地よさに、蓮はじわじわと目を閉じた。

「俺は運命論者というわけじゃないが、シウヴァとブルシャの間には強い縁《えにし》の存在を感じる。……もしかしたらブルシャは、いまはまだ〝その時〟ではないと思っているのかもしれないな……」

思案するような落ち着いた声音が、子守歌みたいに聞こえる。体が次第に重だるくなって……手足から力が抜け……意識が遠ざかる。

「ともあれ、まだ明日一日ある。今夜はなにも考えずにぐっすりと眠れ」

蓮は最後の気力を振り絞り、喉の奥から声を絞り出した。

「おや……すみ」

「ああ、おやすみ」

耳に吐息がかかり、やさしい低音が囁く。

「よい夢を」

翌朝、朝食の準備をしている最中に、その電子音声は鳴り響いた。

しばらく文明と切り離された生活をしていたせいか、自然界のものではない異音に、四人同時にびくっと身じろぐ。エルバも「グォオオ……」と警戒の唸《うな》り声《ごえ》を発した。

「衛星電話だ」

電子音声の正体に気がついたらしい鏑木が、そうひとりごちてテントの中に入って行く。ややあって、衛星電話を片手にテントから出てきた。

「もしもし？」

電話機を耳に当てて話し始めた鏑木を、作業の手を止めて三人で取り囲む。

衛星電話にわざわざ世間話をするためにかけてくる人間はいないだろうから、緊急事態発生の可能性が高い。みんなそう思っているのか、心なしか表情が強ばっている。

（誰だ？）

鏑木が衛星電話を持って来ているのは知っていたが、番号を誰に知らせてあるのか、蓮は知らなかった。従って、電話の相手の見当がつかない。

どうやら音質が悪いようで、眉をひそめた鏑木が「もしもし？」ともう一度言い、さらに「ジンか？」と確認した。

（ジン⁉）

蓮の唯一の同年代の友人であり、『パラチオ　デ　シウヴァ』の住人でもあるジンは、事情を知った上で、今回は留守番役を引き受けてくれていた。

ジャングルに関しては素人《しろうと》で、同行しても役に立ちそうにないから——というのが、ジンが留守番役を申し出た理由だった。

誰かは屋敷に残って、留守中のガブリエルの動向を見張る必要があるので、その申し出は渡りに船だったのだが。

(ジンから……ということは、ガブリエルになにか動きがあったのか？)

思い当たった瞬間、ドクッと鼓動が跳ねた。

息を詰めて鏑木を見つめていると、ジンの話に耳を傾ける横顔がみるみる厳しくなっていく。連動するように、蓮の心臓も不穏にざわめいた。

「わかった。……すぐに戻る」

低音でそう告げて、鏑木が衛星電話を切る。

(すぐに戻る？　って、日程を繰り上げてハヴィーナに帰るってことか？)

驚いた蓮は、思わず鏑木に詰め寄った。

「なにがあったんだ？」

問《と》い質《ただ》す蓮を一瞥《いちべつ》したのちに、鏑木が苦い声を発する。

「翁の部屋が、何者かに荒らされたそうだ」

「……………っ」

お祖父《じい》さんの部屋が……？

「遺言により、翁の部屋が封鎖されているのは、おまえも知ってのとおりだ。そして鍵は俺が持っている。ところが今朝早くに館内の見回りをしていたロペスが、翁の部屋の扉の鍵が破壊されているのを発見したそうだ」

「部屋の中は？」

「かなり荒らされていたらしい」

険しい顔で鏑木が答えた。祖父の部屋にはあまりいい思い出がない蓮だが、それでも荒らされたと聞けば、胸が痛む。

「……ガブリエルの仕業？」

一呼吸置いて尋ねた。そうとしか思えなかった。

鍵を壊してまで祖父の部屋を物色する人間なんて、ガブリエル以外考えられない。

「その可能性も否めない」

鏑木が慎重な物言いで肯定する。

「おまえがなかなか翁の部屋に案内しないから、痺れを切らしたのかもしれないな。おまえの留守を好機と捉えたか……」

――バカンスの間のことは心配しなくていい。私とソフィアでしっかりきみの代わりは務めるから、安心して生まれ故郷で羽を伸ばしておいで。

自分を送り出した際のガブリエルの表情を思い出し、蓮は「くそっ」と吐き捨てた。

包容力に溢れた微笑みの陰で、チャンス到来とほくそ笑んでいたのか。

ギリギリと奥歯を摺り合わせていて、はっと息を呑む。

「地下の部屋は⁉」

「地下の様子まではわからない」

鏑木が首を横に振った。それもそうだ。そもそも地下室に下りるエレベーターの在処《ありか》を知っているのは、祖父と鏑木の父亡きいま、自分と鏑木だけだ。

「だが、もし万が一、地下室を突き止められたとしても……日記の場所まではわからないはずだ」

「……そうか」

鏑木の見解に、蓮は胸を撫で下ろした。

歴代のシウヴァ当主たちの日記は、始祖が特注で職人に作らせたという、ライティングデスクの中に収められている。ライティングデスクには隠し収納があり、その蓋《ふた》を開けるには、シウヴァ当主の証である指輪が必要だ。

蓮は人知れずそっと、左手中指のエメラルドの指輪に触れた。

「とはいえ、翁の部屋の被害状況を確認するために、至急『パラチオ　デ　シウヴァ』に戻る必要があるだろう」

鏑木が下した決断に、蓮も唇を引き結んでうなずく。

残念だが、そうするしかない。

厳重な警護をかいくぐって館内――しかも前当主の部屋に賊が押し入ったとなれば一大事。おそらくは追って、自分の衛星電話にもロペスから連絡があるはずだ。

「探索のための貴重な一日を削られるのは痛いが、不測の事態だ。致し方がない。小屋に戻って撤収作業に取りかかろう」

余計な口は挟まず、黙って事の成り行きを見守っていたミゲルとエンゾが、リーダーの号令にぴしっと背筋を伸ばして「了解」と応じた。

II

「レン様、お帰りなさいませ」

夕刻にハヴィーナの中心部にあるシウヴァ所有のセスナの離発着場に降り、そこからリムジンで『パラチオ　デ　シウヴァ』まで移動した蓮《れん》を、エントランスの大階段の下でロペスが出迎えた。

「休暇中にお電話を差し上げて申し訳ございませんでした」

顔を見るなり、神妙な面持ちで陳謝してくる。

ジンから鏑木《かぶらぎ》の衛星電話に連絡がきた十五分後、予想していたとおり、蓮の衛星電話にもロペスから連絡がきた。ロペスは、一報を入れるべきか否かを相当に悩んだらしい。状況を説明すれば、蓮が休暇を切り上げて戻ってこなくてはならなくなるからだ。

しかし、事は前当主の遺言に関わる重大な案件だ。また、『パラチオ　デ　シウヴァ』の警護が何者かによって破られたという、ゆゆしき問題でもある。屋敷の留守を預かる執事として、やはりどうしても当主の蓮の指示を仰ぐ必要があるという結論に至ったようだ。

「ロペスのせいじゃない。気にしないでくれ」

蓮から慰めの言葉をかけられても、まだ気になるのか、「しかし……せっかくのバカンスを切り上げることに……」と小さな声でつぶやく。

「幸いにして一日減っただけだ。充分にジャングルを満喫できたよ」

「左様でございますか」

やっと皺深《しわぶか》い顔が少しばかり和らいだ。

本当はバカンスでジャングルに行ったわけではないし、満足する結果が得られたわけでもない。一日削られたのも痛かった。だが、この件でロペスが罪悪感を抱く必要はいささかもない。

そもそもロペスには、ガブリエルの正体や、ブルシャの秘密を明かしていなかった。鏑木の水面下での活動も内緒にしてある。すべてを知れば、周囲を偽らなければならなくなり、多大な重圧《プレッシャー》がかかるからだ。蓮としては、高齢のロペスにこれ以上のストレスを与えたくなかった。鏑木も同意見だ。

「お祖父《じい》さんの部屋は、いまどうなっている？」

蓮の問いかけに、ロペスの表情がふたたび憂いを帯びる。前当主の部屋の惨状を思い出したらしい。ロペスは祖父に仕えていた時代が長かったから、祖父の部屋にも人並みならぬ思い入れがあるはずだ。

「手をつけずに現状を維持したまま、レン様がお戻りになるまで誰も立ち入ることのなきよう、厳重に封鎖してあります」

「警察には？」

「ご判断をお待ちしてからと思いまして、連絡しておりません」

顔には出さず、胸の内で安堵する。警察に連絡して大事になるのは、できれば避けたかった。

「助かった。留守の間、ありがとう」

礼を言うと、ロペスが「レン様」と感極まった声を出す。その肩をぽんと叩き、「お祖父さんの部屋を見に行こう」と促した。

「このまま直接向かわれますか？」

「ああ」

　給油や休憩込みでジャングルからの移動には約半日かかったが、その間もずっと頭の片隅から祖父の部屋の件が離れなかった。一刻も早く現場をこの目で見たい。

「かしこまりました」

　ロペスと並んで、子供の頃はしょっちゅう通った祖父の部屋へのルートを辿る。

（そろそろ鏑木もハヴィーナに着いた頃だろうか）

　ジャングルから引き揚げるにあたり、行きと同じように、蓮とミゲルとエルバ、鏑木とエンゾの二手に分かれた。ミゲルはセスナの離発着場から、蓮のリムジンとは別ルートで発《た》ち、エルバが入った檻《おり》を『パラチオ　デ　シウヴァ』まで運んでくれる手はずになっている。

　鏑木はいったんダウンタウンにある部屋に戻り、自分からの連絡を待つことになっている。事と次第によっては今夜遅く、館内に忍んでくるかもしれない。

　以前のように一緒に行動できないのは不便だが、その半面、鏑木は自由に動けるようになった。シウヴァの業務に束縛されることがないので、時間的拘束からも解き放たれている。

　そのせいだろうか。側近を辞任して水面下で復帰してから、心なしか表情が豊かになり、生き生きしているように感じる。記憶障害の期間もそうだったが、抑制の楔《くさび》が外れて、本来彼が持っているパーソナルの部分が表に現れ始めている気がする。

逆を言えば、それだけ側近時代は「個」を封じ込めていたのだろう。シウヴァという巨大な輪を円滑に動かすために、歯車としての役割に徹しざるを得なかったと言うべきか。

ただでさえ重責なのに、その上祖父が突然亡くなり、なにも知らない未熟な自分を全面的に支えなければならなくなった。

鏑木にのしかかるプレッシャーは、より大きくなったはずだ。

さらに、自分が恋愛感情を告白したことで関係が複雑化して——振り返れば、あの頃の鏑木は始終眉間《みけん》に皺を寄せていた。もしくはポーカーフェイスの仮面を装着し、おのれの内面を覚らせないように堅くガードしていた。

頑《かたく》なに一線を引く彼に苛立ちを感じた自分は、折に触れて苛立った感情をぶつけたり、わざと忠告を無視したりしていた。

いま思い出すと、心苦しくて申し訳ない気持ちになる。

子供だった。形《なり》ばかり成人して、自分では大人になったつもりで……その実、なにもわかっていない子供だった。

いや、いまだって、まだまだ発展途上だ。なに一つ自分一人ではできないし、周りにサポートしてもらってばかりで……。

もっと成長したい。

人としても、シウヴァの当主としても成長して、鏑木と釣り合う人間になりたい——。

「レン様」

ロペスの声で物思いを破られる。いつの間にか、祖父の部屋の前まで来ていた。

廊下の突き当たりに聳《そび》え立《た》つ、見上げるような二枚扉。二枚の扉にはシンメトリーな配置で、シウヴァの家紋であるモルフォ蝶《ちょう》のレリーフが刻み込まれている。

扉の前に立っていた二人の屈強な警護スタッフが、ロペスと蓮を見て、さっと左右に分かれた。蓮がジャングルに出発するまで、ここに警護スタッフは立っていなかったので、緊急事態に即して警護主任が配備したのだろう。

ロペスが扉に近寄り、蓮を振り返った。

「こちらのお部屋は、グスタヴォ様の遺言により閉鎖され、鍵はヴィクトール様が保管しておいでででした。そして保管したまま、側近の職を辞任されました」

「うん」

「ですので私も封鎖以降、室内に立ち入ったことはございません。私の知る限り、誰も室内に足を踏み入れてはいないはずです」

ロペスの言うとおり、鍵を所持したまま鏑木が辞職したので、建前上、この部屋に入れる者はいないことになっている。実際には、蓮は鏑木とエルバと共に何度か室内に入っていた。

「ところが、本日の早朝、私がいつものように館内を見回っておりましたところ、このような異変に気がつきました」

ロペスが手で指し示す場所を見ると、レバーの横の木が大きく削られている。どうやら手斧《ておの》かなにかで表層の木材を打ち壊し、内蔵されていた鍵を壊したようだ。鍵自体は非常にシンプルな構造のものであり、特殊技術は必要なかったと思われる。

「グスタヴォ様の遺言は承知しておりますが、事情が事情でございますし、レン様が休暇中でしたので、お屋敷の留守を預かる立場として室内を検《あらた》めさせていただきました。ただし、ひととおり状況を目で確かめるにとどめ、一切手は触れておりません」

そう断ったのちに、ロペスは上着のポケットから白い手袋を取り出して嵌《は》めた。白手袋の手でレバーを回し、二枚扉を押し開ける。

まず、嗅覚を刺激された。部屋に染《し》みついた祖父愛用のハヴァナ葉巻の香りだ。すでに鏑木と複数回入室していたので、この匂いも馴染《なじ》みのものとなっている。

シノワズリのアンティーク家具で統一された前室は、ぱっと見には異変を感じられない。家具類も変わらず、定位置にあった。

しかし、カーテンを捲《まく》ってアーチ形の入り口を潜ると状況は一変する。

書斎を兼ねた主室は、一目でわかるほどに荒らされていた。

抽斗《ひきだし》という抽斗が引き出され、引っ繰り返されている。扉という扉もすべて開かれて、収納されていたものが外に出されていた。

一番ひどいのは壁の一面を占める書架だ。書棚を埋めていた本が一冊残らず引き出され、床に散乱している。書庫の周辺は、足の踏み場もないほどだった。

「……ひどいな」

蓮は眉をひそめてつぶやいた。

惨状を自分の目で見て、犯人がガブリエルであるという確信が、ますます確かなものになる。明らかに、文書、もしくは文献を重点的に物色した痕跡が見受けられたからだ。

「確認いたしましたが、歴史的価値のあるアンティークや絵画、金や宝石をあしらったオブジェなどは、紛失していないようです」

同じように眉をひそめ、ロペスがそう告げる。五十年以上の年月を『パラチオ　デ　シウヴァ』で過ごし、かつて祖父の部屋に毎日のように出入りしていたロペスは、なにがどこに置かれていたかを克明に記憶している。その記憶と照らし合わせての証言だと思われた。

つまり、金銀財宝目当ての物盗《ものと》りの犯行ではないということだ。

犯人の狙いは、十中八九、ブルシャについて記された文献。

蓮はちらっと、暖炉の上のシウヴァ始祖の肖像画に視線を走らせた。肖像画の裏には、地下に下りるための秘密のエレベーターのスイッチが隠されている。ここから観察する限りでは、肖像画が不自然に傾いたりはしておらず、最後に鏑木と一緒に訪れた時と変わらないように見えるが……。

「それと、警護主任に確認を取りましたが、昨夜から今朝にかけて、外部からの侵入者があったという報告は受けていないようでございます。定点監視カメラにも、不審者は映っていなかったとのことでした。こちらのお部屋は封鎖された時点で警護対象から外れ、警護スタッフも立っておりませんでしたので、詳しい状況はわからずじまいでして……」

祖父が亡くなり、遺言によって封鎖されてからは、このあたりは館内でもデッドスペースとなっていた。人の往来もほとんどなく、それこそ毎朝ロペスが見回りの際に通りがかるだけになっていたから、警護の盲点になっていたのだろう。おかげで鏑木と蓮も、見咎《みとが》められることなく出入りできていたのだが、今回はその手薄さを突かれたことになる。

「この件について知っているものは？」

ロペスが説明し終わるのを待って、蓮は切り出した。

「私と警護主任になります。それと、休暇中のレン様にご連絡を差し上げるべきか否かをジン様に相談いたしましたので、ジン様もご存じです。外にいる者たちは、警護主任からの命を受けて立っておりますが、詳しい事情は知らされていないはずでございます」

「ソフィアやアナ、ガブリエルには？」

「まだお知らせしておりません。別館の皆様にご報告するにしても、レン様がお戻りになってからと思いまして」

無闇に騒ぎ立てて事態を大袈裟《おおげさ》にせず、当主である自分の判断を最優先にしてくれたロペスに、心の中で感謝する。

蓮は改めてロペスに向き直り、実直そうな灰色の目をまっすぐ見つめた。

「この件に関してだが、できれば表沙汰にしたくない」

「……と申しますと？」

「昨夜、外部からの侵入者はなかった……となれば――できればそうであって欲しくはないが――内部に犯人がいる可能性がある」

ロペスの顔が強ばる。その可能性はロペスも考えていただろうが、蓮が口にしたことで、より現実味が増したのだろう。

「犯人が誰であれ、シウヴァにとっては、スキャンダルに発展するリスクを孕《はら》む事態だ。外部に漏れる危険性を軽減するためにも、情報を共有するメンバーは最小限にとどめておきたい。幸い直接的な被害もなかったことだし、犯人捜しには慎重を期するべきだと思う。この件はいったん俺に預けてくれないか」

蓮の申し出に、ロペスが緊張の面持ちで首肯する。

「かしこまりました。では、警護主任には私のほうから、その旨を言い含めておきます」

「ジンには俺から説明しておく。追って室内を片付ける必要があるが、現状のままでは不用心だ。なるべく早く鍵を付け替えよう。いまから手配できるか」

「ただちに手配いたします」

ロペスがそう請け負った。

「鍵と一緒に扉の修繕も手配してよろしいでしょうか」

確かにこのままでは、部屋の前を通りかかった人間に、扉が壊されているのがわかってしまう。

「頼む。交換が完了したら、新しい鍵を俺の部屋に届けてくれ」

「承知いたしました」


その夜、十二時過ぎ。

自分の部屋の主室のソファでエルバに寄りかかり、首筋に顔を埋《うず》めてうとうとしていた蓮は「ウゥウ」という唸《うな》り声《ごえ》でふっと目を開けた。

「グゥウ」

ドアに顔を向けたエルバが、低く声を発している。

「しっ、エルバ」

口の前に指を立て、蓮はソファから起き上がった。エルバも身を起こし、トスッと床に下り立つ。エルバを引き連れてドアまで近づき、耳を押し当てた。

「蓮、俺だ」

押し殺した低音を確認して鍵を開ける。ドアノブが回ってドアが開き、黒ずくめの長身が部屋の中に滑り込んできた。

「鏑木！」

蓮は忍んで来た恋人に、いつものように抱きつく。鏑木もぎゅっと抱き返してくれた。しばらく、ぴったりと体をくっつけ、腕を絡め合って抱き合う。恋人からは夜の湿った匂いと、彼の纏《まと》うフレグランスの香りがした。

（ああ……鏑木だ。鏑木の匂いだ）

今朝までジャングルで一緒だったが、ブルシャを見つけなければという重圧を感じるあまりに、恋人との時間を満喫する心の余裕がなかった。そのせいか、ずっと側にいて同じテントで寝起きを共にしていたにも拘《かかわ》らず、あまり充足感を得られなかった。だけどやっと、人目を気にせずに抱き合える。

「……蓮」

甘い声で囁《ささや》かれて、全身が小さくおののいた。誰に名を呼ばれても、こんなふうに胸は震えない。

鏑木だけだ。自分をこんなふうに狂おしい気持ちにさせるのは。

自分を見つめる灰褐色の瞳。

そこに、自分と同じように狂おしい感情の昂《たかぶ》りを認め、背中がぞくっと震えた。

目は時として言葉よりも雄弁に感情を表す。そのことを、鏑木とこうなって知った。

（好き……好きだ）

訴えると、双眸《そうぼう》を切なげに細めた鏑木が顔を近づけてくる。吐息が触れ、唇が重なり合った瞬間、胸の奥が熱く潤んだ。

もう何度キスをしたかわからない。それでも毎回、初めての時のように心臓が脈打ち、体温が上がる。

蓮にとって鏑木とのキスは、特別な行為だ。

長くずっと、どんなに欲しくても与えられなかった。だからたぶん一生、当たり前には思えない。

唇を吸って、押しつけ、位置をずらしてまた重ねて――を繰り返し、最後にちゅくっと音を立てて下唇を吸ってから、鏑木が蓮の唇を離した。

「………っ」

深く口腔内に侵入することなく、恋人の唇が離れていった口寂しさに、反射的にため息が漏れる。

ジャングルでは、隣のテントにミゲルとエンゾがいたから我慢せざるを得なかったが、今夜もまた、この続きはないのだと覚った。

最後に抱き合ってから、そろそろ三週間……。

小刻みな補給では補いきれない飢えを切実に感じていたが、ブルシャの秘密に関わる緊急事態が発生した以上、そちらが優先になるのは仕方がない。

シウヴァの当主として、私情は後回しだ。

(いまは……仕方がない)

自分に言い聞かせていると、蓮の葛藤を汲み取ったらしい鏑木が、あやすように手を繋いできた。鏑木のほうから手を繋いでくれるのはめずらしいので、なんだかうれしくなる。

指を絡ませたまま、ソファへと移動した。二人の後ろをエルバがタタッとついてくる。

蓮と鏑木はソファに並んで腰掛け、エルバは二人の足許に大人しく横たわった。普段ならば鏑木が来ると、ひとしきり「遊んでくれ」とせがむエルバだが、今日に限っては朝までジャングルで一緒だったので満足しているらしい。

体を少し傾けた鏑木が、蓮の目を見つめて切り出した。

「その後の経緯を聞かせてくれ」

うなずき、頭を整理するために一度深呼吸をする。

鍵の件を申しつけたあとでロペスとは祖父の部屋の前で別れ、蓮は自室に戻った。部屋まで付き添って荷解《にほど》きを手伝いたいと申し出たロペスを、「荷解きは自分でできる。それより一刻も早く鍵を交換する手配をして欲しい」と、やや強引に説き伏せたのだ。

自分の部屋に戻るなり、蓮はジャケットも脱がずにメールを打った。送り先は鏑木で、内容は祖父の部屋の状況報告だ。すぐにレスポンスがあり、鏑木も無事にダウンタウンに戻ったことがわかってほっとした。エンゾの操縦の腕は信用していたが、万が一ということもある。

【今夜、十二時頃に行く】

メールの最後にはそう書いてあり、蓮も【了解。待っている】と返事をした。

その後は荷解きをしたり、時間差で到着したエルバを迎え入れたり、報告会を兼ねてジンと一緒に遅めの夕食を取ったり、バスを使ったりして過ごした。

夜の十時頃、ロペスが「鍵の交換と、ドアの修繕が無事に完了いたしました」と報告に来て、新しい鍵を蓮に手渡した。ロペスが下がったのちは、エルバと一緒にソファで鏑木を待っていたのだが、いつしかうとうとしてしまったようだ。鏑木が来る夜は緊張と興奮で目が冴えるのだが、どうやら自覚している以上にジャングルからの移動で疲れていたらしい。

「——というわけで、これが新しい鍵だ」

ロペスから預かった新しい鍵を、シャツの胸ポケットから摘まみ出して鏑木に見せた。

「最新のものに替えてもらった。二本あるから、一本は鏑木が持っていてくれ」

「わかった。預かる」

蓮から鍵を受け取った鏑木が、ボトムのバックポケットに滑り込ませる。直後、その顔が厳しく引き締まった。

「ガブリエルとは会ったか？」

「いや、会っていない。ソフィアにもアナにもまだ会えていないんだ。別館の三人は、今日の午後から泊まりがけで、ソフィアの両親と郊外の別荘に行っている」

　蓮が帰館したのは夕方だったので、午後の一時過ぎに『パラチオ　デ　シウヴァ』を発った三人とは入れ違いになった。

「つまり、今夜やつはハヴィーナにいないということだな」

「ああ、戻りは明日の夕方の予定だ」

「タイミングがいい。翁《おう》の部屋に行こう」

　鏑木の促しを受け、蓮はソファから立ち上がる。エルバもむくりと起き上がった。

　ジンの電話や蓮からのメールで状況を知らされていても、自分の目で確かめたい気持ちはわかる。蓮としてもなるべく早く、隠し部屋の始祖の日記の無事を確認したかった。

　部屋から出て、警護スタッフが立つポイントを迂回しつつ進んだ。これまでにも何度か、夜中にこっそり祖父の部屋を訪れていたので、エルバも自分も慣れてきている。今夜も誰にも見咎められずに目的地に行き着いた。

　夕方に訪れた際には二名の警護スタッフが立っていたが、いまは誰もいない。ロペスが新しい鍵を持ってきた際、「鍵を付け替えたからもう警護は必要ない。下がらせてくれ」と申しつけておいたのだ。

「いつもはいない警護スタッフが部屋の前に立っていたら、悪目立ちしてしまう」

　蓮がそう言うと、今回の件に関しては情報を共有するメンバーを最小限にとどめておきたいと事前に言ってあったせいか、ロペスもすんなり納得してくれた。その足でロペスが警護主任のところに行って話を通し、警護スタッフは別のポイントに移動させられたのだろう。

彼らを遠ざけたのは、深夜に鏑木と祖父の部屋に入ることになった場合の備えだ。

蓮が先に立って扉に近づいた。よほど腕のいい職人が修繕したのか、侵入者につけられた傷は、ほとんどわからなくなっている。そう思ってじっくり見なければ気がつかないだろう。

新しく設置された鍵穴に、シャツのポケットから取り出した鍵を差し込んで回した。解錠後、レバーを摑んで二枚扉を押し開ける。例によってハヴァナ葉巻の香りが鼻孔を刺激した。蓮に続いて鏑木、エルバが中に入る。全員が入室するのを待って扉を閉め、念のために鍵をかけた。

「ここは荒らされていないな」

前室をぐるりと見回した鏑木がつぶやく。

「そう。前室にもアンティークの置物とか価値の高いものがたくさんあるのに、まったく手をつけられていない」

「窃盗目的の犯行でないのは明らかだな」

カーテンを捲った鏑木が、アーチをくぐり、主室に足を踏み入れたところで立ち尽くす。

「これは……ひどい」

事前に話を聞いていてもなお、目の前の惨状に衝撃を受けたようだ。ロペスほどではないが、鏑木も祖父に仕えていた間、この部屋にほぼ日参していた。それなりに思い入れがあったのかもしれない。

しばらく渋面を作って佇《たたず》んでいた鏑木が、やがて気を取り直したかのように、荒れた主室内を検分し始めた。細やかに動き回って、警察官よろしく現場を検証する。

「本が書架から全部引き出されて、逐一中身を確認したらしき形跡がある。……書斎スペースを重点的に探し回っているな」

「これってやっぱり、ブルシャについて書かれた文献を探していたんだと思う？」

蓮の問いかけに、鏑木が険しい表情で「その可能性は高い」と答えた。

「ガブリエルは、始祖の日記の存在を知っているんだろうか？」

「それはわからない。……そもそもどういった経緯で、やつがブルシャとシウヴァの関係性に勘づいたのかもわからない。だが、シウヴァに狙いを定め、別館に移り住んで内部に深く入り込むことによって、やつは少しずつ核心に近づいていった。仮説を立て、思索を重ねた末に、この部屋にブルシャ発見に繋がるヒントがあるとの結論に至ったんだろう」

どうやら鏑木も、蓮と同じような推測を立てているようだ。

（それにしても……）

ガブリエルは本当に恐ろしい男だ。

日に日に、着実にブルシャに近づいている……。

覚えず小さく身震いした蓮に、鏑木が「地下へ行こう」と誘った。

「うん」

鏑木が暖炉の上の始祖の肖像画を外し、壁のフックを押し下げる。暖炉がゴゴゴゴッと音を響かせて下がり始めた。もう蓮は慣れたが、エルバは今回も「ウゥウウ」と唸り声を出す。

暖炉が床のラインまで下がり切ると、代わってぽっかりと四角い穴が出現した。身を屈《かが》めて鏑木が穴に入り、蓮とエルバも続く。暖炉の裏に隠されたエレベーターで地下二階まで下りた。床が軽くリバウンドして到着を知らせる。

振り向いた視界に映り込むのは、天井の高い広々とした部屋。

歴代のシウヴァ当主が、誰にも邪魔されずに考え事をしたり、手紙や日記をしたためたりする際に使用したという極秘のプライベート空間。この部屋に出入りできるのは歴代の当主と、その側近に限られる。

現時点では、自分と鏑木のみだ。仲間であるジンとミゲルとエンゾには、そういったものが存在するという事実は明かしてあるが、地下に至るルートは教えていない。

「……誰かが入ったっていう感じはしないけど」

ファーストインプレッションを口にする蓮を置いて、エレベーターから降りた鏑木は、そのまままっすぐ書斎スペースへと向かった。アンティークのライティングデスクに辿り着くと、蓮に向かって手を伸ばし、「指輪を」と促す。蓮もデスクまで歩み寄り、左手から指輪を抜いて、床に片膝をつけた鏑木に渡した。受け取った指輪を、鏑木がデスクの幕板の小さな穴にぐっと差し込む。これ以上は入らないところまで指輪を押し込んでから、アームを摘まんでじりじりと回転させた。ほどなくカチッとなにかが噛み合う音が響く。

立ち上がった鏑木が天板を持ち上げた。現れた隠し収納の中には、革製のカバーがかかった冊子が並んでいる。

早速手を伸ばそうとして、鏑木に「待て。手を出すな」と止められた。

「なんで？」

「順番どおりになっているかどうかを確かめる」

鏑木が注意深い手つきで冊子を取り出し、まずは冊数を確かめ、次に重ねてあった順番を確認する。

「数も順番も合っている」

ため息混じりの低音を発した顔には、安堵の色が浮かんでいた。

「どういうことだ？」

「前回ここに来た際、重ねる順番をあえてランダムにしておいたんだ。原則としては指輪がなければ天板は開かないはずだが、保険をかける意味合いでな。何者かがなんらかの手段を用いて隠し収納を開け、日記の中身の写真を撮り、何事もなかったかのように元に戻した場合でも、順番が俺の記憶と異なっていればわかる」

「つまり？」

「誰もこの隠し収納に触れていない。始祖の日記は手つかずのままだ」

鏑木が出した結論に、蓮も胸を撫で下ろす。

今朝ジンから連絡がきた瞬間から、ずっと緊張していた心と体が緩むのを感じた。

「ガブリエルは、隠し部屋には気がつかなかったってこと？」

蓮の問いかけに、鏑木が首を横に振る。

「まだ昨夜の侵入者がガブリエルだと決まったわけじゃない」

「それはそうだけど……」

「だが、まあ、やつだったと仮定しよう。ガブリエルが翁の部屋に興味を示したと聞いて、地下の隠し部屋に気がついたかと勘ぐったが、さすがにそれは買いかぶり過ぎたかもしれない。上の部屋の様子を見るに、書斎や書架に狙いを定めて重点的に漁ったようだしな」

（よかった）

初めて地下室を見た時は、こんな大袈裟な隠し場所が必要なのかと思ったけれど、こうなってみると先祖に感謝の気持ちが湧いてくる。

ひとまず、地下室のおかげで難を逃れたが、問題はこの先だ。

「どうする？　日記を別の場所に移す？」

すでにその問いについての答えは用意してあったらしい。鏑木はただちに蓮の提案を却下した。

「動かさなくていい。隠し部屋の〝入り口〟に当たる上の部屋こそ破られたが、地下室へのルートは見破られていなかった。また、上の部屋をひととおり探した結果、文献を見つけることができなかった賊は、ここではないという結論に至った可能性が高い。さらには、一度破られたことで警護が厳重になり、侵入のハードルが上がるのは自明の理。以上を踏まえて、ガブリエルが再度この部屋に侵入を試みる可能性は低いと思う。むしろ、ここは安全だ」

鏑木の深い考察に感心して、「なるほど」とうなずく。

さっきの「順番のトラップ」もそうだが、鏑木は常に一手先を読んで行動している。

クレバーで思慮深く、パートナーとして、この上なく頼りになる存在だ。

側近であった時は、それが鏑木の「仕事」だったから、ある意味当然のように、その献身の恩恵に与《あずか》っていた。

けれど、いまの彼はシウヴァから解放された自由の身の上で、本来ならばここまでする義務はないのだ。

そのことを忘れてはいけないと思う。当たり前だと思っちゃいけない。

恋人だから尽くしてくれて当然なんて思っちゃいけない。

（……というか、そこまで自分に自信がない）

鏑木の気持ちを疑っているわけじゃない。ことあるごとに「愛している」と言ってもらっているし、ちゃんと愛されている実感もある。

この前、シウヴァより大事だと言ってもらえたのは、涙が出るほどうれしかった。

ただ……自分が鏑木を想《おも》う気持ちと、鏑木が自分を想う気持ちが、同じかどうかはわからない。

二人の想いを天秤《てんびん》にかけたら、圧倒的に自分に軍配が上がる予感がある。

自分は、鏑木といつだって抱き合いたいと思っているけれど、鏑木のほうはどう思っているのかわからない。

自分が鏑木を欲するほどには、鏑木は自分を欲しがっていないのかもしれない。

だって、三週間もしていないのに平然としているし、今日だってお祖父さんの部屋の件を優先して……。

もちろん、いまはガブリエルの件が最優先なのはわかっているけれど……。

「蓮——蓮」

続けて名前を呼ばれて、はっと我に返った。顔を振り上げ、自分に向けられた訝《いぶか》しげな眼差しとかち合う。

「あ………」

「どうした？」

「なんでもない。なに？」

「指輪だ。ほら」

エメラルドの指輪を差し出され、あわてて受け取った。

自分がぼんやりしている間に、鏑木は日記を隠し収納に戻して天板で蓋《ふた》をし、鍵をかけたらしい。

返却された指輪を蓮が左手の中指に嵌《は》めるのを待って、鏑木が「よし、そろそろ戻ろう」と言った。それを受けて蓮もエルバに「行くぞ」と声をかける。

部屋をうろうろして匂いを嗅《か》ぎ回《まわ》っていたエルバが、呼びかけにぴくっと耳を立て、タタッと駆け寄ってきた。来た時と同様にエレベーターを使って地上に戻る。

改めて一階の惨状と向き合った蓮は、顔をしかめた。

「この部屋……どうしよう。このままっていうわけにはいかないよな」

「もう片付けてもいいだろう。警察には通報しないし、どのみち、あいつが現場に証拠を残すとも思えない」

鏑木の返答に「うん」と首を縦に振る。

「明日の朝、ロペスに片付けるように指示を出すよ」

そう応じてから、いま一度室内をぐるりと見回した。

「留守中を狙われたのは痛かったけど、地下室を突き止められなくて本当によかった。不幸中の幸いってやつだよな」

「油断は禁物だぞ」

鏑木が厳しい顔で釘を刺してくる。

「念には念を入れて、これまで以上に指輪に注意を払え。いいな？」

「わかってるって」

蓮は祖父から譲り受けたエメラルドの指輪を指で摘まみ、くるりと回した。

「さすがのガブリエルも、この指輪がライティングデスクの鍵になっているなんて考えないだろうけど、仮にもし『指輪を見せてくれ』って言われても当然断るし、あいつの手に渡すようなヘマはしないよ」


翌日の夕方、別館の三人が、郊外の別荘から帰ってきた。

蓮は、自分が一日早く帰館したことにはあえて触れずに彼らを出迎え、共に夕食を取った。祖父の部屋が荒らされた件も口にせず、食事中は主に、アナが聞きたがったジャングルのめずらしい動物の話をした。

一方のガブリエルも——仮に彼が祖父の部屋を荒らした犯人であったとしても——それをこちらに悟らせるような真似は一切しなかった。後ろ暗さはおくびにも出さず、目を輝かせて蓮の話に聞き入るアナを慈愛に満ちた眼差しで見守る。そんなガブリエルを、ソフィアもまた幸せそうに見つめる。

第三者から見れば微笑ましい光景かもしれないが、この中で——当人を除いて——唯一人ガブリエルの正体を知る蓮は、内心穏やかではなかった。だからといって、波立つ胸の内を表に出すことはできない。

いまはまだ、ガブリエルの正体を暴くべき時ではない。

ガブリエルに心酔し切っているソフィアとアナを、説得できるまでの証拠が揃っていない。食事中何度も自分に言い聞かせた蓮は、ガブリエルに疑いを抱かせないように「休暇でリフレッシュして機嫌がいい当主」の役割を演じた。

　一夜明けて日曜の午後。週明けからの業務復帰にあたり、蓮とソフィア、ガブリエルに秘書を交えた四名で、話し合いの場が持たれた。

「目が完治したとはいえ、ヴィクトールが抜けた穴は依然として埋められていない。私でよければ引き続き、きみをサポートするよ」

　婚約者の申し出を、ソフィアが後押しする。

「レン、ガブリエルがこう言ってくれているのだから、甘えてしまっていいと思うわ。目が治ったのは本当によかったけれど、ブランクもあるし、しばらくはサポートが必要よ」

「ガブリエル様にいていただけますと、私としても心強いです」

　ガブリエルに尊敬の眼差しを向けつつ、秘書も控えめにプッシュしてきた。

　どうやら彼は、蓮が業務から離れていた間にすっかりガブリエルの信奉者になったらしい。

　自分に肩入れする秘書ににっこりと微笑みかけ、彼を赤面させたガブリエルが、蓮を見る。

「きみは真面目で責任感が強いから、きっとブランクの分も取り戻そうとがんばってしまう。だが、心因性視覚障害にはストレスが一番の毒だ。症状をぶり返さないためにも無理は禁物だ」

「そうよ。せっかくよくなったんだから、当面はリハビリ期間だと思って肩の力を抜くことが大事よ」

「その分は私がフォローするから、きみは大船に乗ったつもりでいてくれ」

「微力ではありますが、私もお手伝いさせていただきます」

「…………」

三人がかりで説得され、受け入れるしかない状況に追い込まれた。三対一では勝ち目がない。

その夜、自室で一人になった蓮は、鏑木の携帯に電話をした。昼の話し合いの経緯を説明し、判断を仰ぐ。

「ガブリエル残留路線で話は進んでいるし、しばらくはそのシフトでいくしかないと思う。現実問題、俺もブランクがあるから、いきなり秘書と二人では対応し切れない。不在の間に進んでいた案件に関しては、ガブリエルのフォローが必要だ。ただこのままだと、ガブリエルがなんだかんだと理由をつけて、側近代理ポジションにずるずる居座りそうな気がして……」

蓮の懸念を黙って聞いていた鏑木が、十秒ほどの沈黙のあとで自分の意見を口にした。

『俺としては、あいつがおまえの側にいるのは好ましくない』

感情を押し殺したような低音に、ドキッとする。

(もしかして……独占欲とか、そういう?)

自分の代わりにガブリエルが側にいるのが嫌だ、許せないという意味なのかと思い、一瞬テンションが上がったが。

『ガブリエルと共に過ごす時間が増えるということは、あいつとの水面下での駆け引きの時間も比例して増加するということだ。それによって、おまえに過度なプレッシャーがかかるのが心配だ』

続く言葉で、自分の思い違いを知る。

（……違った）

蓮は喉の奥でため息を押し殺した。

当たり前だ。鏑木がそんなくだらない焼《や》き餅《もち》を焼くわけがない。

大人でクレバーな恋人は、嫉妬や執着などという卑俗な感情とは無縁だ。

かつて一度だけ、独占欲を垣間見《かいまみ》せてくれたことがあった。

あれは――目が見えなくなって少し経った頃だった。深夜に誰かが寝室に忍び込んできて、無理矢理キスされた。いまだに、あの夜の侵入者が誰だったのかはわからない。

翌日、そのことを知った鏑木は、「キスだけか？　他には？」と鬼気迫る声で問い詰めてきた。

――おまえは……俺のものだ。誰にも渡さない。

独占欲の滲《にじ》んだ囁きに背筋がジンと痺れた感覚がぶり返してきて、体が熱くなる。

（あのあと、自分以外の男の痕跡を上書きするみたいに、執拗《しつよう》に愛撫を施されて……）

『半面、やつの動向を側で監視できるというメリットもある』

携帯から聞こえてくる落ち着いた声音に、脇道に逸れかけていた思考を引き戻された。シリアスな電話の最中に、情事を思い出して体を疼《うず》かせるなんて、自分の浅ましさが恥ずかしくなる。

このところ、すぐ集中力が切れてしまう。

特に鏑木と話している時、その傾向が顕著だった。

鏑木の真剣なアドバイスをよそに、プライベートのことを考えたり、妄想したり、過去の抱き合った記憶を反芻《はんすう》して体を火照らせたりと、公私混同が甚《はなは》だしい。

鏑木を筆頭にミゲルもエンゾもジンも、みんなシウヴァのために尽力してくれているのに、当主の自分がふらふらしているようでは駄目だ。こんなんじゃ当主失格だ。

（しっかりしろ！）

自分に活を入れ、気を引き締め直した。携帯を持つ手にぎゅっと力を込めると、耳殻《じかく》にやや苦しげな低音が流れ込んでくる。

『だが……いくらメリットがあっても、多大な負荷がかかって、おまえが精神的に疲弊するようならば意味がない』

「大丈夫だよ」

鏑木の懸念の声を、蓮はすかさず遮った。

「問題ない。任せてくれ」

『本当に大丈夫か？』

確認する声音は疑わしそうだ。

おそらく鏑木は、自分の目のことが気になっているんだろう。過度のストレスでまた見えなくなったら……と不安なのだ。

だけど、ああなったのは鏑木の辞職が原因だ。

愛する人を突然失い、希望を見失ったことで、光も失った。

だから、鏑木が戻って来てくれたら目も見えるようになった。

当主としてのストレスの蓄積で見えなくなったわけではないし、第一自分はそんなに弱くない。

鏑木にメンタルが脆弱《ぜいじゃく》だと思われていることが不本意で、蓮はムキになって「できるよ！」と主張した。

「目に関しての演技だって、ガブリエルに疑われずにやり遂げたし」

段階を経て少しずつ目が見えていくプロセスを演じた一ヶ月については、多少なりとも上手くやった自負があるので、ことさらに主張する。

『それはそうだが……』

認めてくれはしたものの、まだどこか鏑木の声は気遣わしげだ。心配する気持ちもわからなくはないが、鏑木から見て、自分はそんなに心許ないのかと腑甲斐《ふがい》なくなる。

一昨日も指輪の件で、まるで年端のいかない子供に注意するみたいに釘を刺されたばかりだ。

（俺だっていつまでも十歳の子供じゃない）

「とにかく、大丈夫だから」

懸念を払いのけるように、少し強めの口調で言い切った。

「ガブリエルが鏑木のポジションに取って代わろうとしているのなら、それを逆手にとって、やつの動向を探ってやる」

テンションを上げるために、わざと挑発的な言葉を口にすると、

『そこまで気負う必要はない。ブランク明けだし、普通に業務を遂行するだけで充分だ』

クールな〝側近〟に戻った鏑木が、冷静な声で諫《いさ》める。

『くれぐれも無理はするな。おまえが思っている以上にあいつはしたたかだ。不用意に近づけば、嚙みつかれて大怪我《おおけが》をする。――明日から必然的に行動を共にする時間が増えるだろうが、一定の距離感を保っ

て隙を見せない。心を許さない。いいな？』

出来の悪い生徒に言い含めるような物言いをされ、ついむくれた声が出た。

「わかってるよ」

『ガブリエルにブルシャ関連でなにか言われたり、やつの言動で気になることがあったら、すぐに連絡を入れろ。俺に相談なく勝手な行動や判断はするなよ。わかったな』

しつこく念押しされてイライラした。

ものすごい「上から」だし、完全に保護者目線。

そりゃあ鏑木のほうがうんと年上だし、経験値も比較にならないくらい高いし、男としての器量も断然上だ。

それでも蓮としては、鏑木と肩を並べられる日を夢見て自分なりに鍛錬を積み、徐々にではあったけれど成長しているつもりだったから、信用されていないと感じてショックだった。

「わかったって。じゃあ……明日も早いから」

ふて腐れて、通話を切ろうとした時だった。

『蓮』

「なに？」

投げやりに聞き返す。

『……愛している』

「………っ」

息が止まりそうになった。

『おまえを、愛している』

噛み締めるように繰り返され、耳から入った告白が血流に乗って全身に拡散する。やがて体の隅々に行き渡り、指の先まで甘く痺れさせた。

（こんな不意打ち……ずるい）

きゅっと奥歯を噛む。

飢えきった心に、いま一番欲しい言葉を投げ入れるなんて……。

『できることならば、おまえを危険に晒《さら》したくない。そう心で思っていても、現実の俺は無力だ。おまえをガブリエルの魔の手から護ることができない……自分が腑甲斐ない』

鏑木が苦しそうな声で、切々と訴えてきた。

「……鏑木」

先程からの、必要以上に上から抑えつけるような物言いは、側にいられない自分へのもどかしさの裏返しだったのだろうか。これまでずっと側近として、体を張って盾になってきたからこそ、歯痒《はがゆ》さも一入《ひとしお》なのかもしれない。

鋼の意志を持ち、完全無欠に見える鏑木にだって、どうにもできないことがある。そして、そんなおのれに苛立ち、感情的になることがあるのだ。

意外だったけれど、だからといってがっかりするとかじゃなくて、うれしかった。

弱さを包み隠さずに見せ、赤裸々な感情をぶつけてくれたことがうれしい。

それだけ、自分を信頼してくれている証《あかし》だと思うから。

歓喜のままにぎゅっと携帯を握り締めた蓮は、電話の向こうの恋人に語りかける。

「……無力とか、腑甲斐ないとか、そんなこと全然ない。俺はいつだって鏑木の存在に助けられている。肉体は離れていても、鏑木の心が寄り添ってくれているのを感じている。鏑木がいつも俺のことを考えてくれているのもわかっている」

『……蓮』

「だから大丈夫だ。明日からも傍《かたわ》らに鏑木の存在を感じながら、シウヴァの当主としての務めを精一杯果たすよ」

鏑木がふっと笑ったように感じた。

『……その言葉を聞くことができて安心した。おまえなら必ずできると信じている』

「認めてくれてありがとう」

蓮の唇が微笑みの形を象《かたど》る。

『蓮、おやすみ。今夜もおまえの夢を見るよ』

「俺も鏑木の夢を見る。おやすみ」

ひさしぶりに穏やかな心持ちで、蓮は通話を切った。

III

一日の業務を無事に終えて、『パラチオ　デ　シウヴァ』に向かうリムジンの車中には、どことなく穏やかな空気が流れていた。

蓮《れん》が復帰して六日が過ぎた。

その間とりたてて大きなアクシデントもなく乗り切ったが、蓮自身はブランクのせいもあって、言動がぎくしゃくしていた感は否めない。

頭がスムーズに働かず、以前は当たり前にこなしていた業務に手間取ったり、先方との会話が噛み合わなかったりした。会議やコンベンションに出るのもひさしぶりで、どうやら無意識に緊張していたらしく、一日が終わる頃には、ロペスと話をするのも億劫《おっくう》なほどにぐったり疲れ切ってしまった。

長く止めていたエンジンをあたためるターンは、秘書やガブリエルをはじめとするスタッフにすごく助けられた。

休養のインターバルを置いた久々の蓮の登板に、経済界や投資家は大いに注目している。シウヴァの当主は大丈夫なのかと疑いの目を向けてくる彼らに、完全復帰を印象づけなければならない。そんな勝負の時間でもあった六日間は、周囲の的確なサポートがなければ、とても乗り切ることはできなかっただろう。

とりわけパーティ会場では、ガブリエルのフォローに救われた。

もともと大勢の人間が集まる場所が苦手なのに、ひさしぶりに社交場に顔を出した蓮の前には、いつにも増して長い挨拶の列ができた。

エスタブリッシュメントである彼らの関心は一点に集中していた。

シウヴァのトップである蓮が本当に復調したのか、否かだ。

市場への影響を考慮して、視力障害の件はトップシークレットとして伏せられていたが、ソフィアが蓮の代役に立ったことで、マスコミが「すわ、お家騒動勃発《ぼっぱつ》か」と騒ぎ出した。このまま沈黙を守れば、却《かえ》って騒ぎが大きくなる。そう判断した幹部会が、「体調不良により、シウヴァのトップは休養に入る」と公式に発表した。それによっていったんはマスコミの追及も落ち着いたが、蓮の不在が一ヶ月を超したあたりから、今度は「プリンスは深刻な大病らしい」という噂が、まことしやかに流布され始めた。

蓮は知らなかったが、社交界では寄ると触ると、その話題で持ちきりだったらしい。

そんな状況下での蓮の復帰は、セレブリティの好奇心を刺激するのに充分だった。

「おひさしぶりです、セニョール・シウヴァ。体調が優れないと聞いておりましたけれど、お加減はいかが？　もう大丈夫なのですか？」

「ご無沙汰しております、セニョール。拝見したところ、顔色はよさそうだ。国外で療養されているとの噂でしたが、こうして社交にも復帰されたということは、完治されたということですかな」

「レン様、心配しておりましたのよ。お元気になられてよかったわ。シウヴァの王子様がいらっしゃらないパーティは火が消えたようだって、みんなで話していましたの。ところで、体調不良と伺っておりましたけど、具体的にどういったご病気でしたの？」

目を爛々《らんらん》と輝かせたセレブたちから質問攻めにされて困惑していると、ガブリエルがさりげなく割って入ってくれた。

「皆様方には大変ご心配をおかけしました。プリンスは一時期体調を崩して療養されていましたが、順調に回復され、職務にも社交にも復帰されました。相変わらず魅力的で美しいのはご覧のとおりです。今後もシウヴァの当主として、エストラニオの経済はもとより、フィランソロピーやソーシャルをも牽引されることでしょう。ただ、いまは復帰間もない時期ですので、心身に負担をかけぬよう、皆様のご配慮を重ねてお願い申し上げます」

口許に微笑みを刻んだ美貌の男にそう言い渡されれば、誰もが追及の矛先を引っ込めざるを得なく、蓮は質問攻勢から解放された。散っていく人々に気がつかれないように、ほっと安堵の息を吐く。

ガブリエルと二人で残された蓮は、今夜も洗練されたタキシード姿の麗人を、ちらりと横目で窺《うかが》った。

複雑な心境だったが、助けられたのは事実なので、「……ありがとう」と礼を言う。

「どういたしまして」

ガブリエルが肩をすくめた。

「これくらい、お安い御用だよ。きみの役に立てて光栄だ」

「……………」

青い宝石のような瞳でじっと見つめられて、首の後ろがちりっと粟立つ。

ちょうど通りかかったボーイからシャンパングラスを受け取ったガブリエルが、それを蓮に渡した。

「喉が渇いただろう？」

まさしく、喉が渇いたと思っていたところなので、有り難く受け取る。
冷えたスパークリングで喉を潤しながら、こっそり舌を巻いた。

痒《かゆ》いところに手が届くというか、本当に気が回る男だ。

鏑木《かぶらぎ》も陰になり日向になり自分を護ってくれたが、時には成長を促すために厳しく突き放すこともあった。対してガブリエルは、まるで女性をエスコートするかのようにあくまでスマートでソフト。

夕方になって蓮が疲れてきたのを察知すると、会議の場などでも自身が積極的に発言して注目を集め、蓮からみんなの意識を逸らして休ませてくれる。しかもその誘導がとても自然なので、蓮以外の誰にも気づかれない。

元気であれば、「余計な気遣いは無用だ」と突っぱねることもできるが、現在の蓮はブランク明けで本調子とは言えない。至れり尽くせりのフォローを拒めず、つい無意識に寄りかかってしまっているのは、否定できない事実だった。

「パーティ主催の政府高官には義理を果たせたし、ひさしぶりにきみの顔を見てセレブたちも満足しただろう。そろそろ失礼して問題ないと思う。疲れたんじゃないか？」

「いや……大丈夫だ」

「私は最後に主催者に挨拶をしてくる。きみはここで少し休んでいて。挨拶のあとで迎えに来るから」

ぽんと肩に触れて、ガブリエルが立ち去っていく。壁際で均整の取れた長身を見送っていると、花に蝶《ちょう》が集まるがごとく、着飾った女性たちが群がるのが見えた。ガブリエルは疎《うと》ましげな様子は微塵《みじん》も見せず、女性一人一人に均等に笑顔を振りまいている。

さっき誰かが、自分がいない間のパーティが「火が消えたようだった」と言っていたが、とてもそうは思えない。ガブリエルという新しい「社交界の華」の登場で、以前より盛り上がっているように見えた。ソーシャルの場でガブリエルに注目が集まるのは、蓮にとって望ましい傾向だ。いまはできるだけ、耳目を集めたくない。

そのあたりの意向も汲み取って、あえて誘蛾灯《ゆうがとう》の役割を引き受けているのか？

そんな深読みをしてしまうほどに、ガブリエルという男は謎めいて摑み所がなかった。

一つだけはっきりしているのは、自分と鏑木の敵だということ。

「………」

シウヴァの敵だとわかっているのに、鏑木を排斥した真犯人だとわかっているのに、ガブリエルに頼らなければ立ち行かない現実。胸の中に渦巻くのはジレンマだ。

鏑木には「問題ない。任せてくれ」と大見得を切ったが、実際にガブリエルと過ごす時間が増えるにつれ、そう簡単ではないと思い知らされた。相手は一筋縄ではいかない厄介な人物だ。

その力を借りて共に業務を遂行し、同時に一定の距離を保ち、本心を読まれないようにしなければならない。ガブリエルが獅子身中の虫であることを知っていると、当人に決して覚られてはならない。

蓮に割り振られた役割は、なにも知らずにその庇護に頼り切っている、道化だ。

一日が終わるとぐったりしてしまうのは、業務に加えて、そちらの役割のストレスも大きかった。

とはいえ、あれだけ「大丈夫だ」と何度も言って鏑木の杞憂《きゆう》を退けてしまった以上、今更泣き言は言えない。夜の鏑木との定期連絡でも、心労を押し隠して明るい声を出すよう心がけた。その結果、通話を切ったあとで、さらに疲労が増すという悪循環。

外にも内にも憂慮がある――綱渡りのような六日間をこなし、最後の難関だったパーティもクリアして、なんとか復帰後の顔見せ興行に当たる六日間を終えた。

明日はオフだ。一息つける。

蓮が感じている安堵を、顔見せ興行に同行したスタッフも同様に感じているのだろう。車中の脱力したようなまったりとした空気は、きっとそのせいだ。

小さな揺れに身を任せて怒濤《どとう》の六日間を振り返っていた蓮は、上着のポケットに振動を感じた。プライベートの携帯だ。こちらにかけてくる人間はごく限られている。

（鏑木？）

鏑木からのメールが届くのは、蓮の業務が終わった頃合いを見計らって深夜が多いが、なにか緊急の案件かもしれない。

蓮は傍《かたわ》らのガブリエルを横目で窺った。男は蓮とは反対側の車窓に視線を向け、ぼんやり景色を眺めている。さすがのガブリエルもいささか気が抜けているようだ。

それを確認して、上着のポケットから携帯を引き出す。ホーム画面に表示されていたメール送信者名は、想像していたものと違った。

ルシアナ・カストロネベス。

「……っ」

シウヴァと双璧と言ってもいい名門、カストロネベス家の令嬢。蓮より四歳年上で、ミラノの音楽大学で声楽を学んでいたが、現在はエストラニオに帰国している。蓮とはパーティで知り合った。

ルシアナは、自分を「シウヴァの財産とセット」と考えるような、これまでの女性たちと違った。そもそも資産家の娘なので、玉の輿を狙う必要がない。同じような境遇にある同志的な意味合いで、蓮はルシアナに好意を持った。好意といっても、鏑木に対するような恋愛感情ではない。

ルシアナは、蓮が初めて持った、年の近い女友達だった。過去形で語るのには理由がある。

ルシアナとはメールアドレスを交換してやりとりをしていたが、蓮の身に鏑木の辞職という大きなトラブルが降りかかり、さらには目の疾患でメールが打てなくなったことで、疎遠になってしまったのだ。

彼女の存在を忘れたわけではなかったが、現実問題、そちらに意識を向けるような物理的な余裕はなかった。

いや、それは言い訳だ。

実際は、心配した彼女から何度かメールをもらったにも拘《かかわ》らず、レスしなかったのが後ろめたく――時間が空けば空くほどなおのこと罪悪感が募り、自分から連絡を取ることができなくなっていた。

そんな事情もあって、ルシアナの名前を見た蓮は密かに動揺した。

(なんだろう。まさか放置に対するクレームのメール？)

もしそうだとしても、放置していた自分が悪いのだ。

そう自分を戒《いまし》め、心臓の鼓動を意識しながらメールを開く。

【ご無沙汰しています。その後いかがお過ごしですか？　実はついさっき従姉妹《いとこ》から、パーティ会場であなたに会ったという連絡をもらいました。彼女の目には、お元気そうに見えたとのこと。友人として、回復を心から喜んでいます。休養中とお聞きして連絡を控えていたのですが、どうしても一言うれしい気持ちを伝えたくてメールをしてしまいました。復帰直後でお忙しいことと思いますので返信は不要です。おやすみなさい。ルシアナ】

ルシアナらしい、思いやりに満ちたメールを読み終えて、蓮はため息を吐いた。

彼女は心にもない儀礼的なメールをする女性ではないから、ここに書かれていることはすべて本心のはず。

自分の不調を本気で心配してくれていたのだろうし、回復を心から喜んでくれてもいるのだろう。

そして、自分の不義理を怒っていないことも、文面から伝わってくる。

一瞬でもクレームメールかもしれないなどと思った自分が恥ずかしくて、穴があったら入りたいくらいだ。

そんな心やさしい友人に、心配をかけてしまった。いくら立て続けにアクシデントが起こって気持ちに余裕がなかったからといって、放置しておいていいという理由にはならない。

目が見えなかった間は仕方がないとしても、見えるようになってから、【大丈夫だから心配しないで。また連絡する】と一本メールを打つことはできたはずだ。それくらい一分もあればできる。なのに自分はしなかった。

こういうところに、人間力の差が出てしまうのだ。

未熟な自分への反省と悔恨の念で、居ても立ってもいられない気分になった蓮は、急ぎ返信画面を開いた。あまり大袈裟《おおげさ》な感じではなく、お詫《わ》びの気持ちが伝わる文章を思案しつつ、メールを打つ。

【メールをありがとう。長らく不義理をしてしまって本当にごめん。しばらく体調が思わしくなくて、こちらから連絡ができませんでした】

目が見えなくなったことと、その理由はルシアナにも言えないので、ぼかした表現にするしかなかった。それに、心因性ではあるが、体調が思わしくなかったのは本当だ。

【でも、おかげさまで元気になり、今週から業務にも復帰しました。復帰後の六日間を無事に終えて、いまほっとしているところです。まだ完全復帰とは言えないけれど、少しずつ元のペースに戻していきたいと思っています】

打ち終わったメールを送信した蓮は、ふと、横合いからの視線を感じて顔を傾けた。いつからか、こちらをじっと見ていたらしい青い瞳と目が合う。反射的に肩がぴくっと揺れてしまった。

「ル、……ルシアナからメールがきたから」

別に咎《とが》められたわけではないのに、言い訳がましい言葉が口から零れ落ちる。

「ルシアナから？」

意外そうに片眉を上げたガブリエルが、すぐさま笑みを作り、「まだ交流が続いていたのか」とうれしそうな声を出した。満面の笑みに戸惑い、若干引き気味にうなずく。

「あ……うん」

よく考えてみれば、ルシアナを紹介してくれたのはガブリエルだった。確かみずからを「仲人」と称していたんだっけ。

「そうか。続いているならばよかった。私もきみたちがその後どうなっているのかが気になっていたんだ。

だが、第三者が余計なくちばしを容れるのはいけないと思って、どちらにも訊けなかった」

「………」

「せっかくできた同年代の異性の友人だ。大切にしたほうがいい。ルシアナは名家の令嬢で、男女の性差こそあるが、きみと共通点が多い。これからも様々な局面で、きみのよき相談相手となってくれるだろう。彼女は感性豊かなアーティストであると同時に、社会貢献や福祉にも積極的なフィランソロピストだ。芸術家を支援する活動を通してメセナを行っているシウヴァにとっても、今後重要なキーパーソンとなっていくのではないかと思う」

ルシアナを露骨に推してくるガブリエルの真意が読めず、蓮は黙った。

自分が紹介したから、単に友人関係が長く続いているのがうれしい？

それとも、ゆくゆく自分とルシアナがくっつけばいいと思っている？

ガブリエルは、蓮と鏑木が恋愛関係にあるのを知っているが、自分の策略で首尾よく鏑木を排除できたと思い込んでいる。離ればなれになって、もう鏑木への恋情が薄れたと思っているのか。

「とはいえ……彼女がヴィクトールの穴をすぐに埋められるとは思えないけれどね」

ちょうど鏑木のことを考えていたところに、不意にその名前を出されて、片頬が引《ひ》き攣《つ》りかけそうになるのを懸命に耐えた。とっさに手許の携帯をぎゅっと握り締めた瞬間、携帯が震え出す。

「……っ」

息を呑む蓮に、ガブリエルが「噂をすれば、だ」と、形のいい唇に意味深長な笑みを浮かべた。

「ルシアナからのメールじゃないのか？」

促されて仕方なく携帯を見る。

ホーム画面には、ガブリエルの推測どおり、先程と同じ名前が表示されていた。


その日のメールをきっかけに、ルシアナとのメル友づきあいが復活した。

とてもマメで律儀な性格なルシアナは、蓮のメールに必ず返信してくる。蓮自身も、一回放置してしまった負い目があるので、たとえ忙しくてもその日じゅうにはレスをするように努めた。

内容は以前と同じように他愛のないやりとりが主で、時に写真付きだったりするのも変わらない。

同時進行している鏑木とのメールが、事務的な短文に終始するのと対照的だ。

だがルシアナとの無邪気なやりとりは、ガブリエルとの関係に日々水面下で神経をすり減らす蓮の癒しとなってくれた。

ちなみに、ルシアナからメールがきた日の夜、鏑木にメル友づきあいの復活を電話で知らせたところ。

『別にいいんじゃないか』

実に素っ気ないリアクションが帰ってきた。以前、ルシアナとメールのやりとりが始まった際、まるで気にかける素振りを見せなかったのと同じだ。完全に他人事《ひとごと》。

もう少し……ちょっとでいいから、恋人の人間関係に関心を持って欲しいと思うのはわがままなのだろうか。嫉妬しろとまでは望まないから。

「……別にいいんだ？」

そんな思いがつい態度にも出てしまい、恨みがましい声音で確認した蓮に、鏑木はますます突き放すようなクールな物言いで『おまえのプライベートだ』と返答を寄越す。

『業務に支障が出ない程度ならば、好きにすればいい。――それより今日のガブリエルはどうだった？』

鏑木の関心は、すぐにガブリエルに移ってしまった。二言目にはガブリエルだ。

鏑木自身も独自のルートでガブリエルとマフィアの関わりについて探っているが、敵のガードは堅く、なかなか真相に辿り着けないようだ。はかばかしくない進捗状況に、やや苛立っているのを感じる。そんな経緯もあって、ガブリエルの動向が気になるのだろう。

「例によってそつなく側近代理業務をこなしていた。今日は最後にパーティが入っていたんだ。復帰後初の参加だったから、大勢に囲まれて質問攻めに遭ったんだけど、ガブリエルがさりげなく牽制してくれて助かったよ」

『……そうか』

「パーティ会場でも率先してみんなに話しかけて回っていたけど、もしかしたらあれって、俺から注目を逸らすために、自分が誘蛾灯の役割を任じているのかなって……」

『蓮』

話の途中で遮られ、「なに？」と聞き返す。

『気を許すなよ。それがあいつの手口なんだ。甘い言葉や態度で相手の警戒心を緩ませ、すっと懐に入り込む。ソフィアと同じ轍《てつ》は踏むな』

尖《とが》った声で注意を促され、「そんなのわかってる」とふて腐れた口調で言った。

「第一俺は男だ。ソフィアとは違う」

蓮の反論にも、鏑木は納得していないようだ。

『……とにかく隙を見せるな。どんなに小さなひび割れでも、あいつは見逃さずにそこを突いてくる』

度重なる警告にイラッとして、「だから、わかってるって」と、つっけんどんな応酬をしてしまう。

『わかっているならいい。もう切るぞ』

蓮のけんか腰に鏑木もむっとしたのか、一方的な通話終了宣告がなされた。

結局、復帰後の一週間を無事にやり遂げたことに対する労《ねぎら》いの言葉一つなく、不穏なムードのまま電話が終わる。

「…………」

通話が切れた携帯を片手に、蓮はため息を吐いた。

謀略が明らかになって以降、ガブリエルの存在が、自分と鏑木の間に障壁となって立ちはだかっているのを感じる。

二人で話していても、必ずガブリエルが話題に上がり、その存在が漠然とした暗い影を落とす。

(なんだかまるで三角関係みたいだ……)

そんな、もやもやと鬱屈《うっくつ》した日々の中で、ルシアナとの他愛ないやりとりは唯一の息抜きとなった。途切れることなくメール交換は続き、一週間が過ぎる。

「レン、あなた、カストロネベス家のご令嬢とメールのやりとりをしているんですって?」

ソフィアがそう話しかけてきたのは、復帰から二週間が経った日曜日の昼。

場所は『パラチオ　デ　シウヴァ』の『パーム・ガーデン』だった。ヤシの木やタビビトノキ、インドソケイなどの熱帯植物に囲まれた中庭だ。赤い煉瓦《れんが》を敷き詰めた床と、白いパラソルのコントラストが目に鮮やかで、午後の日差しをより強く感じさせる。

ジャングルを思わせる緑豊かな中庭で、蓮はランチを取っていた。ランチのお供はジンとソフィア、娘のアナ、婚約者のガブリエルだ。

「え？　あ……うん」

うなずいた蓮は、その話をソフィアにした張本人と思しき男を横目で窺う。籐の椅子に腰掛けたガブリエルは、冷えたシャブリと生牡蠣《なまがき》のマリアージュを堪能していた。優雅な手つきでグラスの結露を拭《ぬぐ》う男の視線は、円形の噴水に向けられている。

思い起こせば、初めてガブリエルと会ったのは、まさにこの中庭だった。時は蓮の十六歳の誕生日の夜。

——こんなところで水浴びかい？

——きみはレンだね？

——この国できみのことを知らぬ者などいないよ。きみはいずれ大統領と同等の……いや、それをも凌《しの》ぐ強大な力を持つようになる。誰もがきみと親しくなりたがっている。かくいう私もそうだ。

——知っている？　きみの瞳は感情が昂《たかぶ》ると碧《みどり》に光るんだ。きみのマーイと同じ色にね。

（そうだった。あの時のガブリエルは、イネスを知っているような物言いをしていた……）

しかし蓮の「イネスを知っているのか？」という問いには、謎の微笑を浮かべて答えなかった。

その後も何度か折に触れ、イネスを知っているのかと尋ねたけれど、いつも曖昧《あいまい》にはぐらかされて――。

「確か声楽の勉強をしにミラノに留学されていて、少し前に戻って来たのよね？」

ソフィアの確認の声に、蓮は「そう」とうなずく。

「彼女のアリアは本当にすごいよ」

床に集まった小鳥にパンをちぎって与えていたアナが、突然振り返った。蓮に向かって「聴いてみたい！」と大きな声を出す。

「アナ？」

「アナは最近、オペラにはまっているんだ」

ガブリエルが説明した。

「マリア・カラスを大音量でヘビーローテーションしている」

「ああ、だったら一度ルシアナの歌を聴いてみるといい。マリア・カラスの歌声はもう生では聴けないけれど、同じソプラノだし」

蓮のリコメンドに、アナが父親譲りの碧の目を輝かせる。

「じゃあ、ぜひルシアナさんをお屋敷に招待して！」

「あら、それは素敵な案ね！」

愛娘のアイディアにすかさずソフィアが賛同した。

「私もレンのガールフレンドに会ってみたいわ」

「ガールフレンドじゃないよ。メル友」

蓮の訂正には、ふふふっと笑って、ソフィアは傍らのガブリエルに意見を求める。

「ねえ、どうかしら？　ルシアナさんをディナーにご招待するっていうのは」

「いいんじゃないかな」

母娘《おやこ》の発案に支持を表明したガブリエルが、正面の蓮を見た。

「レン、きみもルシアナとはメールのやりとりだけで、ずっと会っていないだろう？」

「それはそうだけど……」

アナにさっき「聴いてみるといい」と言ったのは、あくまでルシアナがどこかで歌う機会があったら聴きに行ったらいいという意味合いであって、屋敷に招待するとなれば話は別だ。

それが実現したら、現在のメル友という関係から、二人の距離が一気に縮まる可能性があった。

以前、ルシアナに【教会のチャリティイベントで歌うので聴きにいらっしゃいませんか】と誘われた時も、それで迷って――鏑木のデートの約束とバッティングしていたこともあり――結局断ったという経緯がある。

いきなりの展開に戸惑った蓮は、隣席のジンに助けを求めた。

「おまえはどう思う？」

料理そっちのけでヴィンテージのシャブリをぐいぐい呑んでいたジンが、肩をすくめる。

「とりあえず、彼女を誘ってみたら？　乗り気じゃなかったら断ってくるだろうしさ」

「……そうか」

「まあ、俺は、おまえの初めてのガールフレンドとやらを見てみたいけどな」

ほろ酔い気分なのか、ジンが軽い口調でそう言って、唇の片端をにっと上げた。

ランチ終了後、アナに「すぐルシアナさんにメールしてね！」とせっつかれた蓮は、別館に戻る三人とジンと別れて自室に戻ってから、ルシアナにメールをした。すると即行でレスが戻ってくる。

【お誘いありがとう！　『パラチオ　デ　シウヴァ』に遊びに行けるなんてうれしいわ。とても美しいお屋敷だと話に聞いていて、一度伺いたいとずっと思っていたの。シウヴァ主催のパーティが頻繁に開かれていた頃は、私はミラノにいたから、これまでお屋敷を拝見する機会がなくて……。ガブリエルはもちろんのこと、ソフィアさん、レンの従妹のアナちゃんに会うのも楽しみです！】

テンション高めのメールの文面を読み、引くに引けない気分になった蓮は腹をくくった。

その後、みんなの日程を摺り合わせた結果、ルシアナの来館は一週間後の日曜の夜に決まる。

一斉メールで日時を通達したあとで、鏑木に相談しないまま決めてしまったことに気がついた。

でも、どうせ訊いたところで、『別にいいんじゃないか』と気のない言葉が返ってくるのがオチだ。

鏑木は、自分の交友関係に興味がないから。

それに、なんでもかんでも鏑木に報告するのもおかしい。鏑木はすごく頼りになるけれど、かといって依存し過ぎも問題だ。それが当たり前になると、自分でなにも決断できなくなってしまう。そういった傾向があるのを自覚しているからこそ、ここは自分一人で決断すべきだと思った。

『パラチオ　デ　シウヴァ』の当主は自分なのだから、ここで行われるイベントは、自分で決めていいのだ。

みずからに言い聞かせた蓮は、ロペスを呼んでルシアナの訪問を告げた。

「カストロネベス家のルシアナ様がいらっしゃるのですか。それはそれは……」

ロペスがなぜか、うきうきした声を出す。

「うん。ディナーに招待した。準備のほう、頼めるかな」

「もちろんでございます。美しいお嬢様と伺っておりますので、若い女性に喜んでいただけるようなメニューを料理長と相談いたします。飾り付けもハウスメイド長と相談の上、レン様にご提案させていただきますね」

「そんなに気張らなくていいよ」

「そうはまいりません。カストロネベス家のご令嬢を当館にお迎えするにあたって、いささかも失礼があってはなりませんから」

いつになく気合いの入っているロペスに気圧《けお》され、蓮は「……任せる」と言うほかなかった。

それからの一週間は、ロペスを筆頭に、スタッフが心なしか浮き足立っているのを感じて過ごす。考えてみれば、蓮の誕生日以降、パーティなどの大きな催しがなかった。使用人たちも、ひさしぶりの腕の見せどころと、張り切っているのかもしれない。

ロペスからメニューと飾り付けのプレゼンテーションを受け、蓮がＯＫを出し、スタッフ総出で準備が行われ――ルシアナ来館の当日を迎えた。

「ルシアナ様が到着されました」

別館から来たソフィアたち三名とジン、そして蓮の五名がサロンで待機していると、ロペスが知らせに来る。

「レン、当主のきみが出迎えるべきだ。私たちはここで待っているから」

ガブリエルに促された蓮は、ロペスと連れだってエントランスホールへと向かった。

「レン！」

エントランスホールの入り口に差し掛かったところで自分を呼ぶ声が響き、猫脚のソファから、小柄な痩身がすっと立ち上がる。

今夜のルシアナは、初めて会った時と同じく白のドレスに身を包んでいた。トップはシンプルなノースリーブだが、スカートの部分がふんわりと膨らんだフレアーになっていて、膝の下あたりからすらっと形のいい脚が覗いている。華奢《きゃしゃ》な腕に白い長手袋を嵌《は》め、白サテン地のクラッチを持っていた。アクセサリーはパールの一連ネックレスと、一粒真珠のイヤリングのみ。

以前もそう思ったが、余計な色を潔く排除していることで、黒目が大きな瞳や艶《つや》やかな黒髪、肌の透明感が引き立って見える。ルシアナは自分の魅力をよくわかっている気がした。

「ようこそ、ルシアナ」

お互いに歩み寄って、握手をする。ルシアナのほんのり色づく唇が、品のいい微笑みを象《かたど》った。

「おひさしぶり。今夜はお招きくださってありがとう」

毎日メールのやりとりをしているので、濃い交流をしているような錯覚に陥《おちい》るが、実際にルシアナと会うのはまだ二度目なのだ。

「本当にひさしぶりだね。白のドレスがとてもよく似合っている」

「レンこそ、リネンのスーツが素敵だわ」

お互いを誉め合ってから、なんだか照れくさくなって、ふふっと笑う。そんな自分たちを、少し離れた場所からロペスがにこにこと見守っているのに気がつき、蓮は彼をルシアナに紹介した。

「ルシアナ、執事のロペスだ。『パラチオ　デ　シウヴァ』のことはすべて任せている」

「はじめまして、ロペス。ルシアナ・カストロネベスです」

ルシアナが差し出した右手を、ロペスは恭しく押し頂く。

「初めてお目にかかります、ルシアナ様。ご来館をお待ち申し上げておりました」

ロペスから手を離したルシアナが、天井の高いホールをぐるりと見回した。

「聞きしに勝る、とても素敵なお屋敷ね。このホールも装飾や設《しつら》えが見事で、待っている間中うっとり見惚れていたわ」

頬をうっすら紅潮させて、ルシアナが感嘆のため息を吐く。

「もしよかったら、サロンに向かいがてら、ざっと館内を案内しようか」

「いいの？　うれしいわ」

ロペスが「私は珈琲《コーヒー》の準備をしてまいります」と言って下がったので、蓮はルシアナと二人で『パラチオ　デ　シウヴァ』内を散策して回った。

アーチが立ち並ぶ中庭に面した外廊下、熱帯植物のグリーンに交ざって差し色のようなヘリコニアやアルピニア・プルプラダが咲き乱れる『パーム・コート』、広々とした芝生が美しい『ファーン・コート』、鋳鉄の噴水を抱く『パーム・ガーデン』、プール、テニスコート、馬場。

　屋外の主だったスポットを巡りつつ、二人で散歩道を歩いたあとで館内に入った。屋内では美術品が並ぶロングギャラリーや書斎つきの図書室、応接間《ドローイングルーム》、撞球室《ビリヤードルーム》などを案内して歩く。

　ルシアナはたびたび足を止めて、室内装飾や調度品にじっと見入り、感嘆の声を発した。

「素敵……素敵。どこもかしこも素敵。ため息しか出てこない。これこそ本物の白亜の宮殿だわ」

「十歳で初めてここに来た時、壁や天井が真っ白で、その眩しさに驚いた記憶がある」

「白い建物はともすれば薄汚れてしまいがちだけど、このお屋敷は隅々まで手入れが行き届いていて清潔感があって、本当にきれい」

「さっき会ったロペスをはじめとした使用人たちのおかげだ」

「そういったスタッフの質も含めて、シウヴァは一流なんだわ」

　話をしているうちに、サロンに着く。

「ここがサロンだ」

　廊下で待っていたロペスが、笑顔で二枚扉を開き、天井の高い空間へと導き入れた。

「ルシアナ様のお着きです」

　グランドピアノの奥に置かれたソファセットから、長身の男が立ち上がる。

「やあ、ルシアナ」

　にこやかに歩み寄ってくるガブリエルの後ろに、ソフィアとアナもついてきた。最後尾はジンだ。

「おひさしぶりです。セニョール・リベイロ」

ルシアナがガブリエルと握手を交わす。

「元気そうだね。ルシアナ、こちらが婚約者のソフィアだ」

「はじめまして、セニョリータ・シウヴァ。ルシアナです。本日はお招きありがとうございます」

「はじめまして、ルシアナ。お会いできてうれしいわ。社交界デビューの時、『flor branca《白い花》』と形容されたとお聞きしたけれど、本当にそのとおりね」

心からそう思っているとわかるソフィアの賞賛に、ルシアナが頬を染めて「ありがとうございます」と礼を言った。

「ルシアナ、娘のアナ・クララよ」

「はじめまして、アナ・クララ・シウヴァです」

めいっぱいおめかししたアナが、スカートを摘まんで、軽く会釈をする。ルシアナもそれにカーテシーで応《こた》えた。

「はじめまして、アナ。……なんてきれいな碧の瞳なの」

「ありがとう。ルシアナお姉ちゃまの黒い瞳も素敵よ。レンお兄ちゃまとお揃い。二人はお似合いね！」

アナの無邪気な発言に、ルシアナがふたたび頬を赤らめる。

二人のやりとりを聞いていた蓮は、アナの斜め後ろに立つジンと目が合い、気まずく視線を逸らした。

その後、軽く咳払いをして、傍らのルシアナに「彼は俺の親友で、ジン」と紹介する。

「どーも。居候《いそうろう》のジンです」

ジンが一歩前に出て右手を差し出すと、その手を握ったルシアナが、おもしろそうに「居候？」と尋ねた。

「そ。こいつの友人特権で、ここに住まわせてもらっているんだ」

「羨《うらや》ましいわ。シウヴァの宮殿に住めるなんて」

「あんたも宿無しになれば、レンが住まわせてくれるよ。こいつは人がいいから」

ルシアナがクスクスと笑う。ジンがスラム出身だとは知らないので、気の利《き》いたジョークだと思ったようだ。

「さて、これで全員の紹介は済んだかな？　ロペスが珈琲の用意をして待っている。まずは座ろう」

ガブリエルの音頭で、それぞれが思い思いの場所に腰を下ろす。移動に紛れるように、ジンがすっと近くに寄ってきて耳打ちした。

「俺のタイプじゃねーけど、いい感じじゃん。お嬢にしては気取ってないし」

どうやらジンもルシアナを気に入ったらしい。上流階級に対して一線を引くジンには珍しいことだ。

ロペスが運んできた珈琲を飲みながら、サロンで一時間ほど談笑したのちに、全員で食堂に移った。

食堂のテーブルには、庭から摘んできた花でグリーンと白のアレンジメントが盛りつけられている。真っ白なテーブルクロスをはじめとして、白のリボンで結ばれたナプキンや、白いキャンドルとプルメリアが水に浮かぶガラスの器など、いつになく飾り付けに気合いが入っていた。ゲストのルシアナのイメージから、「白」を今夜のテーマカラーにして欲しいとリクエストしたのは蓮だが、その狙いは当たりだったらしい。

ルシアナを筆頭に女性陣は「シックで素敵！」と大喜びだ。

ディナーのコースも、半数が女性なのを意識してか、普段よりポーションが小さめで、その分盛りつけに凝《こ》っている。ハーブやエディブルフラワーを多用し、味覚だけでなく視覚でも楽しめる趣向が凝らされていた。

コース料理を食べたあとは、デセールとお茶のために、食堂からサロンに戻る。給仕スタッフが押してきたシャリオには、上と下の二段に所狭しと、手作りのデセールが載っていた。

「きゃーっ」

女性陣が黄色い悲鳴をあげる。

「どれもおいしそう！」

ルシアナが興奮を抑え切れない様子で身を乗り出した。ケーキや焼き菓子を見つめる目は熱を帯びて輝き、白い肌が紅潮して、いつもより幼く見える。ソフィアも同様だ。女性はデセールを前にすると少女に戻ってしまうものらしい。

「お好きなものをお選びください。お皿に盛らせていただきます」

ロペスの促しに応え、女性三名がめいめいの要望を伝えた。皿に美しく盛られたデセールを、本当にうれしそうに口に運ぶ。

「パパイヤのコンポート、おいしい！」

「チーズスフレのカカオソースがけ……最高だわ」

「やっぱり、カスターニャのアイスクリームが一番好き！」

男性陣は珈琲カップを片手に、そんな女性たちをまったりと眺めた。三人の顔には一様に、「よくそんなに甘いものが食べられるな」という感嘆と驚愕《きょうがく》の色が浮かんでいる。

あっという間に一皿目を平らげ、お代わりまでした女性たちが、食後の珈琲とハーブティを飲み終わった頃合いを見計い、ガブリエルが切り出した。

「ルシアナ、アナがきみの歌を聴きたいそうだ。私も聴きたい」

「ルシアナお姉ちゃま、お願い！　一曲でいいから！」

「私がピアノ伴奏をするから、お願いできないかしら？」

三人の懇願に、にっこりと微笑んだルシアナが、「上手に歌えるかわかりませんが」と謙遜しつつ立ち上がる。ソフィアも立ち上がって、グランドピアノにスタンバイした。

アナがピアノのすぐ前のソファに移動し、その横にガブリエルが腰を下ろす。蓮はジンと隣り合わせの肘掛け椅子に腰掛けた。

「なにを歌われます？」

ソフィアの問いかけに少し考えてから、ルシアナが答える。

「アルフレード・カタラーニの歌劇『ラ・ワリー』から『さようなら、故郷の家よ』はどうでしょう？」

「大好きな曲よ！」

両手を組み合わせたアナが、碧の目をキラキラと輝かせた。

グランドピアノの前に立つルシアナを見て、蓮の胸もじわじわと高鳴っていく。初めて彼女のアリアを聴いた時の熱い感動が蘇ってきた。

ソフィアが弾くイントロがサロンに流れ出すと、歌劇の世界観に入り込むためか、ルシアナは目を閉じた。すーっと吸い込んだ息を、歌声に変換して喉から送り出す。

Ebben?
ne andrò lontana,
come va l'eco della pia campana,
là, fra la neve bianca;
là, fra le nubi d'ôr;
laddove la speranza
è rimpianto, è dolor!

まるで楽器のように共鳴して、ソプラノを奏でる華奢な体。

天井の高いサロンの隅々まで、ビブラートの利いたソプラノが響き渡る。空気がビリビリと震えた。隣のジンがヒューッと口笛を吹く。

「……すっげぇな。ゾクゾクする」

「……ああ」

感嘆のつぶやきに、蓮はうなずいた。

O, della madre mia casa gioconda,
la Wally ne andrà da te lontana assai,
e forse a te, non farà
mai più ritorno,
né più la rivedrai!
mai più, mai più!

ああ　お母さん　楽しい我が家
ワリーはあなたから離れて、遠くに行くでしょう
おそらくあなたの元へは二度と
帰ってくることはないでしょう
決してないでしょう

家族との別れ、故郷との惜別を、ルシアナは情感たっぷりに歌い上げていく。

歌声に触発されて記憶の扉が開く。蓮の脳裏には八年前の、養父母と義理の兄、そして生まれ故郷であるジャングルとの別れのシーンが浮かび上がった。

あの時の辛《つら》くて心細い気持ち、寂しさ、切なさ。

密林にこだました、エルバの悲しげな咆吼《ほうこう》。

ルシアナのソプラノに揺り起こされた当時の感情が、昨日のことのようにリアルに思い出されて目頭が熱くなる。

Ne andrò lontana,
come va l'eco della pia campana,
là, fra la neve bianca;
ne andrò lontana,
là, fra le nubi d'ôr……

ピアノの伴奏と歌が終わっても、しばらくサロンは静かだった。水を打ったような静寂の中で、ソフィアがピアノの椅子から離れてルシアナの横に並ぶ。二人一緒に会釈をしてから、ソフィアとルシアナは顔を見合わせた。

「素敵な伴奏をありがとうございました」

「私こそ、共演できてとても光栄だったわ」

ソフィアがルシアナに歩み寄り、その肩を抱く。

「二人ともすばらしかった！」

立ち上がったガブリエルがパンパンパンと手を打ち、余韻に浸っていた蓮もはっと我に返った。あわてて椅子から立ち上がって二人に拍手を送る。ジンもそれに倣《なら》った。

「Fantástica!」

アナが叫んで、ルシアナの元に駆け寄る。抱きついて、「すばらしいアリアだったわ！」と賞賛を送るアナを、ルシアナが「ありがとう」と言ってぎゅっと抱き締め返した。

「こんなに心が震えたの、生まれて初めて」

そう告げるアナの顔は興奮で赤らみ、大きな碧色の目が潤んでいる。

「アナ、あなた泣いているの？」

ソフィアが尋ね、アナが少し照れくさそうに指で眦《まなじり》を拭った。

「ルシアナお姉ちゃまの歌声を聴いていたら、自然と涙が出てしまったの……」

「まあ」

ルシアナが感激の面持ちで、アナを見つめる。

「本当にかわいらしい方」

「私よりお姉ちゃまのほうがかわいらしいわ。お歌も上手だし、アナ大好き！」

「おやおや、アナはすっかりルシアナに夢中だね。無理もない。それだけ感情を揺さぶるアリアだった。レンも泣いていたしね」

不意にガブリエルに指摘され、蓮はカッと顔が熱くなった。

「泣いてなんか……」

いないと否定しようとしたが、ルシアナがこちらを見ているのに気がつき、口籠もる。

「あー、そうそう、泣いてた、泣いてた。グスグスしてた」

茶化して囃《はや》し立《た》てるジンを「うるさい」と横目で睨《にら》みつけた。

「お兄ちゃま、恥ずかしがらなくていいのよ？　すばらしい芸術に感動できる素直な心を持っているってことだもの」

アナに大人びた声で諭され、ぐっと詰まる。

「まあ……その……ちょっとだけ……うるっとはきたけど」

ついに白状した蓮に、その場がどっと笑いに包まれた。


アナの就寝時間が近づいたのをきっかけに、宴《うたげ》はお開きとなった。

蓮はホスト側の代表として、またシウヴァの当主として、ゲストの見送りという最後のタスクを遂行した。

エントランスホールから外に出ると、車寄せに黒いリムジンが横付けされ、カストロネベス家お抱えの運転手が立っているのが見えた。ゲスト用の駐車場で待機していたはずだが、ロペスから事前の連絡を受けてリムジンを移動させてきたのだろう。

制服を着た運転手以外に人影は見当たらなかった。

ところどころにライトアップされたモニュメントが佇《たたず》む前庭は静かで、水が流れ落ちる噴水の音だけが継続して聞こえてくる。

車寄せに続く外階段の手前で足を止めたルシアナが、蓮を振り返った。

「今日はとても楽しい時間をありがとう。憧《あこが》れの『パラチオ　デ　シウヴァ』にお招きいただけただけで充分に幸せだったのに、細やかなおもてなしの数々に感動したわ」

そう言ってもらえて、蓮もうれしかった。ルシアナの言葉が心からのもので、社交辞令なんかじゃないとわかったから。

よくよく考えてみれば、ジンは特例として、自分の友人を公に屋敷に招待したのは初めてだ。スタッフの力を借りてではあったが、人生初のイベントを成功させることができて、ほっとすると同時に達成感を覚える。

はじめは少々気が重かったけれど、ルシアナを誘ってよかった。アナもソフィアも喜んでいたし。

「こちらこそ、素敵なアリアをありがとう。きみの歌声を聴くことができて、みんなすごく喜んでいた。とても贅沢《ぜいたく》な時間だった」

そう言って微笑みかけると、ルシアナがまっすぐ見つめてくる。シャイな彼女が、揺るぎなく自分を見つめて目を逸らさないことに、蓮は戸惑った。心なしか、黒い瞳が熱を帯びているような気がして……。

「……ルシアナ？」

視線を絡め合わせたまま、薄く色づいた唇が開く。

「会えてうれしかった。次はエルバにも会いたいわ」

（――次？）

予想外の要望を口にされて虚を衝《つ》かれた。

この一回で終わりではなく、また次があるということか。

その「次」を積み重ねていくうちに、自分とルシアナの関係はどうなっていくのだろう。

友情が深まるのか。それとも……。

思考に囚われてフリーズする蓮に、少し背伸びをするようにして、ルシアナが顔を近づけてくる。甘い香りが鼻腔《びこう》をくすぐった次の瞬間、右の頬にやわらかい唇を感じた。一瞬だけ頬に触れて、唇が離れる。

(キス？)

瞠目《どうもく》する蓮に、ルシアナが小さく微笑んだ。

「おやすみなさい」

囁《ささや》いて、二の腕に添えていた手を離し、くるりと身を返す。外階段を下りていく華奢な後ろ姿を、蓮はぼんやり見送った。車寄せまで下りたルシアナが、リムジンに乗り込む寸前、階段の上の蓮を振り返って手を振る。

反射的に手を上げて振り返した。

ルシアナが後部座席に乗り込むと、運転手がドアを閉め、運転席に乗り込む。エンジン音が響き、滑らかに発車したリムジンが、噴水を大きく回り込んで走り去った。

リムジンのバックライトが見えなくなって、ふっと体の力を抜く。

突然のキスには驚いたけど、あれは挨拶みたいなものだ。特に意味はない。

そう自分に言い含めていた時だった。

「ルシアナは帰ったようだね」

背後からの声に、びくっと身じろぐ。ばっと勢いよく振り返って、エントランスホールの入り口に長身を認めた。銀の髪が照明に反射してきらりと煌《きら》めく。

「……ガブリエル」

（いつからいたんだ？）

もしかして、さっきのキスを見られた？

内心の狼狽《ろうばい》をなるべく表に出さないために黙っていると、長い脚でゆっくりと歩み寄ってきて、蓮のすぐ前で止まった。サファイアの瞳が、上からまっすぐ見下ろしてくる。

月光のように青白く冷ややかな眼差しを、蓮は正面から受け止めた。

「………」

友人を招待したディナーというう初イベントは、大成功のうちに幕を閉じた。

あの場のみんなが特別な時間を楽しんでいた。

ただ一人――自分を除いて。

もちろん蓮もそれなりに楽しんだが、心の底からとは言いがたい。

アナとソフィアを見るたびに、胸がちくちくと痛んだからだ。

なにも知らない二人の笑顔が辛くて……。

事あるごとにガブリエルを見つめるソフィアから、無邪気にガブリエルに甘えるアナから、蓮は幾度も目を逸らした。

母と娘は、自分たち〝家族〟を結ぶ絆《きずな》が、偽物だなんてゆめゆめ思っていない。

その事実を――男の正体を自分は知っている。

それなのに、彼女たちに真実を告げていないことへの罪悪感も、蓮を苦しめた。

そういった意味で、自分は真の団らんを失ってしまった。

胸の奥が引き絞られるみたいに、ぎゅうっと痛む。

(いまは〝まだ〟だ)

まだ、その時ではない。

でもいつか必ず、正体を暴いて、ソフィアとアナを取り返す。

本当の意味での団らんを取り戻してみせる。

この青い瞳の悪魔から――。

奥歯を噛み締め、目に力を込める蓮に、ガブリエルがふっと唇の片端で笑った。

「その目は実に魅力的だ。感情を昂らせたり、強い意志を漲《みなぎ》らせたりすると、きみの瞳は碧に光る。きみの中にイネスが生きているのを感じる瞬間だ」

「……………っ」

ガブリエルが、どこかうっとりとした声音で母の名前を口にするのを聞いて、肩が揺れる。

〝また〟だ。

やっぱり、この男はイネスを知っている。実の子供の自分ですら記憶にない母を知っている。

もし生きているイネスと会ったことがあるのならば、十八年以上前のはずだが……。

今日こそ、母と過去にどういった関わりがあったのかを問い質《ただ》そうとして口を開いた。

「ガブ……」

「ガブリエル！」

発しかけた声が、エントランスホールの中から届いた呼びかけに掻き消される。ほどなく、開かれた扉からソフィアが姿を現した。

「ここにいたの？　あら、レンと話していたのね。アナが眠そうだから、そろそろ別館に戻ろうと思って。私たち、先に戻っていいかしら？」

「いや、私も行くよ」

ガブリエルがソフィアにそう答えて蓮を振り返る。

「じゃあ、レン。今夜は楽しかった。おやすみ。また明日」

「おやすみなさい、レン」

「……おやすみ」

仲むつまじく肩を並べ、別館に引き揚げていく二人を、蓮は黙って見送ることしかできなかった。

IV

「レン、話がある」

部屋に迎えに来るなりガブリエルがそう切り出してきたのは、ルシアナの『パラチオ　デ　シウヴァ』訪問から五日が過ぎた金曜日の朝だった。

ロペスにスーツの上着を着せてもらいながら、蓮《れん》は「なに？」と応じる。肩を数度上下してジャケットをフィットさせてから振り返った。

濃紺の三つ揃いを着込んだガブリエルが、主室の中程に、いつになく神妙な面持ちで立っている。

その表情《かお》を見て、なにかトラブルがあったのだとぴんときた。

眉をひそめ、「トラブル？」と尋ねる。

その問いに対し、ガブリエルは複雑な顔つきをした。

「いや……トラブルというわけではないが」

めずらしくはっきりしない男に苛つき、蓮は「じゃあ、なに？」と尖《とが》った声で追及する。自分でも、カルシウム不足よろしく、〝鏑木《かぶらぎ》不足〟の自分が、ぴりぴりしているのはわかっているのだが、どうしても平常心を保てなかった。

今週に入ってから、鏑木と電話ですら話せていない。鏑木はいま国外に出ているのでお互いの間に時差があり、蓮が電話で話せる時間帯は向こうが電話に出られないのだ。タイミングが合わず、メールのやりとりのみになっていた。

そのメールも、ルシアナと違って愛想はゼロ。【また電話する】などの一行のみで、相変わらず素っ気ない。

鏑木の性格上、仕方がないことだとわかっていても、物足りなさは否めなかった。

そもそも鏑木が国外に出る前から、もうずっと会えていない。祖父の部屋の様子を二人で確かめた夜を最後に、深夜の来館は途絶えていた。あの事件をきっかけに、警護主任が館内の警備を強化したせいもあるし、ガブリエルとマフィアの繋がりの証拠を摑むために、鏑木自身が忙しくしているせいもある。

祖父の部屋を荒らされたことで、いよいよ危機感を強め、国内外を問わず方々を飛び回っているようだ。

元凶は、すべて目の前の男。

そう思うと、つい態度に苛立ちが滲《にじ》み出《で》てしまう。ガブリエルにこちらの異変を気取られてはいけないことは、頭ではわかってはいるのだが。

「カストロネベス家から、シウヴァの幹部会を通して縁談の申し入れがあった」

ジャケットの前ボタンを留めていた手が止まった。すぐには意味が摑めず、「なんだって？」と聞き直す。

ガブリエルが冷静な声音で、「カストロネベス家から、縁談の申し入れがあった」と繰り返した。

「えっ……」

短い声を発したきり、絶句する。混乱しつつ、頭を巡らせた。

「ちょっと待ってくれ。それってつまり……」

「カストロネベス家の当主は、娘のルシアナときみの結婚を望んでいる」

ルシアナとの結婚？

寝耳に水の申し入れに不意打ちを食らった気分で、しばらく呆然と立ち尽くしていた蓮は、やがて頭を左右に振った。

「ない。絶対にない！」

きっぱり否定すると、背後でロペスが息を呑んだ。振り返って、ショックを受けたような表情を認める。どうやらロペスは、心密かに蓮とルシアナの結婚を望んでいたらしい。先日ルシアナと会って、好感を抱いたのだろう。

長年シウヴァを支えてくれたロペスの希望には、蓮自身、できるだけ沿いたいと思っている。

だが、これは無理だ。申し訳ないけれど、期待には応《こた》えられない。

ふたたびガブリエルに向き直った蓮は、厳しい顔つきでみずからの見解を述べる。

「俺たちが友人づきあいをしていることを知って、カストロネベス家の当主が先走ったのかもしれないが、当人同士の意思を無視して勝手に暴走しているとしか思えない。第一、ルシアナだって」

「ルシアナの承諾は得ているとのことだ」

「はっ？」

あまりにびっくりして、頭の上から声が出てしまった。

「いま、なんて言った？」

「ルシアナもきみとの結婚を望んでいる」

ガブリエルの顔は至って真面目で、ジョークを言っているのではないとわかる。

ショックで痺れた唇を、蓮はかろうじて開いた。

「そんなはずは……俺たちはただの友人で……」

「彼女はそう思っていないのかもしれない」

ガブリエルの指摘に唖然とする。

ルシアナが……自分を？

ゆるゆると瞠目《どうもく》する眼裏《まなうら》に、先日の別れ際のルシアナの姿がふっと蘇った。

自分を揺るぎなく見つめてきたルシアナ。黒い瞳は熱を帯びているように見えた。

二の腕に添えられた手。少し背伸びをするようにして近づいてきた白い貌《かお》。鼻腔をくすぐる甘い香り。

右の頬に触れたやわらかい唇。

一瞬のキスの感触を思い出していた蓮は、ガブリエルの青い目がじっと自分を見つめていることに気がついた。

その目が語りかけてくる。

思い出したかい？　彼女からキスしてきただろう？

（やっぱりあの時見られていた？）

得体の知れない寒気を感じ、ぞくっと背筋を震わせた刹那《せつな》、ガブリエルが「とにかく」と言った。

「シウヴァの幹部会は願ってもない良縁だと好意的に捉えている。ちなみに先日の集まりのあと、ソフィアとアナも、きみたち二人の結婚話で盛り上がっていた」

外堀を埋めるような発言をする男に、蓮は声を荒らげる。

「幹部会がどう考えようが関係ない！　これは俺自身の問題だ」

「レン、きみは個人であると同時にシウヴァのトップだ。きみの結婚は完全なるプライベートとは言えない」

クールな声で言い切られ、ぐっと奥歯を噛み締めた。

それは――それに関しては、もう何年も前から言われ続けて、蓮だって自覚している。

いまは亡き祖父は、蓮が十六になるやいなや、妻を娶《めと》らせようとした。

祖父は、愛娘を奪った憎き日本人《ジャポネ》・甲斐《かい》谷学《やまなぶ》の遺伝子を色濃く受け継いだ蓮を疎《うと》んじていたから、早急に蓮に子供を作らせ、一刻も早く忌まわしき日本人《ジャポネ》の血を薄めたかったのだろう。

祖父の命を受けたシウヴァの幹部会は、上流階級に所属して、かつ適齢期の娘がいる家に、ことごとく招待状を出した。『パラチオ　デ　シウヴァ』では毎週のように婚活パーティが開催され、我が娘をシウヴァ家に嫁がせたいと願う親たちが、着飾った娘同伴でこぞって参加した。

美しい女性、賢い女性、スタイル抜群の女性、チャーミングな女性。

年上、同じ年、年下。

髪の色も目も色も、顔立ちも体形も実に多種多様。

数え切れないほどたくさんの花嫁候補と会って話したけれど、誰一人として、蓮の心を揺さぶる女性はいなかった。

蓮がなかなか首を縦に振らないせいで、花嫁候補者のピックアップは、エストラニオ国内はもとより、近隣諸国にまで拡大した。

当時は、自分がどの女性にも心惹《こころひ》かれない理由がわからなかったけれど、いまならばわかる。

その頃にはもう、心の奥底に鏑木に対する恋情が芽吹いていたからだ。

自覚こそしていなかったが、すでに鏑木に恋していた。だから、誰にも心を動かされなかった。

鏑木と気持ちが通じ合い、互いを生涯の伴侶《はんりょ》と思い定めたいまとなっては、鏑木以外の誰かと結婚するなど考えられない。

たとえ、相手がルシアナであっても。

強い意志を秘めた眼差しで目の前の男を見据えると、ガブリエルはつと眉をひそめ、直後に左手を持ち上げた。腕時計に目をやり、「そろそろ出発の時間だ」と告げる。

「この話の続きは、今夜にしよう」


その夜。

業務終了ののち、ガブリエルは蓮の部屋に立ち寄った。

同じ敷地内に住んでいるとはいえ、ガブリエルは毎晩帰りがけに立ち寄るわけではない。秘書やボディガードと車寄せで解散後、住居である別館にまっすぐ帰宅することのほうが多かった。その場合、翌日のミーティングは車内で済ませる。蓮としても、一刻も早くガブリエルから離れて一人になりたいので、車内ミーティングのほうが有り難い。

だが今夜は、そういうわけにはいかなかった。なるべく早くルシアナの件に決着をつけなければならないからだ。相手がシウヴァに匹敵する名家である以上、結論を引き延ばすほどに、断りづらくなるのは蓮にだってわかっている。

蓮の気持ちとしては「断る」の一択で、迷う余地もないのだが、どうやら自分以外はこの縁談に賛成のようだ（ロペスまで！）。

ガブリエルは側近代理という立場上、縁談を進めたいシウヴァ幹部会から、蓮を説得する任を帯びている。そのタスクを成功させ、これまで以上に幹部会の信頼を得たいガブリエルは、あらゆる論を用いて自分を説得しにかかるだろう。迎え撃つ蓮としては、逆にガブリエルを説得し返し、幹部会にこちらの意向を伝えてもらう必要があった。

二人きりになるのは気が重かったが、そうするためには膝を詰めて話さなければならない。

蓮は、顔には出していないが腹に一物あるに違いないガブリエルと肩を並べ、館内の廊下を歩いた。

蓮の部屋に辿り着き、ドアを開けたとたん、隙間から黒い鼻面がぬうっと覗く。

「ただいま、エルバ」

留守番をしていた弟分に声をかけて、蓮は主室に足を踏み入れた。

「グルゥゥウ……」

喉を鳴らして蓮の足許にじゃれつき始めたエルバが、廊下のガブリエルに気がつき、髭《ひげ》をピクッと震わせる。廊下に向かって牙を剝き出し、「ウゥウ」と威嚇《いかく》の唸《うな》り声《ごえ》を発した。

「……相変わらず、きみの弟は私が嫌いらしい」

苦笑混じりにガブリエルがつぶやく。

ガブリエルが帰館後、自分の部屋に立ち寄らない一番の原因は、エルバにあると蓮は睨《にら》んでいた。エルバはガブリエルを敵視しており、顔を見れば唸り声をあげ、いまと同じように牙を剝く。

それでもまだ朝はロペスがいるからか、さほど敵意を剝き出しにしないのだが、本来夜行性であるせいもあって夜は威嚇が激しい。

ブラックジャガーに牙を剝かれ続けては、さすがのガブリエルも気が休まらないのだろう。蓮にとっては、ガブリエルがエルバに苦手意識を持っているのは好材料だ。これまでのところ、エルバはガブリエルが自分に必要以上に近づくことへの抑止力になっている。

しかし、今夜はガブリエルとじっくりと話し合わなければならない。

「エルバ、しばらくの間、寝室にいてくれ」

「……グゥウ」

不満げなエルバを宥《なだ》め賺《すか》し、寝室まで連れていってドアの中に入れる。ドアを閉めたその足で、ミニバーに向かった。備え付けのアイスボックスから、ミネラルウォーターのペットボトルを二本取り出す。十時を過ぎているので、ロペスはすでに自室に下がっていた。目が見えなかった時は、なにをするにもロペスの手を借りるほかなかった。その反動もあるが、いまはできることはなんでも自分でやるようにしている。

エルバがいなくなるのを待って主室に入ってきたガブリエルに、「座ってくれ」と肘掛け椅子を勧め、自身は差し向かいのソファに腰を下ろした。二人の間にあるローテーブルに、ペットボトルを二本置く。

「よかったらどうぞ」

「ありがとう」

ガブリエルは礼を述べたものの、手を伸ばさなかった。蓮は自分の分を手に取り、キャップを捻《ひね》って水を喉に流し込む。

半分ほどごくごくと飲んで、ふーっと息を吐き、ペットボトルを、ローテーブルに戻した。顔を上げたタイミングで、ガブリエルと目が合う。

「朝の続きだよな？」

「そうだ。きみとルシアナの縁談について」

「俺の答えは変わらない。なにも言われても、何度言われても、返事は同じだ。ルシアナとは結婚しない」

揺るぎない声音でそう断じると、ガブリエルが長い脚を組み、「ふむ」とうなずいた。

「きみがそう言うのはわかっていた。その理由もね」

ぴくりと蓮の肩が揺らぐ。

「きみはまだヴィクトールを愛している」

いきなり核心を衝《つ》いてきたガブリエルに、小さく息を呑んだ。

「彼が去ってしまったいまも彼を忘れられない」

心情を的確に言い当てられて驚くのと同時に、心の奥底でほっとした。

ガブリエルは、鏑木がエストラニオを立ち去ったと思っている。実際には鏑木は旅立っておらず、蓮と深夜の逢瀬を繰り返していることに気がついていない。

なにしろ油断のならない男だ。蓮の目の障害に関して——徐々に改善して完治した——という一ヶ月のプロセスが芝居であることに気がついている可能性も、無《な》きにしも非《あら》ず。

もしあれが芝居だったことに気がついていたのなら、ある日を境にいきなり完治した理由にもおのずと思い当たるに違いない。見えなくなった原因が鏑木にあるのなら、見えるようになったきっかけもまた鏑木絡みであるという推論に達するはずだ。つまり、鏑木が戻ってきた、と。

蓮の芝居も鏑木の暗躍もなにもかも見通した上で、ガブリエルが騙《だま》されているフリをしている可能性も今日まで捨てきれなかった。

だけど、これではっきりした。

(ガブリエルは鏑木を排除したと思っている)

胸の中で導き出した結論に安堵したが、その気持ちを表に出さないように、蓮は口許を引き締めた。油断は禁物だ。引き続き、鏑木と自分が通じていることをガブリエルに覚られてはならない。

決意も新たに、蓮は意識的に真剣な表情を作って、目の前の男に告げた。

「鏑木は……きっと戻ってくる」

いつの日か、ガブリエルに切々と訴えたのと同じ台詞《せりふ》を口にする。

「確かに、いつかは帰ってくるかもしれない」

ガブリエルも蓮の主張を認めた。

「だが以前も言ったように、たとえヴィクトールが戻ってきたとしても、きみとの関係は元に戻らない。シウヴァの当主であるきみも、いつまでも独身ではいられない。ヴィクトールを愛することと結婚は別の次元の話だ」

「…………」

「シウヴァ家の婚姻は政《まつりごと》の一環だ。それによって家と家が強く結びつき、国内外の勢力分布図が変わる。だからこそ、人々の関心も高いんだ。ルシアナならば家柄はもちろんのこと、器量も気立ても申し分ない。きみだって彼女を気に入っている。それで充分だ。別に恋愛感情を抱く必要はない。気持ちはヴィクトールに置いたままでいいから、形だけ夫婦になればいいんだ。人の気持ちは見えない。きみが本当は男を愛しているなんて、言わなければ誰にも気づかれない」

ガブリエルが、噛んで含めるような口調で説得を続ける。

「きみとルシアナはお似合いの美男美女カップルだ。ひさしぶりの慶事に、エストラニオの国民は沸き立つだろう。マスコミも飛びついて、きみたちの一挙手一投足を連日報道する。きみたちの結婚式は国を挙げてのビッグイベントとなり、大きな経済効果も望める。投資家が好材料として捉えれば、このところ元気のなかった南米関連の株価も上がる。いいこと尽くめだ」

言葉巧みに自分を丸め込もうとする男に抗い、蓮は首を横に振った。

「なにをどう言われても、愛していない女性と結婚生活を送るなんて自分には無理だ。そんなふうには割り切れないし、ルシアナを騙し続けることもできない。そんなの彼女に失礼だ」

蓮の言い分に、けれどガブリエルは毛ほども心を動かされた様子はなく、それどころか口許にうっすら笑みすら浮かべる。

「ルシアナはきみと結婚できたらうれしいよ。きみを愛しているからね」

自信満々に断言されて、ぴくっと片頬が引《ひ》き攣《つ》った。

ルシアナが自分を愛している？

(そんなはずはない)

すぐに心の中で否定した。

「彼女の俺への好意は友情だ」

声にも出して反論する。ガブリエルがふっと嗤った。

「果たしてそうだろうか。言っただろう？　この件についてはルシアナも同意の上だと」

「それは……たぶん、両親に逆らえなくて仕方なく……」

「本当にそう思っているのか？　ルシアナの言葉や態度から、なにも感じ取れなかったとしたら、きみは相当な鈍感だ」

そう言われてしまうと、急に確信がぐらつき始める。

人間関係――とりわけ女性心理に関しては自信がなかった。

同年代の親しい女性の友人を持つのは、ルシアナが初めてだ。他と比べられない。

二人の間にあるのは友情だと思っていたけれど、それはそのほうが自分にとって都合がいいから、勝手にそう思い込んでいただけなのかもしれない……。

ルシアナの気持ちに気づきたくなかった？

だから、見て見ぬ振りをしていた？

自分の深層心理の穴の中を覗き込んでいると、不意に、冷ややかな声が届いた。

「きみは本当に女心がわかっていないね」

声の冷たさに驚き、顔を上げて、ガブリエルと目が合う。底の見えない深海のように、掴み所のないサファイアブルー。

「いや……女性だけじゃない。きみは誰のこともわかっていない」

だがいまは、自分を見据える「青」の中に、苛立ちの水泡を感じる。

「なにも、わかっていない」

暗い声音で詰《なじ》られ、蓮は戸惑った。

「ガブリエル？」

「シウヴァ帝国の領袖《りょうしゅう》という立場でありながら、子供のように青臭い正義感を振りかざし、あやふやな〝愛〟を大義名分に、自分の意思を貫き通そうとする。そう……子供だ。甘やかされた子供。ヴィクトールに甘やかされ、きみは大人にならないまま成人してしまった」

ひとりごちるように低くつぶやいたガブリエルが、高く組んでいた脚を解いて立ち上がる。ローテーブルを回り込み、ゆっくりと蓮の座るソファに近づいてきた。

迫り来る男から剣呑な「気」を感じたが、なぜか体が動かない。

フリーズする蓮のすぐ前に、ガブリエルが立った。遥《はる》か高みから睥睨《へいげい》していたかと思うと、覆い被さるように屈《かが》み込《こ》んでくる。ガブリエルが右手で蓮の左肩を摑んだ。ぐっと力を入れられて鋭い痛みが走る。

「いたいっ」

抗議の声を発したが、力は緩まなかった。それどころか、もう一方の肩も摑まれる。

「放せっ」

体を揺すって抗っても、拘束は解けなかった。

強い力で両肩を摑んだまま、男がじわじわと顔を近づけてくる。息がかかるほどの近距離まで近づいた。

「きみは無知で、残酷な子供だ」

ガラス玉のような青い瞳に、顔を引き攣らせた自分が映り込んでいる。

「なにも知らないから強気でいられる」

いつもの滑らかな美声と異なる、嗄《しゃが》れた声。

「きみは〝愛〟とやらに、大層な価値があると思っているようだが、本当にそうなのか？　その〝愛〟のためならば、みんなが犠牲になってもいいというのか？」

問い詰めてくる男の剣幕に気圧《けお》され、答えられずにいると、ガブリエルが蓮の体をがくがくと前後に揺さぶった。

「ガブ……やめっ」

制止の言葉が途切れる。舌を嚙みそうになったからだ。揺さぶられ過ぎて頭がグラグラする。

「傲慢で無邪気なきみのせいで、みんなが不幸になる。自分が信じる真実の愛のために、駆け落ちしたイネスと同じだ。きみは母親にそっくりだ……レン！」

ガブリエルが、怒りと苛立ちが滲む低音を叩きつけてくる。

いつだって余裕綽々《よゆうしゃくしゃく》で、洗練された物腰がモットーの男が、こんなふうに生々しい感情をぶつけてくるのは初めてのことだ。

怖い。

初めて知る男の猛々しさに、蓮は全身が竦《すく》み上《あ》がるような恐怖を覚えた。とっさにエルバを呼ぶ。

「エ、……ルッ」

だが、掠《かす》れた声しか出なかった。硬直した喉を必死に開き、ぎゅっと両手を握り締めて叫ぶ。

「エルバーッ」

「グォオオオッ」

蓮の叫びに反応して、寝室のエルバが唸り声をあげた。続いてドーン！　という大きな音が響く。エルバが体当たりでドアにぶつかる音だ。

「グォオオオッ」

ドーン！

咆吼《ほうこう》と体当たりのコンボで我に返ったかのように、ガブリエルが力を抜く。両肩から手が離れ、ふっと体が楽になった。

振り上げた視線の先――ガブリエルの表情は、やや呆然としているように見える。やがて蓮と目が合うと、自嘲気味に唇の片端を上げた。自制心を見失って感情的になった自分を嘲笑うみたいに。

「………」

背筋をまっすぐに戻したガブリエルが、額にかかる銀の髪を掻き上げた。

「きみを説得しようと熱を入れるあまりに、私としたことがいささか熱くなり過ぎたようだ。頭を冷やすために、今夜はもう失礼するよ」

そう告げる声は、すでに普段と同じように落ち着いており、ベルベットのごとく滑らかだった。その表情にも、先程までの激昂の余韻は微塵《みじん》も見受けられず、代わって穏やかな笑みが浮かんでいる。

対照的に顔を強ばらせた蓮をソファに残して、ガブリエルは踵《きびす》を返した。つかつかと主室のドアに歩み寄る。ドアを開きながら、こちらを振り返った。

「おやすみ、レン」

微笑みと夜の挨拶を置き土産に、長身が廊下に消える。

ドアが閉まるバタンという音を待って、蓮は体の緊張を解いた。

「グゥオオオ……」

寝室から届く苛立ったエルバの唸り声を耳に、そろそろと開いた手のひらは、湿った汗でじっとりと濡れていた。


びっくりした。

あんなふうにガブリエルが感情を剝き出しにするなんて予想外で、本当に驚いた。

蓮の記憶の中のガブリエルは、いつだって自信と余裕に満ちていた。そして実際に、それらの言動を裏付けるだけの実力を備えていた。素性はともかくとして、男としての器量、知力、胆力、すべてにおいて、鏑木に匹敵する人材であることは間違いないだろう。本人も充分に自覚があり、実力をベースとした自信とプライドが、立ち居振る舞いから滲み出ていた。そんなガブリエルとは対照的に、常に余裕のない蓮をからかって、楽しんでいる様子さえ見受けられた。

それがあんなふうに、自分で自分をコントロールできないほど、感情に支配されるなんて……。

途中まではいつものガブリエルだったのに、なにが彼をああまで豹変《ひょうへん》させたのか。

なにが地雷だったんだろう。思い返してみても、よくわからない。

ただ、発言を重ねているうちに、自分の発した言葉に煽《あお》られ、昂《たかぶ》り、だんだん理性を失っていったように見えた。

――きみは誰のこともわかっていない。

――なにも、わかっていない。

――シウヴァ帝国の領袖という立場でありながら、子供のように青臭い正義感を振りかざし、あやふやな〝愛〟を大義名分に、自分の意思を貫き通そうとする。そう……子供だ。甘やかされた子供。ヴィクトールに甘やかされ、きみは大人にならないまま成人してしまった。

――きみは無知で、残酷な子供だ。

――なにも知らないから強気でいられる。

――きみは〝愛〟とやらに、大層な価値があると思っているようだが、本当にそうなのか？　その〝愛〟

のためならば、みんなが犠牲になってもいいというのか？

　バスを使ってベッドに横になってからも、断罪するようなガブリエルの声がエンドレスで再生されて、頭から離れない。

　ため息を吐き、蓮は寝返りを打った。

　言われっぱなしで、一言も言い返せなかった。がくがく揺さぶられ続けて、言い返すどころじゃなかったというのもあるけれど。

　――傲慢で無邪気なきみのせいで、みんなが不幸になる。自分が信じる真実の愛のために、駆け落ちしたイネスと同じだ。きみは母親にそっくりだ……レン！

「みんなが不幸になる……」

　口の中で小さくリピートした直後、ずきっと胸が痛む。

　そんなことはないと言い切れなかった。

　自分と鏑木が想いを貫き通すことで犠牲になる人間に、確実に一人、思い当たったからだ。

　脳裏にナオミの顔が浮かぶ。

　――彼女はすばらしい女性だ。勇敢で思いやり深く、他人のために自己を犠牲にする強さを持っている。

　結婚するなら彼女しかいない。

　いつかの鏑木の台詞が蘇ってきて、蓮はぎゅっと奥歯を噛み締めた。

　自己犠牲ができる大人のナオミに比べて自分は、なにも諦めることができない子供。

　弱くて、自分本位で、残酷。

ガブリエルの言葉に反論できない。

でも、それでも、どうしても……。

諦《あきら》められない。その手を離すことはできない。

（好きなんだ）

「……鏑木」

長らく会えていない恋人の名を、切ない気持ちで口にする。

ガブリエルが部屋から立ち去ったあと、たったいま起きた事件を鏑木にメールで報告しようかと思い、蓮は携帯を手に取った。

送信文面を頭に思い浮かべつつ、白い画面をしばらく見つめていたが、結局、なにも打ち込まないまま携帯をオフにした。

鏑木に報告するためには、そこに至る経緯を説明しなければならないと気づいたからだ。

つまり、ルシアナとの縁談を、鏑木に明かさなければならない。

そもそも鏑木には、ルシアナを『パラチオ　デ　シウヴァ』に招待した時点から報告していない。

あの時点では、鏑木は気にしないだろうと思っていた。実際、ルシアナとメールのやりとりが復活したことを伝えた際も、『別にいいんじゃないか』と素っ気なく流された。

でも結果として、ルシアナを招待した件が、今回の結婚話の引き金になってしまっている……。

鏑木は縁談なんて気にしないかもしれない。

だけど万が一、それを知った鏑木が身を引くと言い出したら？

自分と別れてルシアナと結婚したほうがいいと言い出したら？

可能性はゼロとは言えない。従来の鏑木は、シウヴァの忠実な僕《しもべ》だった。何代も続く鏑木の血にシウヴァ至上主義のＤＮＡが刻み込まれてしまっているせいか、自分の気持ちを抑え込んででも、蓮の幸せを第一に願うところがある。

ルシアナとの結婚が、長い目で見れば蓮の幸せであり、シウヴァ家のためでもあると彼が思ったら？

（そんなの困る）

たとえ一パーセントでも、そんな可能性の芽は摘んでおきたい。どうせこの件は断るのだから、鏑木に余計な情報を入れたくない。シウヴァ至上主義者としての、血を騒がせるきっかけにしたくない。

（それに、鏑木に相談しなくたって、自分で処理できる）

今日はガブリエルの予想外の言動によって話が中断してしまったが、明日こそ縁談に決着をつけよう。

そう心に決めて、目を閉じる。

眠れないのはわかっていたが、明日の業務のことを考えれば、少しでも頭と体を休ませておくべきだった。


案の定、ほとんど眠れずに朝を迎えた。

昨日の今日でどう出るかが気になっていたガブリエルだが、昨夜のことなどまるでなかったみたいに、その態度は普通だった。美貌もキープされ、スーツの着こなしもいつもどおりに洒脱。

蓮に対する態度も至ってニュートラル。

昨夜、まさしくこの部屋で、あんなふうに激しく自分を罵ったことなど、すっかり忘れてしまったかのようだ。

だから蓮もガブリエルに合わせて平静を装った。

どんな罠《トラップ》を仕掛けてくるかわからない相手に対しては、無闇に飛び出さず、先方の出方を見てからリアクションを起こすのが得策だ。

向こうが忘れたフリをするなら、こちらもあえて昨夜の件を蒸し返さない。

ルシアナの件について話すのは、どのみち夜になるだろう。昨夜に引き続き、今夜もガブリエルが感情的になった場合に備え、エルバを寝室に入れずに主室に放したままのほうがいいかもしれない。

頭の片隅でつらつらと夜の算段をしながら午前中を過ごした蓮は、午後の予定までの一時間、レストランの個室で昼食を取った。

蓮とガブリエルと秘書の三人で、コンテンポラリー料理のランチコースを食べていると、メインの前にドアがコンコンコンとノックされる。ガチャッとドアが開き、黒服の支配人が顔を出した。

「お食事中、失礼いたします」

「どうかしましたか？」

秘書がカトラリーを操る手を止めて訊く。

「セニョール・シウヴァにお目にかかりたいという御方がいらしておりまして」

「レン様に？　いや、しかし、アポイントを取らずに面会は……そもそも、なぜここが？」

当惑を顔に宿した秘書が訝《いぶか》しげな声を出し、蓮も眉をひそめた。自分たちが本日この店でランチを取ることを知っている者は、セキュリティ面から、ごく一部の人間に限られている。祖父が襲撃されて以降、リムジンが使うルートは毎日変えているし、外食する場合も信頼のおける馴染《なじ》みの店を使い、必ず個室を取るようにしていた。

「私が教えたんだ」

ガブリエルがナプキンで口許を拭《ぬぐ》いながら、こともなげに言う。

「お通ししてくれ」

そう支配人に告げるガブリエルに、蓮と秘書は顔を見合わせた。

「教えたって、誰に？」

蓮は追及したが、ガブリエルは「すぐにわかるよ」と受け流す。

答える気がないらしい男を睨みつけていると、ほどなくしてドアがノックされた。

「どうぞ」

ガブリエルのいらえに、ふたたびドアが開く。

支配人の斜め後ろに立っている人物に目を留めた蓮は、驚きのあまりに椅子をガタッと引いた。脇に退《ど》いた支配人が、ほっそりとした女性を個室に通す。

「ルシアナ⁉」

蓮は大声をあげて立ち上がった。テーブルから離れ、今日も白一色のコーディネイトに身を包んだルシアナに歩み寄る。

「どういうことだ？」

無意識のうちに険しい顔をしていたのかもしれない。ルシアナが小さく肩を揺らした。

「レン、そんなふうに詰め寄ったら、ルシアナが怯《おび》えてしまうよ」

ガブリエルにやんわりと窘《たしな》められ、はっと我に返って「ごめん」と謝る。

「あんまり驚いたから……」

ルシアナが申し訳なさそうに、「私こそ、いきなり訪ねて来てしまってごめんなさい」と謝罪した。

「あなたとどうしても直接話がしたくて、ガブリエルにここを教えてもらったの」

（ガブリエルに？）

テーブルに顔を向けると、ガブリエルが肩をすくめる。

「どうしてもと懇願されてね」

蓮はルシアナに向き直り、戸惑いを隠せない声を出した。

「メールしてくれればよかったのに」

「何度もそうしようと思ったのだけれど……メールでは上手く伝えられない気がして」

そう言われて思い返せば、昨日一日ルシアナからメールが届かなかった。かくいう蓮自身も、結婚話が降って湧いたあとでルシアナにメールしていなかった。

縁談に際して、誰よりも先に連絡して意思を確認するべきだったのは、当事者のルシアナだ。なのに、自分の中にはその発想がなかった。

こうやってルシアナが訪ねて来てくれなかったら、彼女の気持ちを確かめることなく、一方的に断りを入れていた。

ルシアナは大切な友達なのに……。

彼女がこの件についてどう思っているのか、自分が断ることによって彼女の立場はどうなるのか、慮《おもんぱか》ることもしなかった。

自分が受けるダメージばかり気にしていた。

鏑木が縁談を知って自分から離れていったらどうしようとか……そんなことばかり考えて。

おのれの傲慢さ、自己中心的な思考にショックを受ける。

これではまさしく、ガブリエルが言っていた「無知で、残酷な子供」という言葉そのものだ。

自分に幻滅し、血の気が引く思いで立ち竦んでいると、ガブリエルが椅子から立ち上がる。

「私たちは席を外すよ」

ガブリエルに倣《なら》い、秘書もあわてて席を立った。

「ランチの続きはテラス席で取るから、私たちのことは気にせず、ゆっくりと話して」

腕時計で時間をチェックしたガブリエルが、「あと三十分は大丈夫だ」と言い置き、部屋を出ていく。

秘書もあとを追った。ドアが閉まり、ルシアナと二人で個室に残される。

気まずい空気が流れた。ルシアナは居心地悪そうに俯《うつむ》いている。

「あ……よかったら座って」

蓮はさっきまでガブリエルが座っていた席を勧めた。

「ありがとう」

ルシアナが腰掛けるのを待って、向かい合わせの自分の席に戻る。向き合った状態でもしばらく沈黙が続いた。こうしていても埒が明かないし、時間は限られている。そう思った蓮が口を開くのとほぼ同時に、ルシアナも唇を開いた。

「「あの」」

台詞が被ってしまい、二人で「あっ」と声を出す。だが、おかげで固かった空気が少し和らいだ。

「ごめん。……話があってわざわざ来てくれたんだよね。どうぞ先に話して」

蓮の促しに、ルシアナがうなずく。

「私たちの縁談のことで……」

当然その話だろう。蓮は心持ち姿勢を正して続きを待った。

「先日『パラチオ　デ　シウヴァ』に招待されたことを父が知って、あなたとはどういう関係なのかと尋ねてきたの。母にはあなたとメールのやりとりをしていることを話してあったのだけれど、父には言っていなかったから……。パーティで知り合い、その場でメールアドレスを交換して、先日お屋敷に招かれて伺ったと経緯を説明したら、父は大層喜んで。一気に結婚にまで話を飛躍させてしまって、『シウヴァ家とカストロネベス家が婚姻によって結ばれることになれば、エストラニオのためにも喜ばしいことだ』と」

「…………」

カストロネベス家の当主にとっても、婚姻によってシウヴァと深い繋がりを持つことは、魅力的であったようだ。

「ごめんなさい。父はもともと人の話を聞かない強引なところがあって……その上、とてもせっかちなの。すっかりその気になって、自分の一存でシウヴァに縁談を持ちかけてしまったみたいで」

「……そうだったのか」

ルシアナの口から事情を明かされた蓮は、納得の声を出す。

ガブリエルは「ルシアナの承諾は得ている」と言っていたけれど、そんなのおかしいと思った。二人の間で一度だって結婚の話など出たことがないし、それどころか恋愛関係ですらない。

やはり、娘の同意を得ずに父親が先走ったのだ。

ここ数年、蓮の結婚ネタは、エストラニオ社交界の話題の中心だった。花嫁探しパーティが盛んだった頃よりかは幾分落ち着いているが、それでもどこの令嬢が蓮を射止めるのかは、変わらずセレブリティの好奇心をくすぐるトピックスであるらしい。

蓮が首を縦に振らないので具体的に進行しないが、シウヴァの幹部会には、世界各国の名家からの縁談話がひっきりなしに舞い込んでいる。上流階級に属する人間ならば誰でも知っている、周知の事実だ。

そんな状況下で、娘とシウヴァ当主の交流を知ったセニョール・カストロネベスは、一刻も早く既成事実として確定させてしまいたいという思いを抱いたのかもしれない。他家を牽制《けんせい》する意味で、事を急いだ可能性は高い。

「きみもいい迷惑だったね。意にそぐわない形で、勝手に話を進められてしまって……」

周りの暴走に迷惑を被った被害者同士として、蓮が同意を促すと、ルシアナは首を横に振った。

「ルシアナ？」

「確かに事後承諾ではあったけれど、シウヴァに縁談話を持ちかけたあとで、父は私に『シウヴァの当主と結婚する気持ちはあるか』と尋ねてきたわ」

「……それで？」

「私は『あります』と答えた」

「……っ」

息を呑み、思わずまじまじと正面の顔を見る。なにかの冗談かと思ったのだ。だが、視界に映り込むルシアナの表情は真剣そのものだった。うっすら青ざめた顔色や強ばった口許から、緊張しているのが見て取れる。

言葉を失った蓮を、覚悟を決めたような面差しでまっすぐ見据えて、ルシアナが語り出した。

「あなたとメールを始めた頃は単純にやりとりが楽しかった。同世代の異性の友人を持つのは初めてだったし、あなたと私は境遇が似ているから、考え方や行動に共感を抱くことも多かった。紹介してくれたガブリエルに感謝して、できることならば、この友情を長続きさせたいと願ったわ」

その気持ちは、自分とまったく同じだ。

「でも……ある時を境に、あなたからのメールが途絶えた。届いていないのかと思って何度かメールしてみたけれど、レスポンスはなかった。それで、これは物理的なトラブルなどではなく、あなたの意思なのだと覚ったの。嫌われてしまったのだと思い、ものすごくショックを受けたわ。なにが悪かったのか、自分のどんなところがあなたを怒らせたのか、とても悩んだし、しばらく落ち込んだ。その後も喪失感は薄れず……あなたを失ったことで、あなたという存在が自分にとってどんなに大きかったかを実感することとなった」

心に受けた傷を切々と語るルシアナの瞳は、わずかに潤んでいる。

自分が大切な友人を傷つけてしまったのだと知り、蓮の胸はキリキリと痛んだ。

「なかなか立ち直れずにいたら、あなたが体調を崩して療養中という情報が入ってきたの。メールの返信がない理由がわかって、嫌われたわけじゃなかったのかもしれないと救われた気持ちになった。それと同時に、あなたの容態が心配になった。なにもわからないから不安で、ずっとあなたのことを考えていた。毎日神様に祈ったわ。どうか、レンをお救いくださいって」

ルシアナが、そんなふうに心配してくれていた間、自分はどうだっただろう。

頭の片隅に彼女の存在はあった。メールを返していないことを心苦しく思っていた。

半面、目が見えないのだから、返せないのは仕方がないとも思っていた。自分にそう言い訳していた。

見えるようになってからは、もうきっと自分からのメールを待っていないだろうと決めつけ、コンタクトを取らなかった。

少し考えればわかったはずだ。彼女が心配しているであろうこと。逆の立場なら、自分だってすごく心配した。そして一通のメールで救われただろう。

（なのに……そのたった一通のメールさえ送る労を怠った）

鏑木が戻ってきて目が見えるようになってからも、地下の隠し部屋の存在、ガブリエルの正体やブルシャの秘密など、考えたり対処したりしなければならないことが次々と出てきて、肉体的にも精神的にも余裕がなかったのは事実だ。だけど、それだって言い訳に過ぎない。

　最悪な自分を自覚して、鉛をぶら下げているみたいに胃がずしんと重くなった。

「だから、あなたが復帰したと知って本当にうれしかった。神様に感謝したわ。うれしさのあまり舞い上がって、ついメールしてしまった」

　不義理な相手を責めずに、復帰を心から喜ぶ。

　本当の友情とはそういうものなのだと、ルシアナに教えてもらった気がした。

「そうしたら、思いがけずメールが返ってきた。それからメールのやりとりが復活して、元の関係に戻ることができた。あなたは以前と変わらずにやさしくて、誰に対しても公正で、弱者に対する思いやりに溢れていて……」

　誉められれば誉められるほど、胸の疼痛《とうつう》が激しくなり、胃もどんどん重苦しくなっていく。

　そんなんじゃない。そんなに立派じゃない。

　自分本位で、自分のことしか考えられない――友達を思いやることもできない駄目なやつなんだ。

　自責の念に顔を歪めていると、不意にルシアナの声色が変わる。

「でも一つだけ、前とは違うものがあった」

　そこで言葉を切り、濡れた眼差しを向けてきた。

「……あなたに対する私の気持ち」

　囁《ささや》くようにつぶやく。

「あなたが好きなの……レン」

「……っ」

息が止まった。

好き、というのが、友愛の意味ではないのは、表情や声でわかる。

これは愛の告白だ。

女性から面と向かって真剣な告白を受けるのは、生まれて初めての経験だった。

これまで会った花嫁候補の女性たちと違って、ルシアナはシウヴァの持つ権力や財産に目が眩《くら》んだわけではない。名家の出身である彼女が、人をジャッジする基準として、そこに重きを置いていないのは、これまでのつきあいでもわかっていた。ルシアナは人間を、資産の多寡でランク付けするような女性ではない。

自分という人間の本質を、少なくともある程度理解した上で、「好きだ」と言ってくれている。

友人としての交際期間を経ての告白だ。その想いは真剣なものだろう。

そしておそらく、ルシアナにとっても初めての告白に違いない。相当な勇気を振り絞ったはずだ。

正面の張り詰めた表情から、真剣さが伝わってくるからこそ、嘘は言いたくなかった。

だけど、本当のことは言えない。

自分には恋人がいる。生涯を誓い合った相手だ。

だから、とても気持ちはうれしいし、有り難いけれど、受け止めることはできない。

仮にそう正直に告げたとして、「その相手とは誰なの?」と訊かれたら……答えられない。

相手は、きみも会ったことがある鏑木だ――とは言えない。

既刊一覧

英田サキ
君のために泣こう　イラスト／北畠あけ乃
エス　咬痕《かみあと》
エス　裂罅《れっか》
エス　残光《ざんこう》
デコイ　迷鳥《めいちょう》
最果ての空　イラスト／奈良千春
花嫁のピジョンブラッド　イラスト／実相寺紫子
さよならを言う気はない　イラスト／北畠あけ乃
ライク・ファーザー・ライク・サン　イラスト／ヤマダサクラコ
花片雪　イラスト／山田ユギ
今宵、天使と杯を　イラスト／ヨネダコウ
ヘブンノウズ　足跡
ヘブンノウズ　赦罪
ヘブンノウズ　物語　イラスト／奈良千春
遠い岸辺　イラスト／ZAKK

秋津京子
保健室は立ち入り禁止！　イラスト／守井章
誰よりも君を　ブランドロマンス　イラスト／夢花李

いおかいつき
最愛　イラスト／山田ユギ
獣の啼く街　イラスト／石田育絵

和泉 桂
甘い雫の満ちる夜　イラスト／佐々成美
春楡館に秘める鍵　建築家・饗庭蓮　イラスト／高宮東
蘭闌館の虜囚　建築家・饗庭蓮　イラスト／門地かおり
貴公子の求婚　イラスト／佐々成美
タナトスの双子　1912
タナトスの双子　1917　イラスト／高階佑

闇に契りし者、汝の血を　イラスト／蓮川愛
君のいない夜　イラスト／雨澄ノカ

一穂ミチ
アイズオンリー　イラスト／小椋ムク
Tonight The Night　イラスト／絵津鼓

いとう由貴
復讐はため息の調べ　イラスト／山田ユギ
天涯の果て　イラスト／北畠あけ乃
そして、裏切りの夜が始まる　イラスト／佐々木久美子

岩本 薫
絶体×絶命　イラスト／宮城とおこ
花嫁執事　イラスト／佐々成美
S級執事の花嫁レッスン　イラスト／志水ゆき
碧の王子　Prince of Silva
青の誘惑　Prince of Silva
黒の騎士　Prince of Silva
銀の謀略　Prince of Silva
白の純真　Prince of Silva　イラスト／蓮川愛

うえだ真由
彼は二度嘘をつく　イラスト／石田育絵
青い蜜月　イラスト／如月弘鷹
執務室の秘密　イラスト／高宮東

榎田尤利
【吾妻&伊万里シリーズ】
レイニー・シーズン　イラスト／高橋悠
【ラブ&トラスト】
ラブ&トラスト
エロティック・パフューム
100 Love Letters
ダブル・トラップ　イラスト／石原理
【PET LOVERS】
犬ほど素敵な商売はない
獅子は獲物に手懐けられる　イラスト／志水ゆき
【交渉人シリーズ】
交渉人は黙らない
交渉人は疑わない
交渉人は振り返る
交渉人は嵌められる
交渉人は諦めない
交渉人は愛される
交渉人は休めない　榎田尤利100冊記念特別版　イラスト／奈良千春
【榎田尤利作品集】
Blue Rose　イラスト／高階佑
ハンサムは嫌い。　イラスト／小椋ムク
聖夜　イラスト／ヨネダコウ
明日が世界の終わりでも　イラスト／藤たまき
寡黙な華　イラスト／雪舟薫
華の闇　イラスト／蓮川愛
菫の騎士　イラスト／ライトグラフII
優しいSの育て方　イラスト／草間さかえ
nez[ネ]
nez[ネ]　Sweet Smell
nez[ネ]　Smell and Memory
nez[ネ]　Your Lovely Smell　イラスト／湖水きよ

榎田尤利×まんまる
LOVE and EAT　榎田尤利のおいしい世界

華藤えれな
冥愛の鎖　イラスト／高階佑
虜囚　プリズナー　イラスト／あじみね朔生

かわい有美子
ルーデンドルフ公と森の獣　イラスト／周防佑未
恋するクラゲ　イラスト／草間さかえ
世界の半分　イラスト／葛西リカコ

綺月 陣
梔子島に罪は咲く　イラスト／高緒拾
一億二千七百万の愛を捧ぐ　イラスト／水名瀬雅良

如月 静
夜逃げマニュアル　イラスト／石原理

樹生かなめ
黄昏に花が舞う　イラスト／槇えびし
やれる時にやっておけ　イラスト／北畠あけ乃
酔っぱらったらものにしろ　イラスト／ジキル
ありのままの君が好き
なにがあっても君が好き　イラスト／雪舟薫

九葉 暦
balance due　薄幸体質の男　イラスト／北畠あけ乃

剛 しいら
戀人　コイビト　イラスト／石田育絵
大いなる遺産　イラスト／小笠原宇紀
恋じゃない　イラスト／石田育絵
ロッカーナンバー69　イラスト／CJ Michalski
花を撃つ　イラスト／小笠原宇紀

榊花月
ラブ・マイナス・ゼロ　イラスト／夢花李
耐えがたく甘い季節　イラスト／金ひかる
【抱きしめたいシリーズ】
抱きしめたい
Replay
Over
ロード・アイ・ミス・ユー　イラスト／高橋悠

桜木ライカ
あいつの腕まで徒歩1分　イラスト／山田ユギ
嘘と本音としょっぱいキス　イラスト／樹要
氷蝕　十年目に告げる愛　イラスト／実相寺紫子

沙野風結子
天使憑きの男
悪魔憑きの男　イラスト／高宮東

椎崎 夕
好きと言えない　イラスト／あさとえいり
親友と恋人と　イラスト／高宮東
年下の男　イラスト／高久尚子
優しい檻　イラスト／佐々木久美子
きみの背中を見ている　イラスト／あさとえいり

水底の月 イラスト／高階 佑
壁際のキス
臆病なキス イラスト／高星麻子
ひとでなし イラスト／佐々成美
はじめてのひと イラスト／穂波ゆきね
彼と、彼 イラスト／北畠あけ乃
愛人関係
愛人関係 執着
愛人関係 初恋 イラスト／水名瀬雅良
恋愛以上
恋愛未満 イラスト／雨澄ノカ
ブラザーコンプレックス
愛情コンプレックス イラスト／穂波ゆきね
好きにならなくてもいい
好きになりなさい
好きになるはずがない イラスト／葛西リカコ
ひとりじめ イラスト／小山田あみ
おさななじみから
こいびとから イラスト／小椋ムク
こい、こわれ イラスト／ゆき林檎
おとうとではなく イラスト／yoco

秀 香穂里
僕の愛する執事へ イラスト／高崎ぼすこ
クライムダウン イラスト／水名瀬雅良

杉原理生
37℃ イラスト／北畠あけ乃
恋の記憶 イラスト／山田ユギ
音無き世界 イラスト／宝井理人
夜の寓話 イラスト／木下けい子

砂原糖子
恋雪 イラスト／木下けい子

高岡ミズミ
蒼天の覇者 ─風の系譜─ イラスト／夢花李
紅の誓約 イラスト／実相寺紫子
義父の指 イラスト／和鐵屋 匠
ワイルド&セクシー イラスト／朝南かつみ
個人秘書 イラスト／奈良千春

高遠琉加
鑑賞用愛人 イラスト／北畠あけ乃

新装版 溺れる戀 イラスト／今 市子
世界の果てで待っていて ─天使の傷痕─
世界の果てで待っていて ─嘘とナイフ─ イラスト／茶屋町勝呂
狼と狐の夜 イラスト／ヨネダコウ

たけうちりうと
ボディガードの告白 イラスト／ひびき玲音
葉月物語 イラスト／石原 理
キスと手錠 イラスト／北畠あけ乃
青鯉 イラスト／高階 佑

橘 紅緒
私立櫻丘学園高等寮
恋 私立櫻丘学園寮
朱い熱 私立櫻丘学園寮 イラスト／北畠あけ乃
専属契約 イラスト／北畠あけ乃
妓楼の戀水 イラスト／宮城とおこ
つまさきにくちづけを イラスト／佐々木久美子
唇で壊される。 イラスト／奈良千春
R134
Over The Rain イラスト／高星麻子

橘りたか
そして世界は色づいた イラスト／高星麻子
花と手錠 イラスト／あじみね朔生

月丘くらら
海までお散歩 イラスト／山本小鉄子

月村 奎
片思いアライアンス イラスト／穂波ゆきね
家族になろうよ イラスト／宮城とおこ
隣人は恋人のはじまり イラスト／木下けい子
初恋大パニック イラスト／秋平しろ

遠野春日
貴族と囚われの御曹司 イラスト／ひびき玲音
桔梗庵の花盗人と貴族 イラスト／雪舟 薫
高潔な貴族は愛を得る イラスト／櫻井しゅしゅしゅ

貴族は華に秘恋を捧ぐ イラスト／石原 理
花嫁は貴族の愛に奪われる イラスト／北畠あけ乃
秘密は白薔薇の下に イラスト／夢花李
骨董通りの恋人 イラスト／夏乃あゆみ
松前先生と美貌の作家 イラスト／木下けい子

鳥丸チイコ
コイビト恋人変人 イラスト／奈良千春

成瀬かの
甘えない猫 イラスト／高星麻子
何も言えない僕と懐中時計と恋の魔法 イラスト／小椋ムク

野坂花流
親友以上 イラスト／穂波ゆきね
池上准教授の恋愛学異論 イラスト／小山田あみ

羽生有輝
チョコレート
シガレット イラスト／湖水きよ

柊モチヨ
プロポーズは有効ですか? イラスト／宮城とおこ

火崎 勇
五つの音 イラスト／よしながふみ

菱沢九月
のらいぬ イラスト／石原 理

藤代 葎
誘惑 イラスト／奈良千春
スイート・セプテンバー イラスト／水名瀬雅良
焦燥 イラスト／麻生ミツ晃

藤森ちひろ
犬より愛して イラスト／山田ユギ
甘く、獰猛な欲望 イラスト／石原 理
夜より深く イラスト／蓮川 愛

松田美優
赤い呪縛 イラスト／奈良千春
自己破壊願望 イラスト／あじみね朔生
不道徳な闇 イラスト／実相寺紫子

巧みな狙撃手 イラスト／奈良千春
夜空に煌めく星の下 イラスト／奈良千春

水原とほる
初恋 イラスト／片岡ケイコ
チャイナ・ローズ イラスト／佐々木久美子

夜光花
おきざりの天使 イラスト／門地かおり
闇の花 イラスト／水名瀬雅良
【薔薇シリーズ】
薔薇の刻印
薔薇の陰謀
薔薇の奪還
薔薇の守護
薔薇の誕生 イラスト／奈良千春
鬼花異聞
神花異聞
かくりよの花 イラスト／水名瀬雅良
少年は神の花嫁になる
少年は神に嫉妬される
少年は神の生贄になる
少年は神を裏切る
少年は神の子を宿す イラスト／奈良千春

Unit Vanilla
【アーサーズ・ガーディアン】
硝子の騎士
密林の覇者
胡蝶の誘惑
追憶の獅子 イラスト／蓮川 愛

李丘那岐
ヤクザな神さま イラスト／佐々木久美子

※書店にない場合はお手数ですがご注文をお願いいたします。

すぐに返事をしなかったことで、蓮の気持ちが自分と同じではないと察したのだろう。ルシアナの顔が曇った。

「……いきなりで驚いたわよね」

小さな声でつぶやく。

「復帰したばかりで、まだ体調も万全ではないあなたに、こんなふうに告げるつもりはなかった。できれば、もっと時間をかけてじっくりと伝えていきたかった。でも、それが許されない状況になってしまった……」

「………」

「一晩考えて、どうしても自分の言葉であなたに気持ちを伝えたいと思ったから、ガブリエルに無理を言って、この店と時間を聞き出したの。お食事を中断させてしまってごめんなさい」

もう一度謝罪の言葉を口にして、ルシアナは椅子から立ち上がった。胸の中に秘めていた想《おも》いを吐露したせいなのか、その顔つきはどことなくすっきりしている。

ドアに向かうルシアナを追って、蓮も立ち上がった。

「ルシアナ」

ドアレバーに手をかけたルシアナが振り返る。蓮を見てやさしく微笑んだ。

「あなたにきちんと自分の気持ちを話せてよかった。私はあなたと一緒に生きていきたいけれど、こればかりはあなたの同意が必要。返事は急がないから、ゆっくり考えて」

ランチタイムが終わってガブリエルが戻ってきたが、彼らは申し合わせたかのように、ルシアナの訪問について触れてこなかった。とりわけガブリエルは、ルシアナから事前に相談を受けていたはずだが、それを顔や態度には出さず、口に出して詮索《せんさく》してくることもなかった。

これには、とても助かった。外野の意見に惑わされることなく、一人で考えることができたからだ。

午後の業務をこなす傍《かたわ》ら、蓮はルシアナからの告白にどう対応すべきかを考え続けた。

つつがなく日程を終えて帰館後、いつものように車寄せで解散となる。今日は土曜日だから、明日はオフだ。

「一週間、お疲れ様」

「レン様もお疲れ様でした」

「お疲れ、レン。また来週の月曜日に。おやすみ」

ガブリエルは蓮の部屋に立ち寄らず、まっすぐ別館に帰っていった。縁談に関しては、ルシアナが昼に直接話したから、もはや自分が説得する必要はないと判断したのだろう。

「グルゥウウ」

「……ただいま、エルバ」

迎えに出てきたエルバの側にしゃがみ込み、その毛並みを撫でながら、蓮はふたたび思索に耽《ふけ》った。

鏑木には、今日の件は絶対に内緒だ。

縁談があるという事実だけでも、鏑木のシウヴァへの忠義心が目覚める可能性があるのに、ルシアナから告白されたなんて知ったら、もっと面倒なことになる。

（返事……どうしよう）

急がないとは言われたけれど、時間が経てばますます断りづらくなる。カストロネベス家の期待値も日を追って上がっていくだろう。

それに、ルシアナにとってもきっと返答は早いほうがいい。自分は男だから、これは想像でしかないが、未婚の女性にとって適齢期は、一日、一日が大切なのではないだろうか。

ルシアナは二十二歳で、まさしく適齢期。十代で結婚する令嬢も少なくないことを考えると、縁談が持ち上がるのが遅いくらいなのかもしれない。ミラノに留学していたせいもあって、両親も時期を見計らっていたのだろう。

ともあれ、気持ちを切り替えて新しい恋愛に向かうのは、少しでも早いほうがいいはずだ。

ルシアナなら、その気になればすぐに次の恋ができる。

自分より大人で包容力に富んだ、彼女に相応しい男性が、いくらだっているはずだ。

（いずれにしろ、答えを出すのは早いほうがいいに決まっている）

結論に達した蓮は、エルバから手を放して立ち上がった。ジャケットのポケットから携帯を取り出してメールを打つ。

【今日はわざわざ会いに来てくれてありがとう。可能であれば近いうちに会って話をしたいのですが、都合のいい日はありますか】

送信してから寝室に移動してジャケットを脱いでいると、主室の携帯が着信を知らせた。急いで主室に戻り、ローテーブルの携帯を摑み取る。ルシアナからの返信メールだった。

【今日は事前にアポイントも取らずに訪ねてしまって本当にごめんなさい。一人になってからいろいろ思い返して、青くなったり、赤くなったりしています。でも、自分の気持ちを伝えたことは後悔していません。お会いする件、私はいつでも大丈夫です。ご都合に合わせられると思います】

何度かやりとりをした末に、明日の午後に会うことになった。明日のオフはジンと外出の約束していたのだが、「カブラギサンがいなくて暇してんなら映画でも観るか?」といった程度の軽い予定だったのでメールでキャンセルした。このチャンスを逃せば、次の休みまで一週間空いてしまう。蓮自身、こんなもやもやした気持ちで一週間を過ごすのはキツいし、ルシアナだって辛いだろう。

明日はルシアナが『パラチオ　デ　シウヴァ』まで来てくれることになったので、朝になったらロペスにその旨を伝えなければ。

午後三時の約束だから、珈琲《コーヒー》とデセールを用意してもらおう。

そこまで段取《ほど》りを決めて、やっと肩の力が抜ける。肺に溜めていた息をふーっと吐き出し、蓮はネクタイのノットを解いた。

翌日曜日の午後三時きっかりに、ルシアナは『パラチオ　デ　シウヴァ』を再訪問した。

朝から落ち着かない気分で来客を待っていた蓮は、ロペスのコンコンコンというノックに、来た！　と腰を浮かせた。鼓動が一気に速くなったが、平静を装って「どうぞ」と応じる。

ドアが開き、ロペスが顔を覗かせた。

「ルシアナ様をお連れいたしました」

そう告げて、ルシアナを主室に通す。蓮はソファから立ち上がって、来客を出迎えた。

「ようこそ」

「お邪魔します」

そう言って、蓮の部屋に入ってきたルシアナの装いは、今日も白一色だった。ただし純白ではなく、クリームがかったリネンのセットアップに同色のパンプスを履き、ハンドバッグを腕にかけている。髪はアップにまとめてあって、下ろしている時よりも大人びて見えた。外見から胸中までは推し量れないが、少なくとも表情は落ち着いており、口許には品のいい笑みを湛《たた》えている。

昨日会った時はひどく張り詰めていて、いまにもぽきっと折れそうだったので、落ち着きを取り戻したルシアナの様子に、蓮は密かにほっとした。

主室の中程まで進んだルシアナが、足を止めて室内を見回す。視線でぐるりと室内を一巡してから、蓮を振り返った。

「素敵なお部屋ね」

「ありがとう」

「室内を拝見してもいい？」

前回は蓮の部屋には入らなかったから、興味があるらしい。

「もちろん」

「ただいまお茶のご用意をいたします」

どことなくうれしそうに二人のやりとりを見守っていたロペスが、そう言って下がる。

主室を見て回るルシアナに蓮は付き従った。彼女が興味を示せば説明する。ルシアナは大きな黒い瞳をキラキラさせて、蓮の台詞に耳を傾けた。

「このドアの向こうは寝室だ」

「寝室の中は見てはいけないかしら」

「いや、構わないよ。あ……でも、ちょっと驚くかも」

「驚く？」

蓮が寝室のドアを開けると、隙間から黒くて丸い顔がぬっと飛び出して来た。

「きゃっ」

ルシアナがびっくりした声を出し、蓮の後ろに隠れる。

「グルゥウウ……」

しかし唸り声に誘われたのか、そろそろと蓮の陰から顔を覗かせてエルバを見た。

「有名なブラックジャガーのお友達？」

「そう。〝弟〟のエルバだ」

「……エルバ」

名前を反復したルシアナが、蓮の背後から出て来て、エルバに歩み寄る。

「大丈夫。女性に対しては紳士的だ」

蓮の言葉に勇気を得たかのように、おそるおそる手を差し出した。

「こんにちは、はじめまして、エルバ」

「エルバ、ルシアナだよ」

蓮が紹介すると、エルバがルシアナの手に鼻を押しつける。次に赤い舌で手首をべろりと舐《な》めた。

「くすぐったい！」

「……グルゥ」

「きみが驚くといけないと思って寝室に入れておいたんだけど……大丈夫みたいだな」

蓮は寝室のドアを大きく開けた。主室に入って来たエルバが、グルグルと喉を鳴らしながら、ルシアナの周りを回り始める。

「きれいな毛並み……」

ルシアがうっとりとつぶやいた。

「よかったら、撫でてやって」

足許にすり寄ってきたエルバの背中を、言われたとおりに撫でる。エルバが気持ちよさそうに喉を鳴らした。どうやら女性（しかも若い）からのスキンシップがうれしいらしい。『パラチオ　デ　シウヴァ』でエルバに触れる女性は、アナかソフィアに限られているから——。

コンコンコンとノックが鳴り、ロペスがワゴンを押して入って来た。それを機に、蓮とルシアナはソファと肘掛け椅子に腰を下ろす。ルシアナがソファで、蓮は向かい合わせの椅子だ。蓮の足許にエルバが横たわった。

ローテーブルのそれぞれの前に、カップ&ソーサーとチョコレートケーキを載せた皿をセットしたロペスが立ち去り、蓮は「どうぞ」と珈琲を勧める。カップを持ち上げたルシアナが、「いただきます」と口をつけた。一口珈琲を飲んで目を丸くする。

「美味しい！」

「口に合ってよかった。俺を十歳まで育ててくれた養父母が生産している豆なんだ」

「まあ、そうなの。育てのご両親とこういう形で繋がっているのは素敵ね」

ルシアナが微笑んだ。

「ケーキも、よかったら食べて」

「ありがとう。でもせっかくだけど、いまはあまり食欲がないの」

カチャリとカップをソーサーに置き、ルシアナが蓮の顔をまっすぐ見る。刹那《せつな》、空気が変わったのを感じた。

「今日は、あなたの返事を聞かせてくれるのよね」

改めての確認に、蓮は背筋を伸ばす。ルシアナの目を見つめ返して、慎重に言葉を紡いだ。

「ゆっくり考えていいと言ってもらったけれど、俺としては、返事はなるべく早いほうがいいと思ったんだ。それで今日、きみに時間を作ってもらった」

「…………」

ルシアナの表情が強ばる。蓮の堅苦しい口調から、望んでいる返答ではないと予想がついたのかもしれない。

唇を引き結んだ正面の顔を見て、胸がズキッと痛んだ。

昨日からずっと、どうすればルシアナを傷つけずに断ることができるだろうかと模索してきた。まったくの無傷は難しいにせよ、少しでも傷を浅くできないかと考えあぐねた。だけど結局、そんな都合のいい断り文句は思いつかなかった。どれだけソフトな言い回しにしたところで、想いを受け止められないという事実に変わりはない。

これ以上、辛い時間を引き延ばしにしたくない一心で、蓮は口を開いた。

「親しい女性にあんなふうに言ってもらえたのは生まれて初めてで……本当にうれしかった。でも、きみの気持ちには応えられないんだ」

ルシアナの細い肩がぴくっと震える。白い貌にみるみる失望の色が広がっていくのを、蓮はやるせない心持ちで見つめた。かつて自分を拒んでいた時、鏑木もこんな心境だったんだろうか。

唇がわななき、やがて喉の奥から掠れた声が絞り出される。

「それは……恋愛対象としては見られないということ？」

「……きみのことはすごく好きだし、尊敬している」

「でも、私では駄目なのね」

「……すまない」

「謝らないで……あなたは悪くない」

ルシアナが辛そうに首を横に振った。

「私が勝手に好きになっただけ。悪いのは私。あなたより四つも年上なのに……」

「そうじゃない！」

思わず大きな声が出る。

「年齢なんて関係ないよ」

無意識に身を乗り出し、蓮は言葉を重ねた。

「きみは賢くて心もきれいで……貧しい人たちのことを親身に考えて支援する姿勢とか、心から尊敬している。比類なきアーティストとしてのきみには憧れてもいる」

嘘は一つも言っていない。本当に、心から、ルシアナのことをすばらしい女性だと思っている。自分には勿体ないほどの友人だ。

「じゃあ、なぜ？」

潤んだ瞳で悲しげに問われ、返す言葉を失った。

「もしかして……愛している人がいるの？」

「…………」

「……そうなのね」

黙り込む蓮に、ルシアナが「お願い」と懇願する。

「本当のことを言って。そうでないと、私……諦められない」

いまにも泣き出しそうに顔を歪ませたルシアナに、初めて聞くような切実な声音で乞われ、追い詰められた蓮は、ぎゅっと両手を握り締めた。

　面と向かって誠心誠意、言葉を尽くせば、きっとルシアナもわかってくれる。心のどこかでそう思っていた自分は甘かった。

　本気の想いは、そんなものじゃない。そんなに簡単に、諦めがつくようなものじゃない。それは、鏑木に何度も振られた自分が一番よくわかっていたのに……。

「レン、お願い……」

　少し前の自分と目の前のルシアナがだぶって見え、透明な輪っかで首を絞められたみたいに呼吸が苦しくなった。浅い呼吸を数度繰り返し、かろうじて開いた喉から掠れた声を出す。

「……いる」

　蓮の返答にルシアナが小さく息を呑んだ。少しの間を置いて「誰？」と訊いてくる。

「どこのご令嬢？」

「……それは……」

「私の知っている人？　エストラニオの方？」

　首を縦にも横にも振れず、蓮は項垂《うなだ》れて固まった。するとルシアナが落胆の声を零す。

「嘘なのね？　そうでしょう？」

「…………」

「そう言えば私が諦めると思って偽りを……」

「違う！」

顔を振り上げて目の前のルシアナを見据えた。

「嘘じゃない」

大切な友人に嘘をつくような人間だと思われたくない。

「じゃあ……誰なの？」

ルシアナの大きな目には涙の粒が盛り上がっていた。もうすぐ弾けて、溢れそうだ。

胸がギリギリ締めつけられる。

辛かった時、ルシアナのメールに何度も救われた。疲れて果てた夜、無邪気な文面に癒された。

なのに……自分はなにも返せないどころか、苦しめて泣かせてしまう。

「レン……お願いだから」

この想いを諦めさせて。苦しいばかりの想いに終止符を打たせて。

ルシアナの心の声が聞こえる気がした。

ルシアナは少し前の自分だ。何度振られても、どんなにつれなくされても、鏑木への思慕を断ち切ることができずにもがき苦しんだ自分。

好きで。好きで。好きで。

だけど受け入れてもらえず、かといって諦められず、のたうち回るほどに苦しかった。

自分の場合はそれでも、未練がましく想い続けた結果、奇跡が起こった。

想いが通じて、鏑木と恋人同士になれた。

でも、ルシアナの想いは叶わない。それは自分が一番よくわかっている。

自分が鏑木よりも、ルシアナを選ぶことはない。

この先――一生。

だとしたら、一刻も早く楽にしてあげたい。決して実らない想いを、無闇に長引かせるのは残酷だ。

自分が友人として、ルシアナにしてあげられる唯一のこと。

これを知れば、すっぱり自分を諦められる。未練も残らない。

脳裏に鏑木の顔が浮かんだ。

怖い表情で「駄目だ」「言うな」「言ってはいけない」と囁く。鏑木の制止を、蓮は振り切った。

「……きみも知っている」

「……え？」

「元側近のヴィクトール・剛《ごう》・鏑木」

「ヴィクトール・剛・鏑木？」

訝しげな面持ちで、蓮が口にした名前を繰り返したルシアナが、やがてなにかに思い当たったように、はっと息を呑む。両目をじわじわと見開いた。

「まさか……」

信じられないといった驚愕《きょうがく》の表情で蓮を見つめ、口を何度か開閉させてから、上擦った声を発する。

「あなたたち……そうだったの？」

おずおずとした確認に、蓮は重々しくうなずいた。

「だから、きみのせいじゃない。俺が鏑木以外の人間を愛せないだけなんだ。……本当にごめん」

「……そんな……」

ルシアナが絶句する。その顔は蒼白だった。明らかに混乱し、パニックに陥っている。

予想外の出来事を受け止め切れないのか、少しの間、生まれたての子鹿のように震えていたが、突然ハンドバッグを摑んでソファから立ち上がった。

「ルシアナ！」

蓮も肘掛け椅子から立ち上がり、ドアに向かって駆け出した彼女を追う。エルバが背後で「グゥウッ」と唸った。

「待って！」

手を伸ばして腕を摑もうとしたが、一歩及ばず、ひらりと身を躱《かわ》されてしまう。ルシアナが開いたドアが、蓮の鼻先でバタンと閉まった。

「ルシアナ！」

あわててドアを開け、廊下に飛び出す。白いスカートの裾を翻《ひるがえ》して駆けていくルシアナの後ろ姿が視界に映った。

追いかけようとして踏みとどまり、蓮は力なくその場に佇《たたず》む。

おそらく、いまはなにを言っても無駄だ。

「…………」

廊下に立ち尽くして、ぎゅっと拳《こぶし》を握る。開け放したドアからエルバが顔を出し、慰めるように蓮の脚に側頭部を擦りつけた。

　そののち、しばらく時間をおいてルシアナにメールをしてみたが、レスポンスはなかった。

　思い切って電話もしてみたが繋がらない。翌日、翌々日と何度かけてもずっと通話中で、最終的に、どうやら着信拒否をされているようだと気がついた。

　友人からの着信拒否に蓮は傷ついたが、ルシアナの傷のほうがより深いに違いない。

　なんとか日程をこなしながらも、最後に見た彼女の蒼白な顔が、何度も脳裏に蘇る。

　蓮が、自分より同性を選んだことがショックだったのだろうか。恋敵が男だったことが、心情的に受け入れがたいのか。そのあたりの女性心理は自分にはわからない。

　とにかく連絡がつかないルシアナが心配でたまらず、着信拒否に気がついた火曜日の夜、ガブリエルに「様子を探ってくれないか」と頼み込んだ。ガブリエルは、なにがあったかは訊かずに――察しがついたんだろう――「わかった。連絡を取ってみる」と言ってくれた。

「どうやら具合がよくないらしい。詳しくはわからないが、ここ数日は寝たり起きたりの生活をしているようだ」

　水曜日の朝、ガブリエルから報告を受けて衝撃を受ける。

　自分のせいだ。

　結局、二重の意味で彼女を傷つけてしまった。

嘘はいけないことだ。友人だからこそ嘘はつきたくなかった。

だけど、本当のことを言えばいいわけでもなかった。

ルシアナを諦めさせるためだなどと、もっともらしい言い訳を自分にしていたけれど、結局のところは黙っているのが苦しかっただけだ。友人を騙している罪悪感が重くて、早く荷を下ろしてしまいたかった。

嘘をつき通すだけの気概がなかった。……心が弱かっただけだ。

真実を吐露して、自分が楽になりたかった。

自分が楽になることと引き替えに、ルシアナを深く傷つけた。

（最低だ）

失敗した自分を責める一方で、蓮は、鏑木との関係を貫くことの難しさを思い知った。

——俺たちが互いの想いを貫くためには、それと引き替えに、たくさんのものを犠牲にしなければならないだろう。おまえも多くのものを失う。本来ならばおまえがその手で摑むべき栄光を、手放さなければならないかもしれない。俺はそれが怖かった。——蓮、一度踏み出せば、二度とは引き返せない道だ。おまえにその覚悟があるか？

いつだったか……そうだ……鏑木と初めて想いが通じ合った夜の言葉だ。

あの時の自分は、「おまえと一緒なら、どんな苦しい道行きだって耐えられる。どんな試練だって乗り越えてみせる」と答えた。

もしもう一度問われても、同じように返すだろう。

でもあの時の自分は、彼の言葉が、本当の意味ではわかっていなかった。

いまになって、より一層のリアリティを以《もっ》て、覚悟を問う言葉が胸に迫ってくる。
鏑木が言っていたのは——恐れていたのは、こういうことだったんだ。

V

　ブブー、ブブーとブザーが鳴った。

　キッチンで珈琲《コーヒー》を淹《い》れる準備をしていた鏑木《かぶらぎ》は、その手を止めて、玄関に向かう。ドアスコープを覗き、予定していた客人の顔を確認してから解錠した。

　ドアを開けると、すらりとした痩身の男が立っている。鏑木を見て、「よう」と挨拶した。

　一目で東洋系とわかる切れ長の目。左耳にはシルバーのピアス。切り揃えた前髪が、シャープな面立ちを際立たせている。白のロングスリーブカットソーと、裾をロールアップしたダメージデニム。手首にはミサンガのブレスレット、足首にはアンクレット。素足にエスパドリーユという、イマドキの若者ファッションを隙なく着こなしている。

　初めて会った時は、まだ幾ばくか少年の面影が残っていたが、あれから二年以上が経過した現在、身長も伸びて筋肉もつき、体はすっかり青年のそれになった。むしろ、実年齢より大人びて見えるかもしれない。おそらくは顔つきがどこかふてぶてしく、同じ年頃の青年——端的に言えば蓮《れん》だが——より醒めた眼差しを持っているせいだ。

　それは、男の出自と無縁ではないだろう。詳しい生い立ちは自分も知らない。当人がしゃべりたがらないのに、無理矢理聞き出すような詮索癖《せんさくへき》は持ち合わせていない。ただ初めて会ったのはスラムで、当時の彼がそこの住人であったことは確かだ。

蓮が目の前の男――ジンと親しくなり出した頃に、素行を調べた。側近としては、蓮に犯罪者を近づけるわけにはいかなかったからだ。

素行調査の結果、品行方正とは言いがたかったが、大きな前科はなく、麻薬の売買にも関わっていないことがわかったので、それ以上追及しなかった。

蓮が生まれて初めて自分で選んだ同世代の友人だ。生きている世界が違うなどという野暮な理由で、二人の仲を引き裂きたくなかった。

その後、二年以上ジンを見てきて、いまはこの男に全幅の信頼を寄せている。年のわりにスレており、世の中を斜めに見るきらいはあるが、彼なりに一本筋が通ったロジックを持っている。なかなか他人に心を許さない半面、いったん信頼関係を結べば、決して裏切らない律儀さも持ち合わせている。

だから蓮が、ジンを『パラチオ　デ　シウヴァ』に住まわせたいと言い出した時も反対しなかった。

蓮の年頃には、なんでも打ち明けられる同世代の友人が必要だ。孤独を一人で抱え込めるようになるまでには、もう少し時間がかかる。

蓮は親友から家賃や生活費を受け取らなかったから、建前上ジンはシウヴァ家の「居候《いそうろう》」ということになっている。ジン自身、その立場を甘んじて受け入れているが、基本的に一匹狼である彼は、組織に所属することをヨシとしない。シウヴァに恩義を感じているかといえば、それは否だろう。

ジンが動くのは、蓮のためだ。シウヴァのためではない。

それでも、彼が蓮の側にいてくれるのは有り難かった。とりわけ現在のように、自分が側にいられない状況に於《お》いて、ジンの存在は大きい。

「相変わらず殺風景だなー」

室内に足を踏み入れたジンが、リビングをぐるりと見回して肩をすくめた。

「まあな」

「引っ越し以来、ほとんど家財が増えてないんじゃねーの？」

「どうせ寝に帰るだけだしな。なるべく身軽なほうがいい」

どのみち、いつ引き払うかもわからない仮の住まいだ。

首都ハヴィーナの下町地区《ダウンタウン》の一角に建つ、古びたアパートの一室。築年数は経っているが、内装はリフォーム済みで、清潔なところが気に入って決めた。

この部屋を探してきてくれたのは、誰あろう、目の前の男だ。

ダウンタウンを選んだのは、知人とばったり出くわすリスクを回避するためだ。エストラニオを離れたはずの自分が、国内にいるのを知り合いに見られたりしたら面倒だ。回り回ってガブリエルの耳に入るのだけは、絶対に避けなければならない。

リスク回避のためには、上流階級の面々が足を踏み入れないエリアに身を潜める必要があった。

さりとて、下町に疎《うと》いのは鏑木も同様だ。そこで下町事情に詳しいジンが、条件を聞いた上で不動産業者を回り、要望に見合う物件をいくつかピックアップしてくれた。

ちなみに出した条件は、そう難しいものではない。

第一に、高級過ぎないこと。もともと庶民の中に身を潜めるための下町暮らしだ。悪目立ちするような物件では意味がない。

かといって、あまりに劣悪な環境で、クオリティ・オブ・ライフが下がるのも困る。

ということで、間取りと内装の希望は以下の四点となった。

清潔であること。主室と寝室が別であること。自炊ができるキッチンを有すること。バスタブがあること。

このバスタブは、日系である自分としては外せなかった。子供の頃からバスタブに浸かってきたせいか、シャワーだけではどうしても疲れが取れない。

外観と間取りの両面で条件を満たす候補物件を、ジンと一緒に回り、最終的にこの部屋に決めた。新築同然の内装に反して、下町に溶け込むような地味な外観がよかった。引っ越しもジンとエンゾが手伝ってくれた。引っ越しといっても、運び入れたのはソファやテーブルやベッドなど、必要最低限の家財のみだ。

『高級住宅街の立派なお屋敷から、いきなりこんな場末の狭いアパートに移って大丈夫なのかよ？』

引っ越しの際、懸念を抱いたらしいジンが尋ねてきた。

『軍隊で新兵だった頃は二人部屋で二段ベッドだった。それに比べたら天国だ』

そう答えると、妙に納得した顔をしていた。

それに、ここに移って来てからは各地を飛び回っていて――もしくは蓮の部屋で夜を明かして――寝室を使う機会もあまりないのが実情だ。

「いつこっちに戻ってきたんだ？」

勝手知ったるとばかりに、リビングのソファに腰を下ろしたジンが訊いた。

「昨日の深夜。おまえにメールをした、少し前だ」

キッチンにUターンして珈琲をドリップしながら答える。深夜零時過ぎに帰宅してほどなく、ジンにエストラニオに戻って来たことをメールで知らせた。

蓮にはメールをしなかった。もう寝ているかもしれないと思ったし、翌朝――つまり今朝も早くから業務の日程が詰まっているのを知っていたからだ。

元側近の自分は、シウヴァ当主に課された過酷なスケジュールを誰より身に染《し》みてわかっている。ハードな日程をこなす蓮には、少しでも多く睡眠を取って欲しかった。

その思いで、ひさしぶりに声を聞きたいという欲求に蓋《ふた》をしたのだ。

珈琲の入ったマグカップを両手に持ち、リビングの一角へと向かう。片方のマグカップをカフェテーブルに置き、もう片方は持ったまま、ジンの傍《かたわ》らに腰掛けた。

目の前に置かれたマグカップを手に取り、ジンが水を向けてくる。

「ガブリエルの件でなにか摑めた？」

鏑木は渋い顔で首を振った。

ソフィアとの婚約の際にシウヴァが調べて、なにも出てこなかったのだから、そう簡単ではないだろうと覚悟はしていたが、予想以上に難航している。

ブルシャの生息地に関しては、ジャングルでの探索を一日早く切り上げたのを機にペンディングを余儀なくされた。蓮を欠いた自分たちだけでは、現地の住民ですら足を踏み入れない未開の地に分け入り、ブルシャに辿り着くことは不可能だ。蓮が共にジャングルを来訪できる、次の機会を待つしかない。

一方のガブリエルに関しては、グスタヴォ翁《おう》の部屋を荒らした犯人が彼である可能性を否定できないことから、できるだけ早く正体を暴くのが急務となった。

その本性を徐々に現し、シウヴァに近づいた目的を露《あらわ》にしつつある男が、いま現在、蓮の側近代理を務めていることも気がかりだ。

一刻も早くガブリエルの仮面を剥ぎ、蓮やシウヴァから引き離したい。

だがそれには、ソフィアやアナ、シウヴァの幹部会が納得するだけの証拠が必要だ。彼らを説得できるエビデンスを摑むために、このところの鏑木は精力的に世界各地を飛び回っていた。

しかし、今度こそ有力な証拠を摑んだと手応《てごた》えを感じても、辿っていった先で証人が死んでいたり、行方不明になっていたりする。まるでガブリエルが先回りして、みずからの過去と繋がる者を一人残らず抹消しているかのようだ。

（あいつが、そう簡単に馬脚を現すわけがないとは思っていたが……）

苦々しい思いを嚙み締め、鏑木はマグカップを口に運んだ。同じく黙って珈琲を口に運んでいたジンが、マグカップをカフェテーブルに置いて、ぼそっとつぶやく。

「レンとは連絡取ってる？」

「メールは何度か。時差もあってしばらく連絡できなかった。昨夜もこっちに着いたのが遅かったから、連絡は控えた。今日これから電話するつもりだ」

「……ふーん」

ジンの相槌《あいづち》に含んだものを感じ取り、鏑木は横の男を見た。

「蓮になにかあったのか？」

思わず、問《と》い質《ただ》すような口調になる。ジンが「ちょっとね」と眉をひそめた。

「このところ塞ぎがちで、メンタル落ちてるっぽい。特にこの二、三日……様子がおかしかった」

「……この二、三日」

そう言われて振り返ってみれば、日曜からメールがきていなかった。

自分はメールをだらだら書くのが苦手で、用件のみのシンプルな文面になってしまうが、蓮は時折、その日に起きた出来事などを長文で綴《つづ》ってくることがある。それはそれで楽しく読んでいるのだが、ここ数日は、そもそも蓮からメール自体がきていなかったことに思い当たった。帰国間際でバタバタしていたし、エストラニオに帰れば会えると考えて、さほど気に留めていなかったのだが、ジンの話を聞いてにわかに心配になる。

「様子がおかしいというのは、ガブリエルのせいか？」

一番の気がかりが口をついて出た。ガブリエルの正体を知っていながら、知らないフリで過ごす日常が、根が正直な蓮のプレッシャーになっている懸念は、以前から抱いていた。自分でも気がつかないうちに、ストレスが溜まっていることもある。

「それもないわけじゃないと思うけど……」

「けど？」

言葉尻を捉えると、ジンはめずらしく言いづらそうに言《い》い淀《よど》んだ。

「んー……どっちかっていうとアレかなって」

「アレとは？」

「ルシアナの件は聞いてる？」

聞き返されて、少し考える。

十日ほど前だったか、蓮との電話の中でルシアナの話が出た。蓮の復帰を知ったルシアナからメールが届き、やりとりが復活したという報告だった。

鏑木自身は、ルシアナ・カストロネベスと会ったのは一度だけ。レイネル家主催のパーティ会場で、彼女はアリアを歌った。すばらしい歌声だった。ルシアナの歌声に感激した蓮は彼女とメールアドレスを交換し、メル友になった。しかし、その後視力を失ったことで、ルシアナとのメールは途絶えていた。いったんは疎遠になったルシアナと、ふたたびメールのやりとりをすることになったという報告に、確か自分はこう答えた。

――別にいいんじゃないか。

それに対して蓮は、少しむっとしたような声を返してきた。

――別にいいんだ？

もしかしたら反対して欲しかったのかもしれなかったが、鏑木としては、蓮の交友関係を狭めるようなミスリードはしたくなかった。ただでさえ蓮は友達が少ない。年が近い友人はジンだけだ。だがジンは同性で、異性の心理を教えてはくれない。

この先、シウヴァのトップとして、大きな決断を下さなければならない局面がたびたび訪れる。

自分の判断は果たして正しいのか。この発言はポジショントークではないか。マイノリティに対してもフェアか。バイアスがかかってはいないか。

常に自分に問いかけることになるだろう。

公正なジャッジメントは、広い見聞に支えられる。そして見聞は、幅広い交友関係によって培われる。

蓮は人見知りでシャイな面があるが、シウヴァのトップである以上、いつまでも世間知らずのままではいけないのだ。

とはいうものの、蓮を支える元側近としての大義名分の下——心の一番深い部分に、おもしろくない気持ちがまるで潜んでいないとは言い切れない。

ルシアナは美しく、若く、才能に溢れ、魅力的で、なにより女性だ。鏑木が持っていないものをたくさん持っている。

だが、いい年をして、二十歳《はたち》そこそこの若い女性に嫉妬などできない。蓮のためにも、そんな狭量な恋人にはなりたくはなかった。

だから、自戒の念も込めて、突き放すように言ったのだ。

——おまえのプライベートだ。業務に支障が出ない程度ならば、好きにすればいい。

「メールのやりとりが復活した件か？」

ルシアナに関する一連の経緯を思い出して確認すると、ジンが「そうそう」と相槌を打つ。

「それで、この前の日曜日にルシアナが『パラチオ　デ　シウヴァ』に遊びに来たんだよ」

「『パラチオ　デ　シウヴァ』にルシアナが？」

「それは聞いてない？」

「……ああ」

初耳だ。まったく聞いていない。

鏑木は密かに動揺した。

蓮が若い女性を屋敷に招待する——となれば、かつてないイベントだ。おそらく、『パラチオ　デ　シウヴァ』のスタッフは色めき立ったことだろう。これまで色恋沙汰とは無縁だった蓮が、ガールフレンドを屋敷に招いたのだ。ロペスの舞い上がりぶりが目に浮かぶ。

なんでそんな重大なことを黙っていた？　たとえ電話が繋がらなくても、メールの一本くらいできただろう。

苛立ちの感情が湧いたが、ルシアナに関しては「好きにしろ」と突き放したせいもあり、蓮を責められない。

「……そんなことがあったのか」

鏑木は胸のざわつきを抑え込み、平静を装った。

「で、『パラチオ　デ　シウヴァ』訪問の話が向こうサイドに伝わって、ルシアナのパパがすっかりその気になっちゃったみたいでさ」

「〝その気になった〟というのは？」

「俺も小耳に挟んだだけで、レンにちゃんと確認したわけじゃないんだけど……どうやら縁談を持ちかけてきたらしい」

「………っ」

肩が揺れそうになるのを懸命に堪《こら》える。

いきなり縁談にまで話が進むとは……想定外だった。

「まー、気持ちはわからなくもないっつーか。娘のボーイフレンドがシウヴァの王子様だって知ったら、世のたいていの父親は前のめりになっちゃうんじゃないの？」

「………」

ジンの推察に、鏑木は眉根をじわりと寄せる。

それにしても、一度屋敷に招待されただけで結婚話にコマを進めるのは、さすがに先走り過ぎじゃないのか。

（だが、あのカストロネベス家の当主なら、その強引な展開もうなずける）

亡きグスタヴォ翁ほどではないが、豪腕で知られる人だ。鏑木も面識があるが、立ち居振る舞いや言動から、野心的な人物であるという印象を持っていた。

長年、エストラニオ経済界及び社交界に於いて、カストロネベスはシウヴァの二番手という位置づけだった。長く後塵《こうじん》を拝して来たが、翁が逝去し、年若い蓮が当主となったのを、首位奪取の好機と捉えているのかもしれない。娘と結婚すれば、蓮は娘婿《むすめむこ》になる。

義父の特権を活かして蓮をコントロールし、ゆくゆくはシウヴァを呑み込むつもりか？

「レンとしては、自分が『パラチオ　デ　シウヴァ』に招待したことがきっかけだし、ルシアナの手前もあって、そう無下にも断れないしで、どう対処すべきか悩ましいところなんじゃないの？　普通に業務はこなしているから、そこまでひどく落ち込んでるって感じでもないみたいだけど……」

ここまで話が進んでようやく、ジンがここに来た理由が見えてきた。

昨夜、【ハヴィーナに戻った】とメールをしたら、すぐさまジンから【明日、どっかの時間で会いたいんだけど】と返信があったのだ。その時のやりとりでは、会いたい理由までは明かさなかったが、どうやらジンなりに蓮を近くで見ていて、これは自分に伝えるべき案件だと思ったらしい。

「カブラギサンに報告しないでいるうちにコトがどんどん進んじゃって、じわじわ追い詰められて……悩んでるんじゃないかなって思ってさ。ほら、あいつ、純粋で真面目だから。みんなを傷つけたくないってぐるぐる考えて、自分で自分の首を絞めるタイプだから」

蓮のことを、当人より理解しているジンがそう言って、鏑木に頼み込んできた。

「そのあたりを踏まえた上で、電話してやってくれない？」


ジンが「珈琲ごちそうさん」と言って帰っていき、鏑木は空のマグカップ二個をキッチンのシンクに運んだ。

水栓《すいせん》を捻《ひね》り、マグカップをスポンジで洗いながら、たったいま耳にした情報を頭の中で整理する。

蓮がルシアナを『パラチオ　デ　シウヴァ』に招待し、それを知ったカストロネベス家の当主が、娘とシウヴァ当主の婚姻を画策し始めた――。

ここからは推測だが、蓮から縁談に関しての相談メールがなかったのは、ルシアナを招待した件を自分に言わなかったせいではないか。そもそも結婚話の端緒となった招待について知らせていないので、その後の展開を打ち明けづらくなっているのかもしれない。

もしくは、メールや電話で説明するより、実際に会って話したほうがいいと思っているのか。

自分と会って、縁談について説明する際、蓮の申し開きは十中八九、「ルシアナは友人であり、結婚するつもりはない」だろう。

鏑木自身、二人が友人以上の関係でないことはわかっている。

現時点で、蓮が愛しているのが自分であることもわかっている。

だが、この先もずっとそうとは限らない。

少なくとも、蓮はルシアナを気に入っている。これまで一度も、若い女性に関心を示したことのなかった蓮が、ルシアナには興味を持った。ガブリエルにけしかけられた成り行き上とはいえ、みずからメールアドレスを尋ね、自身のプライベート携帯のアドレスを教えた。その後も、自分が側近を辞めるまでは、毎日やりとりをしていた。楽しげにメールを打つ蓮を、何度もこの目で見ている。

蓮は誰にでも心を許すタイプではない。むしろ野生動物さながらに警戒心が強く、滅多に自分のテリトリーに他人を入れない。だから、彼の懐《ふところ》に入っただけでも「特別」なのだ。

いまはまだ友情かもしれないが、ルシアナが特別な一人であることは確かで、今後その好意が恋愛感情に発展しないという保証はない。

蓮は本来同性愛者ではないし、自分に対する感情だって、刷《す》り込《こ》みである可能性は否定し切れない。

(そうだ……刷り込み)

――レンがきみを恋愛対象として見ていることは、かなり前から気がついていた。しかし、彼からは同性愛者の匂いがしない。おそらくそうではないだろう。きみに恋したのは、一種の刷り込みだろうね。思春期になり、常に自分の側にいるきみに恋をしていると錯覚した。自分を護ってくれる忠実な騎士《ナイト》に。

以前、バーでガブリエルに言われたことが、尖《とが》った釣《つ》り鉤《ばり》のように、喉の奥にひっかかっていた。

生まれたてのひよこが、インプリンティングで目の前で動いたものを親だと信じ込むように、思春期を迎えた蓮は、十六の時の肉体的な接触が引き金となり、自分を愛していると思い込んだ。無垢だった蓮にとって、他人の手でイカされたインパクトは大きかっただろうから……理屈は通っている。

確かに、蓮の想いが刷り込みでないとは言い切れない。人の想《おも》いに形がない以上、それを証明してみせるのは不可能だ。

ただし、刷り込みであるとも証明できない。

詰まるところ、どちらが正解かなんて、誰にもわからない。蓮自身にすら、わからないのだから……。

ジレンマに陥《おちい》るたびに、そう自分に言い聞かせ、不安を胸の奥深くに押し込めてきた。

(いや――だとしたら)

蓮のためには、ルシアナと結婚するのが幸せなのではないか。

家柄といい、器量といい、才能といい、ルシアナは申し分ない女性だ。これまでに花嫁候補に挙がった女性の中でも、頭一つ抜け出ている。亡きグスタヴォ翁も、生前にこの縁談がまとまったなら、大喜びしたに違いない。

おとぎ話の中の王子と姫君のような二人。ルシアナと蓮なら、絵に描いたような理想的なカップルになれる。

エストラニオ国民は、碧《みどり》の王子と白の歌姫のカップルに熱狂し、二人の結婚式はロイヤル・ウェディングに匹敵する、国を挙げての大イベントとなるだろう。

なにより、世継ぎが作れる。家族を持てる。

「……家族、か」

水音に紛れてひとりごちた鏑木は、出しっ放しになっている水に気がつき、水栓を捻った。

蓮が家族を持つためには、自分が身を引く必要がある。

自分が側にいる限り、蓮は自分との関係を断つことはできない。

だからといって、無理矢理、物理的に離れたとしても……この前の二の舞だ。自分を失ったと思い込んだショックで、視力障害になったばかりだ。

たぶん、また同じことを繰り返す。目でなくても、体のどこかになんらかの異常を来す。

そもそも自分が無理だ。蓮を諦《あきら》められない。

そこまで考えて、ふっと口の端で嗤《わら》った。

いつだって、そこに行き着く。何度考えても、どんな思考回路を経由しても、帰着点は一緒だ。

蓮の幸せのために……などと綺麗事を言ってみたところで、結局は自分の執着心を抑え込めない。

蓮を独占したいというエゴを飼い慣らすことができない。

そんなことができるくらいなら、十六のあの夜、手を出さなかった。

どれだけ懇願されても、十八のあの夜、抱いたりしなかった。

どれほど責め立てられても、記憶が戻ったあとで、愛していることを認めはしなかった……。

ふーっと深い息を吐き、シンクから離れる。リビングに戻った鏑木は、ソファにどさっと腰を下ろした。ボトムのバックポケットから携帯を引き抜き、顔の前に持ってくる。蓮の番号を呼び出し、見慣れたナンバーをじっと見つめた。

——そのあたりを踏まえた上で、電話してやってくれない？

帰る前のジンの台詞《せりふ》がリフレインする。言われなくても、電話はするつもりだった。

だが、ルシアナの件を聞いてしまった以上、単なる帰国の報告で済ませられそうにない。

「…………」

ジンからルシアナとの縁談を聞いた瞬間、感情の湖に生じた波紋。はじめは雨粒が落ちた程度の小さな輪だったのが、徐々に半径を広げていき、いまは無視できないほどの大きさになっていた。しかも、波紋は一つじゃない。幾つも同時に現れ、胸全体をざわざわと波立たせているのを感じる。

こんな気持ちのまま蓮に電話したら、余計なことを言ってしまいそうだ——。

一刻も早く恋人の声を聞きたいという欲求と、不穏な予感の間で気持ちが揺れる。発信ボタンを押す踏ん切りがつかずに逡巡していると、不意に手の中の携帯が震え出した。びくりとおののく。

一瞬蓮かと思ったが、ホーム画面に表示されているのは、幼少期からの昔馴染《むかしなじ》みで、親同士が決めた許婚《いいなずけ》でもある女性の名前だった。

（ナオミ？）

側近の職を辞して身を隠すにあたり、鏑木はナオミに連絡を取った。ガブリエルの件や自分と蓮の関係について明かすことはできなかったが、新しい携帯の番号を教え、自分が海外に出ている間、シウヴァや蓮に目を配って欲しいと頼んであった。

そのナオミからの連絡だ。一抹の不安を覚えて、通話ボタンを押す。

「もしもし、ナオミか？」

『ヴィクトール？　いまどこ？』

「ダウンタウンのアパートだ」

『戻って来ているのね。――いまからそっちに向かうから会えない？』


ナオミと待ち合わせたのは、地元民に「ボテキン」と呼ばれるバールの一つだった。

薄暗いアンティークの照明の下、カウンター前の壁一面にはびっしりと酒のボトルが並び、別の壁にはサッカー選手のサインや写真が、これも隙間なく飾られている。

決して広くない空間にみっしりと並んだ木のテーブルでは、仕事帰りの労働者たちが狭い座席に体を押し込め、ビールを片手に熱くフットボールや人生について語り合う。

ダウンタウンに大衆居酒屋は数多く存在するが、鏑木がこの店を訪れるのは初めてだった。店はナオミの指定だ。

活気づく店内に足を踏み入れ、待ち合わせの相手を探していると、「ヴィクトール！」と呼ばれた。向かって左手の壁際に接した二人がけのテーブル席で、ナオミが片手を上げて自分を呼んでいる。

テーブルとテーブルの隙間を縫うようにして、鏑木は目指す場所へ向かった。

「待ったか?」

「大丈夫よ。先に呑んでいたから」

そう答えたナオミが、テーブルの地ビールのボトルを指さす。鏑木は彼女の正面の椅子を引いて、腰を下ろした。向かい合った幼馴染《おさなじ》みに「ひさしぶり」と告げる。

「ひさしぶりね。顔を合わせるのはどれくらいぶりかしら」

今夜のナオミは、タートルネックの黒のトップスを身につけていた。袖のないデザインなので、珈琲色の腕が肩から露になっている。左手首には金の太いブレス。耳には同じく金の大きな輪っかが揺れている。指の爪もゴールド。ゴージャスなアクセサリーやネイルに負けない華やかな顔立ちに、鏑木は微笑みかけた。

「今夜もきれいだ」

グロスに彩られた肉感的な唇が弧を描く。

「ありがとう。あなたも素敵よ。スーツじゃないあなたもワイルドでセクシー」

片目を瞑《つぶ》ってウィンクした。

今日の鏑木は、黒のカットソーに革のブルゾンを羽織り、ボトムは黒のテーパードパンツだ。もう長くスーツには袖を通していない。以前はほぼ毎日スーツかタキシードを着用していたが、ダウンタウンでそんな格好をすれば、まず間違いなく浮く。下町の雑踏に溶け込むようなラフな服装が必須なのだ。カジュアルダウンも板に付いてきたらしく、この店の中でも悪目立ちはしていない。

「ここはよく来るのか？」

「前に同僚に教えてもらって以来、贔屓《ひいき》にしているの。料理が美味しいのよ」

ナオミが所属しているセントロ署はエリートが集まる中枢セクションだが、ダウンタウン出身の警察官もいるのだろう。

「それは楽しみだ」

「適当に頼んでいい？」

「ああ、頼む」

手を上げて店員を呼び止めたナオミが、「生牡蠣《なまがき》の盛り合わせ、マンジオッカのフリッタ、タマネギと干し肉の炒《いた》め物《もの》、コシーニャ、カウジーニョ、あと生ビールを二つ」と注文した。

まずは、運ばれてきた生ビールで乾杯する。新鮮な生牡蠣に舌鼓を打ち、熱々のマンジオッカのフリッタを手で摘まんだ。鶏肉《とりにく》のコロッケ「コシーニャ」はピリ辛《から》ソースをつけ、豆を煮詰めたスープの「カウジーニョ」は乾燥ベーコンとパセリを振りかけて食す。炒め物はビールに抜群に合った。

「確かにどの料理も美味い」

「でしょ？」

話すことも忘れて夢中で料理を食べ尽くし、テーブルの上の皿をすっかり空にしてから、ナオミが「カイピリーニャを二つ」と追加注文をした。

運ばれてきたカシャッサをベースにしたカクテルを手に、ナオミが「それで」と口火を切る。

「シウヴァを辞めて、その後どうなの？」

くっきりと濃い弓なりの眉を上げて、尋ねてきた。

「本当にいきなりでびっくりしたわよ。シウヴァ命のあなたが側近を辞めるなんて」

ナオミには、辞表に至るまでの経緯を伝えていない。話せば、ガブリエルの正体、自分と蓮の関係、シウヴァの過去のスキャンダルなどのバックグラウンドを明らかにしなければならないからだ。ブルシャに関しても、秘密にしておけないだろう。

ナオミのことは信頼しているが、彼女は警察官だ。ブルシャの存在を知ることで、自分の友人としての立場と、公人としての立場の、板挟みになる可能性がある。ガブリエルの素性が判明して、公に警察の協力を求める段になれば真っ先に話すつもりだが、いまはまだその段階ではなかった。

「びっくりさせてすまなかった。突然で驚いたよな」

電話で「シウヴァを辞めて、しばらく旅に出る」と告げた時、ナオミは『そう』と言っただけで、そこに至るプロセスを根掘り葉掘り尋ねたりしなかった。鏑木の要請に対し、『わかった。シウヴァに関してはそれとなく注意しておくわ』と請け合ってくれて、最後にさらりと『気をつけてね』と言い添えて電話を切った。訊かれれば嘘をつかなければならなかったので、正直とても助かった。

そのことを思い出した鏑木はナオミに尋ねる。

「きみは、俺がシウヴァを辞めた理由を訊かないんだな？」

「訊いたって仕方がないでしょ？　あなたが決めたことだもの。どうせ覆《くつがえ》すことなんてできないし」

ナオミが、珈琲色の肩をすくめた。カイピリーニャの氷を、指でカランと揺らす。

「私ね、あなたを昔から見ているからわかるのよ。あなたは鏑木家の嫡男として生まれ、父上亡きあとはシウヴァを支えるという使命を負って生きてきた。それだけの器量もあったし、充分に責務を果たしてきたけれど……傍から見ていて、少し辛そうでもあった。私は警察官の道を自分で選んだから、多少キツくてもなんとかなる。でも、あなたが歩んでいるのは、自分で選んだ道じゃなかった。おまけにあなたは思考停止して、ルーティンで働けるタイプでもない。年々、ストレスが溜まってきていたんじゃない？」

聡明な瞳で鏑木をじっと見据えて、ナオミが指摘した。

「だから、あなたの決意を聞いて、驚くのと同時に、どこか腑に落ちる部分もあったの。少しシウヴァと離れてみるのもアリだなって。距離を置くことで見えてくるものもあるだろうし、その結果もう一度戻ってもいいわけだし。王子様はショックで、一時期体調を崩していたようだけど……これも親離れするための試練よね。いつまでも彼も、あなたに依存してはいられないもの」

クレバーな分析と見解に感心する。辞職の裏側にはもっと複雑な事情があったのだが、ナオミの指摘がまったくの的外れでもないことは、鏑木自身が一番よくわかっていた。

ガブリエルの脅《おど》しに屈した形ではあったものの、シウヴァと離れて解き放たれたのも、また事実だ。そうなってみて、自分の心の奥底にシウヴァから離れたいという願望が潜んでいたことに気がついた。

いま振り返ってみると、当時の自分はかなり煮詰まっていた。いろいろなしがらみや枷《かせ》に囚われ、身動きが取れなくなっていた。

蓮を苦しめてしまったのは胸が痛いが、シウヴァと距離を置くことで、客観的な視座を持てたのは、よかったと思っている。

「きみは、俺のことはなんでもわかっているんだな」

思わずつぶやくと、ナオミが「長いつきあいですもの」と微笑んだ。表情としては笑顔だが、どことなくアンニュイなニュアンスを感じ取り、鏑木は水を向ける。

「今日はなにか話があったんじゃないのか？」

その問いかけに、ナオミがめずらしく肩を揺らした。狼狽《ろうばい》のリアクションを見せてから、長い黒髪を掻き上げ、ふーっと息を吐く。心を落ち着かせようと試みているらしき彼女を、鏑木は黙って待った。

「実はね」

たっぷり一分近い間を置いて、ついにナオミが切り出す。

「いまプロポーズされているの。相手は同じ警察官よ。とてもいい人で、尊敬できる同僚。私の仕事や立場も理解してくれている。結婚相手としてこれ以上はない人なのに、どうしてもイエスと言えない自分がいる」

緊張した面持ちで、自身が直面している転機を説明したのちに、「ヴィクトール」と呼んだ。

「私たちは子供の頃から兄と妹のように親しくつきあってきた。許婚といったって、親が決めた話だし、あなたが私を妹のように思っているのはわかっている。でも、私は違う」

まっすぐ鏑木の目を見つめ、意を決したように告げる。

「もう、自分の気持ちを偽るのは止めたの。あなたを愛している」

「………っ」

数十年にわたる長いつきあいで、初めて彼女が口にした言葉だった。

聞くのは初めてだが、知っていた。彼女の気持ちはもうずっと前から知っていた。

口に出して言われないのをいいことに、気がつかない振りをしていただけだ。

そのほうが、自分にとって都合がいいから――。

ナオミの気持ちを薄々知りながら、そこから目を逸らし、ここまでのらりくらりとはぐらかしてきた。

それでいて、警察官としての彼女を頼り、時に彼女の好意を利用してきた。

シウヴァのために――ひいては蓮のために。

今日ここに至るまで、彼女との関係性を明確にすることから逃げ続けてきた自分に直面し、したたか打ちのめされる。

卑怯極まりないおのれに愕然《がくぜん》として色を失う鏑木に、ナオミは切ない眼差しを向けてきた。

「あなたのはっきりとした答えが欲しい。お願い。まったく可能性がないなら、いまこの場できちんと振って。そうじゃないと私、未練がましくあなたを想ってしまう……」

きちんと振って欲しいと言うその目は、けれど縋《すが》るように自分を見つめている。わずかな望みに懸けて、鏑木の返答を待っている。

「…………」

悪酔いにも似た感覚に囚われ、胃の底から吐き気が込み上げてきた。

自分への嫌悪で、自家中毒を起こすのは初めてのことだ。

大切な友人であり妹にも等しい人間の心に、深い傷をつけなければならない自分を、鏑木は殺したいほどに憎んだ。

深夜一時過ぎ。

主室のソファセット前の空間を落ち着きなく、行ったり来たりしていた蓮は、自分の後ろをついて来ていたエルバが、ドアに向かって「ウゥウ」と唸ったのに足を止めた。

(来た⁉)

あわててドアに駆け寄り、木製の扉に耳を押し当てる。

「蓮、俺だ」

聞き覚えのある低音を聞くやいなや、急いで鍵を回した。ガチャッとドアが開き、黒ずくめの長身が室内に滑り込んでくる。蓮の目の前に、神秘的な黒髪と灰褐色の瞳を持つ、精悍《せいかん》な面立ちの男が立った。肩幅ががっしりと広く、体幹に厚みのある体つきと長い脚。

「鏑木……」

いつもなら、無我夢中で、その逞《たくま》しい体に抱きつくところだ。なにしろ、恋人に会うのはほぼ二週間ぶりなのだ。

しかし、今夜はなぜかそうはできなかった。ただ黙って、相変わらず彫りの深い——いや、変わっていないというのは間違いだ――最後の記憶より少し陽に焼けて、その分一層の野性味が増した男らしい貌《かお》を見つめる。

鏑木もまた、蓮をじっと見つめ返してきた。

「…………」

もちろん、会いたくなかったわけじゃない。すごく、ものすごく、会いたかった。

離れていた間、会いたくて、会いたくて、鏑木のことを考えない時間はなかったし、毎晩のように夢にも出てきた。

その鏑木からメールが届いたのは、夜の十時過ぎだった。

【エストラニオに戻って来た。今夜一時頃に会えるか？】

文面を見た瞬間、このところずっと低空飛行だったテンションがひさしぶりに上がって、小さく「うそっ」と声を出してしまったくらいだ。帰館途中のリムジンの中だったから、秘書とガブリエルに不思議そうな眼差しを向けられ、「あ……ジンからのメールで、ちょっと……」と嘘の言い訳をしなければならなかった。

二人を横目で牽制《けんせい》しながら、すぐに【大丈夫。待ってる】と返信し、その後はずっと携帯を握り締めてそわそわしていた。

鏑木が帰って来た。自分に会いに来る。今夜会える！

ふわふわと舞い上がるような心持ちは、自分の部屋に戻るまで続いた。だが、自室に戻って着替えを済ませ、当面のすべきことをやり終えた刹那《せつな》、うれしい知らせによって一時的に頭の片隅に追いやられていた自責の念が、センターに舞い戻ってくる。とたん、膨らみきっていた歓喜のバルーンが音もなく萎《しぼ》んだ。

——どうやら具合がよくないらしい。詳しくはわからないが、ここ数日は寝たり起きたりの生活をしているようだ。

今朝のガブリエルの台詞もリフレインしてきた。

（……ルシアナ）

そうだ。こんなふうに舞い上がっている場合じゃない。いまこの瞬間も、ルシアナは自分のせいで苦しんでいるというのに……。

日曜日にルシアナに告白された蓮は、彼女からの求愛を退けた。その際に、愛している人がいるのなら誰なのか教えて欲しいと懇願され、鏑木の名を告げた。少しでも早く自分への恋情を断ち切らせたいという思いからだったが、結果的にルシアナを深く傷つけてしまった。逃げ出すように立ち去ったルシアナからは、その後のメールにレスポンスはなく、通話も着信拒否された。

自分がしてしまったことを悔いて落ち込んでいたところに、追い打ちをかけるように今朝、ガブリエルからルシアナが寝込んでいると知らされたのだ。

原因は間違いなく自分。

自分が楽になりたくて、本当のことを言って傷つけてしまった。大切な友人に、寝込むほどのダメージを与えた。

結局、今日も一日ルシアナと連絡は取れず、着信拒否も継続中だ。

週明けからずっと、心の中に重苦しいものを抱え込んだ状態が続いており、業務をこなしている間もルシアナのことが頭から離れなかった。どうすればいいのかを考え続けてきたが、いまだに答えは出ていない。

昨日は、様子がおかしいと察知したらしいジンから「なんか元気ないけど、どうした?」と訊かれたが、親友にも事情は話せなかった。

胸の中の鬱屈《うっくつ》を吐き出せば、一時的に楽になれるのはわかっている。

でも、吐露して楽になることと引き替えに、ルシアナを傷つけたばかりだ。二の舞は踏めない。

だから、ジンにも「なんでもない」と言った。

だけど鏑木には、事情を打ち明けなければならない。鏑木は当事者の一人だ。このまま黙っているわけにはいかない。

ルシアナに二人の関係を明かしてしまったことを話さなければ……。

「グォルルル……」

重苦しい沈黙を唸り声に破られる。思い詰めた顔で回想に耽《ふけ》っていた蓮は、エルバの唸り声で現実に立ち返った。

「あ……ど、どうぞ」

つい他人行儀な物言いをしてしまったが、鏑木はそれに対してなにか言うでもなく、黙ってうなずいて主室の中程まで進んだ。

その段になってようやく蓮は、自分だけでなく、鏑木も普段と違うことに気がついた。どことなく顔つきが暗く、心に気がかりな問題を抱えているように見える。

（疲れているんだろうか？）

国外から戻ってきたばかりだし、そうであってもおかしくない。疲労を押して自分に会いに来てくれたのだとしたら、そんな鏑木にルシアナの件を話さなければならないのは、いよいよもって気が重かった。

「ジャケット」

「え？」

「脱いだら？」

革のライダースジャケットを指して促す。蓮の指の先を目で追った鏑木が、ほどなくして「……ああ」と声を出した。自分がジャケットを着ていたことさえ忘れていたという表情だ。

やっぱり、いつもと違う。目つきもそこはかとなく焦点が合わない感じで……。

日頃と雰囲気が違う恋人を訝《いぶか》しく思いつつ、蓮は鏑木の背後に回って、脱いだライダースを受け取ろうとした。近づくにつれて、鼻腔を刺激する匂いに眉をひそめる。

強いアルコールの匂い。

ライダースを受け取ってから、蓮は訊いた。

「どこかで呑んできた？」

「ああ……少しな」

（少し？　本当に？）

その答えは疑わしい。酒に強い鏑木から、ここまでアルコールが匂うのだから、相当な量を呑んでいる。

自分と会う前に、一体誰と呑んできたんだろう。

ここまでたくさん呑むということは、気心が知れた相手？

恋人の自分と一緒の時でさえ、鏑木は酔うほど呑まない。常に自分をガードしなければならないという抑止力が働くのだろう。不測の事態に備えて、パーティや外食の場でも、意識的に酒量をセーブしている。だから蓮は、鏑木が酔った姿をこれまで一度も見たことがなかった。蓮が酔い潰れてしまうという逆のパターンは多々あったけれど。

初めて見る——アルコールが過ぎた恋人に戸惑いながら、ライダースを椅子の背にかけて尋ねた。

「水、飲む？」

「そうだな……頼む」

鏑木が素直に申し出に応じる。うなずいた蓮はミニバーに向かった。アイスボックスからミネラルウォーターのペットボトルを二本取り出し、両手に持って引き返す。

鏑木はソファに腰を下ろしていた。その足許にエルバが寝そべり、ひさしぶりに会えた鏑木に甘えるように、グルグルと喉を鳴らしている。

「はい」

ペットボトルを差し出すと、俯《うつむ》いていた鏑木が顔を上げた。そう思って見るからだろうか、目が少し赤いように感じられる。

「ありがとう」

受け取った鏑木が、キャップを捻って、ミネラルウォーターを喉に流し込んだ。蓮も隣に腰を下ろし、尖った喉仏が上下する様を横目にキャップを開ける。蓮が三分の一を飲む間に、鏑木は五百ミリリットルのペットボトルを空にした。

ふーっと大きく息を吐き、濡れた口許を手の甲で拭う。空のペットボトルをローテーブルに置いて、鏑木は傍《かたわ》らの蓮に向き直った。

目と目が合い、ドキッとする。だがそれは恋人と一緒にいる時に感じる、糖度の高い胸の高まりとは違った。これからルシアナの件を話さなければならない緊張感と、それに纏《まつ》わる後ろめたさ。

考えてみたら、再会してからまだキスもしていない。

キスどころか、抱き合ってさえ……その体に触れてさえいない。

ひさしぶりなのに、恋人らしい甘いムードは皆無だ。

物足りないし寂しかったが、後ろめたさを抱えたまま、恋人モードに持ち込むことはできなかった。それにどうやら鏑木もそういった気分ではなさそうだ。

うっすら充血した目で蓮をじっと見据えていた鏑木が、おもむろに口を開く。

「俺がいない間に、ルシアナとの結婚話が持ち上がったそうだな」

「………っ」

不意を衝《つ》かれた蓮は、全身をびくりと震わせた。

「な……な、なんでっ」

声が上擦る。その件について、まさにこれから話そうと思っていたところだったが、鏑木から切り出されるとは予想外だった。

鏑木が憮然とした面持ちで、「ジンから聞いた」と答える。

「ジンから？」

「昨日の深夜に【戻った】とメールをしたら、【明日、会いたい】と返信があって、今日ダウンタウンの俺の部屋まで訪ねてきたんだ。ここ数日、おまえの様子がおかしいと心配していた。電話をしてやってくれ、と」

「………」

そうだったのか。ジンにはルシアナとの経緯を話していないけれど、勘のいいやつだから、最近の自分の顔つきや言動から感じるものがあったんだろう。

（……つまり、さっきまで一緒に呑んでいた相手はジンだった？　それなら納得がいくけれど……）

思考が脇に逸れかけていた蓮は、「ルシアナを『パラチオ　デ　シウヴァ』に招待したそうだな」という問いかけで本筋に引き戻され、「あ……うん」と肯定する。

「アナがルシアナの歌を聴きたいから屋敷に招待して欲しいって言い出して……俺は正直あんまり乗り気じゃなかったんだけど……」

我ながら言い訳がましくなってしまい、決まりが悪い思いをしていると、鏑木がつぶやいた。

「結果的に、その招待がカストロネベス家の当主に絶好の口実を与えてしまったというわけか」

どこか忌々しげな言い回しに、違和感を覚える。苛立ちを隠さないのもめずらしいし、全身から発する気配が殺伐としている。どちらかというと自分の感情をセーブしがちな、常日頃の鏑木とは違った。

まだアルコールが残っているんだろうか？

「……済んでしまったことは仕方がない」

自分を無理矢理納得させるような低音を落としてから、鏑木が「それで？」と促した。

「その後は？」

「ルシアナが、勝手に父親が縁談を持ちかけたことを謝りに来て……」

「じゃあ、ルシアナにその気はないんだな？」

確認されて、うっと詰まる。

「……それが……」

言い淀む蓮に、鏑木が詰問口調で「なんだ？」と聞き返した。

「…………」

(めちゃくちゃ言いづらい)

逡巡していると、「はっきりしろ」と怖い顔で凄まれ、おずおずと答える。

「……告白された」

「告白？」

険のある物言いに焦った蓮は、「でも断った！」と叫んだ。

「きみの気持ちには応《こた》えられないって断った！」

早口で一気に捲《まく》し立《た》てる。

「だって俺には鏑木がいるし！　鏑木以外考えられないし！」

懸命に訴えたが、鏑木の顔つきは厳しいままだ。

「断って、向こうは納得したのか？」

「……それは……」

じわじわと追い詰められて、胃が引き絞られるみたいにキリキリ痛む。

言うしかない。

きっと、ものすごく怒られるだろうけど、しらばっくれるのは無理だ。本当のことを話した上で、今後どう対処していくかを、鏑木と話し合わなければならない。

覚悟を決めた蓮は居住まいを正した。みぞおちにぐっと力を入れて鏑木の顔を見る。

「ルシアナは、どうしても納得できない……他に好きな人がいるなら……言って欲しいって」

先の展開を見越したかのように、ただでさえ険しかった鏑木の表情が、いよいよもって険を孕《はら》んだ。気まずさの余り、体中の毛穴から冷たい汗が噴き出す。この場から逃げ出したくなったが、当然許されない。

針のむしろに座るとは、まさにこのことだと思った。

射貫《いぬ》くような鋭い眼差しに耐えきれず、蓮は俯く。下を向いて、乾いた唇を何度も舐《な》めた。

「それで……仕方なく……その……」

「早く言え」

鏑木が焦《じ》れたように急かす。

「だから……その」

喉が引《ひ》き攣《つ》ったみたいになって、どうしても最後まで言えずにいると、背筋がぞくっとするような低い声が「——蓮」と呼んだ。

「まさかと思うが……俺たちのことを話したのか？」

大きく肩が揺れる。もはや認めたのも同然だったが、蓮は奥歯を噛み締めてこくりとうなずいた。肯定に対する鏑木のリアクションはなく、不気味な静寂が横たわる。

「…………」

重苦しい沈黙の圧力に耐え切れずに、上目遣いに鏑木を窺い見た。

視界に映り込んだ鏑木は、虚を衝かれて瞠目《どうもく》している。やがて、見開かれた目がじわじわと細まり、驚愕《きょうがく》の表情が憤怒《ふんぬ》のそれに変わった。

「おまえはなにを考えているんだ！」

眦《まなじり》を吊り上げ、青筋を立てたすさまじい形相で、いきなり爆発する。

「なんでそんなに大事なことを簡単に話してしまうんだ！」

声を荒らげて激昂した鏑木が、蓮の肩を摑んで前後に揺さぶった。驚いたエルバが床から起き上がり、周囲を落ち着きなくうろうろし始めたが、二人ともそれどころではない。

「ごめん……っ」

揺さぶられながら、蓮は必死に謝った。

「ごめん……なさいっ」

だが、鏑木の憤り《いきどお》は鎮まらない。

「謝って済むことじゃない！」

大声を出しても、まだ立腹が収まらないのか、ソファのアームをドンッと拳で殴った。ソファ自体が揺れて、蓮はきゅっと首を縮める。かつてないほどの激しい怒りに圧倒されて瞳がじわっと潤んだ。

「だっ……でも、あの時はルシアナを納得させるためにはそうするしかないって……っ」

言い訳したことで余計に火に油を注いでしまったらしく、鏑木の眉間の筋がますます深くなった。

「そんなに大事なことを、なぜ俺に相談しなかったんだ？」

怒気を含んだ声音で責め立てられ、唇を噛み締める。

「なんで一言相談しなかった？」

またしても上半身をガクガク揺さぶられて、蓮は泣きそうになった。

鏑木の怒りはもっともだ。怒られると覚悟はしていた。

だけど、そのすさまじさは蓮の予想を遥《はる》かに超えていた。

「だって！　鏑木はいなかった！」

半ばパニックに陥り、半泣きで訴える。

「相談したくても側にいなかった！」

「電話でもメールでも、手段はあったはずだ」

ぴしゃりと反撃を封じられた。

「電話は繋がらなかったし！　鏑木だって全然くれなかっただろ！　それにルシアナとメールのやりとりが復活したのを報告しても『別に好きにしろ』ってスルーだったじゃないか！」

こんなの逆ギレだってわかっていたけれど、止められない。

「だから相談しても無駄なんだって思って！」

「だから？　ルシアナに話したのか？」

「…………っ」

氷のように冷たい声に息を呑んだ。目の前の鏑木の双眸《そうぼう》には、もはや怒りの炎は燃え盛っていなかった。灰褐色の瞳は、普段より暗く沈み込み、漆黒に塗り潰されている。

「おまえにとって、俺たちの関係はそんなに軽いものだったのか？　ちょっと親しくなった友人にすぐ話してしまうような……その程度のものなのか？」

「ち……がう」

蓮は首を横に振った。

「そうじゃな……」

「蓮、俺は怒っているんじゃない。がっかりしているんだ。おまえの認識の甘さに。おまえが世間知らずなのはわかっていたが、ここまでとは思わなかった」

ショックで呼吸が止まりかける。

――がっかりしている。

これまでだって何度も、鏑木に怒られたり叱られたりしたが、その言葉だけは使われたことがなかった。失望された。幻滅された。……見放されるかもしれない。

かつて感じたことのない恐怖に囚われ、急激に体温が下がった。熱を失った全身が、小刻みに震え出す。

「かぶ……」

「いいか？　ルシアナが振られた腹いせに、俺たちの関係をリークしない保証はないんだぞ？」

「ルシアナはそんな子じゃない！」

とっさに叫んだら、鏑木のこめかみがぴくっと引き攣った。闇色に沈んだ瞳の奥に、ゆらゆらと炎が立ち上る。今度の炎は青白かった。

「そうか……。では訊くが、ルシアナはおまえの告白に対して、どういうリアクションを取った？」

「それは……」

「なんと言った？　俺たちの関係を認めると言ったか？　応援すると言ったか？」

矢継ぎ早に畳みかけられ、蓮はぎゅっと奥歯を噛み締めた。

「蓮、ルシアナはなんと言ったんだ？」

今更誤魔化しても無駄だ。観念した蓮は白状した。

「泣いていた……いまは着信拒否されている」

「なるほど」

わざとらしい声を出した鏑木の、それ見たことかといった表情に、カッと頭が熱くなる。

（ひどい！）

自分が悪いのはわかっている。あの時、自分が楽になりたくて本当のことを言ってしまった。

その結果、ルシアナを傷つけた。拒絶されているのは、ある意味自業自得だ。

でもだからって、そんな勝ち誇った表情《かお》をしなくたっていいじゃないか。

これは二人の問題のはずなのに――。

「これでわかっただろう。ルシアナはもはや味方じゃない。可愛さ余って憎さ百倍。好きだった相手に袖にされた結果、一転して憎悪を抱くようになるのは、人間の心理としてよくあることだ。想いが深ければ深いほど、受け入れられなかったショックは大きく、憎しみの感情も深くなる。ましてやルシアナの場合は、好きな男の想い人が同性だと打ち明けられたんだ。プライドがひどく傷ついたに違いない。男に負けたというのは、若くて美しい女性からしたら、容易には受け入れられない現実だろうからな」

説得力がある口調のせいか、あたかも真実のように聞こえるが、蓮から言わせれば、すべて鏑木の憶測に過ぎない。いま現在、ルシアナがどんな気持ちでいるかわからないのに、勝手に決めつけるなんておかしい。

「初めての女性からの告白に対して、おまえは判断を見誤り、対処を間違えた。おまえは女性心理を理解していなかった。ルシアナは、おまえには時期尚早な相手だったということだ」

おまえのことはなにもかもわかっている——と言いたげな上から目線の態度に、胸の中にもやもやした黒いガスのようなものが溜まっていくのを感じた。

目標とする当人から、未熟者の烙印《らくいん》を押された、惨《みじ》めな気持ち。

確かに鏑木は、経験豊富で常に余裕があり、数手先まで読める大人だ。

対する自分は、目先のことでいっぱいいっぱいで、鏑木の足を引っ張ってばかりの子供。

その差を少しでも縮めたいと願い、日々努力しているつもりだった。

けれど結局、一ミリも縮まっていないのを痛感させられ、やるせない思いが募っていく……。

「まあ……もうやってしまったことは仕方がない」

鏑木が、喉元の鬱積を吐き出すような苦い声を出した。頭を切り替えるためか、前髪を乱暴に掻き上げてから切り出す。

「早急に考えるべきは、この先の対処法だ。ルシアナにどうやって口止めするか」

「……そんなに……」

気がつくと、低い声が零れていた。鏑木が訝しげな声音で、「蓮？」と呼ぶ。

蓮は視線を振り上げ、鏑木を睨みつけた。

「そんなに俺との関係が負担なら、もうやめればいいだろ！」

発作的に投げつけてしまった言葉に、鏑木の表情がみるみる変わる。

「おまえ……本気で言っているのか？」

ドスの利《き》いた声を発する顔は、険しく眉根が寄り、目が据わっていた。

「本気か？」

重ねて追及されて、引くに引けなくなる。

実際にそんな事態になったら、よりダメージを受けるのは自分だとわかっているからこそ、蓮はなけなしのプライドを盾に虚勢を張った。

「ほ……本気だ」

「俺と別れてどうする気だ？　ルシアナと結婚するのか？」

「…………」

そんな先のことまで考えていなかったので、返答に窮する。第一、本気で鏑木と別れたいとは、これっぽっちも思っていない。言い出しておいて矛盾しているけれど、それが偽らざる本音だった。

本当に一体、どうしたいんだろう。自分でも、自分がなにを求めているのかわからない。

俺は別れないぞと鏑木に言って欲しいのか。そう言ってもらって安心したいのか。

駆け引きなんて、この世で一番苦手なのに、相手が鏑木だと試したくなる。

恋人の心を試したい欲求を抑えられない。本当に愛されているという、実感が欲しい。

とりわけ、ここ最近は物理的に離れていて満足に会話も交わせず……やっと会えたかと思ったら——自分が悪いとはいえ——いきなり険悪なムードになってしまったので、余計にそう思うのかもしれない。

大人な鏑木は、愚かな自分の心の動きも思惑もなにもかもお見通しで、いつだってその包容力で上手にあしらってくれた。

どんなに粋がってみたところで、所詮《しょせん》は鏑木の手のひらの上で転がされているに過ぎない。

そう思って、安心してわがままが言えていた——なのに。

今夜は違った。

鏑木が出し抜けに立ち上がった。かと思うと、蓮の二の腕を鷲掴《わしづか》みにする。ぐいっと引っ張られ、「な、なにっ？」と当惑の声をあげた。

「急になんだよ？」

問いかけには答えず、無言で蓮を引っ立てる鏑木の横顔は厳しく引き締まり、口許は真一文字に結ばれている。

「いたっ」

無理矢理ソファから立たされた蓮は、乱暴な扱いに抗議した。

「痛いっ……痛いって！」

訴えても、腕を離してくれない。片腕を摑まれたまま、ずるずると主室を横切るように引き摺られた。エルバが二人のあとからついてくる。

寝室のドアまで蓮を引っ立てて移動した鏑木が、片手でドアノブを摑んだ。ドアを開けて蓮を寝室に押し込み、自分も入る。当然のように続こうとするエルバの鼻先で、ばたんとドアを閉めた。

「グゥウウ……」

締め出されたエルバの不満げな唸り声が、ドア越しに聞こえてくる。

「なぁ、なんなんだよ？　一体どうし……」

意図を質そうとしたが、最後まで言い切る前に、また二の腕を摑まれた。ふたたび荒々しく引っ立てられ、寝台の側面に辿り着くなり、突き飛ばされる。

「うわっ」

不意打ちを食らい、蓮は寝台に横倒しになった。手を突いて起き上がろうとしたが、それよりも一瞬早く、鏑木が乗り上げてくる。両脚を押さえ込まれて太股《ふともも》の上に乗られてしまえば、体を起こすことはできなくなった。重量級の重みを下半身にかけられた状態で両腕を摑まれ、ベッドリネンに縫い付けられる。

「………っ」

振り仰いだ鏑木の貌は、逆光に塗り潰されていた。暗く影になったパーツの中で、二つの目だけがギラギラと光っている。蓮にはそれが、ジャングルの闇に赤く浮かび上がる肉食獣の眼に見えた。

底光りする双眸で射貫かれ、ぶるっと身震いする。

（……怖い）

自分の中に生まれた感情に驚いた。

怖い？　誰よりも大好きな恋人を？

でも、こんな鏑木は初めてだ。まるで知らない男みたいで……。

「はな……せ」

掠《かす》れた声で、蓮は命じた。

「離せよ……離せってば！　はな……っ」

言葉の途中で熱い感触が覆い被さってくる。

「んっ……ンんっ」

キス……。ひさしぶりの鏑木の唇。

普段なら、みずから口を開けてその獰猛《どうもう》な舌を誘い込み、積極的に舌を絡め、熱いくちづけにうっとりと酔いしれるところだ。

だけどいまは、そうすることに抵抗があった。

このままなし崩しに行為に傾《なだ》れ込《こ》むのはいやだった。

口の中に侵入しようとする舌を拒みつつ、覆い被さっている鏑木を手のひらで懸命に押し返したが、大きな体はびくともしない。仕方なく硬い胸を拳《こぶし》で叩いた。

「ん、んーっ……んっ」

どんどんと力任せに叩き続けていると、漸《ようや》く鏑木の唇が離れた。

「か、鏑木っ……」

はぁはぁと胸を大きく波打たせて、蓮は目の前の男に訴える。

「こんなの……いやだっ」

離れている間もずっと鏑木が欲しかった。いつだって鏑木と抱き合いたかった。

だけどそれは、気持ちが伴っての行為に限った話だ。こんな形で体だけ繋げるなんて嫌だ。

「いやだっ」

繰り返し訴えたが、鏑木は黙って蓮の顔を見下ろしてくるだけだ。突き刺すような強い眼差しを跳ね返そうと、蓮は両眼に力を込めた。

「聞いてるのかよ？　なんか言えよ。言えって！　おい、かぶ……んっ……く、んっ」

問い質す声を封じ込めるみたいに、唇を覆われる。強引な唇からどうにかして逃れようと顔を左右に振ったら、顎《あご》を摑まれて固定された。

「……うっ……んっ」

食いしばった歯列を指でこじ開けられ、隙間から舌を差し込まれる。侵入してくるそれに懸命に抗っているうちに、意図せず鏑木の舌を嚙んでしまった。

「……くっ」

鏑木が低く喉で唸り、口接を解く。濡れた唇を手の甲で拭《ぬぐ》いながら蓮を睨《ね》めつける目が、一段と物騒なギラつきを発しているように見え、背中がひやっと冷たくなった。

（怒らせた？）

謝る暇も与えられずに両腕を持ち上げられて、万歳の格好をさせられる。頭の上で手首を一つにまとめて拘束され、両手両足の自由を封じ込められた蓮は、唯一の抗議手段を使って叫んだ。

「退《ど》けよ！」

しかし、鏑木は蓮の要望を聞き入れるつもりがないようだ。腰を浮かす素振りもなければ、手を摑んでいる力もいっこうに緩まない。

なにかに取り憑《と》《つ》かれたかのような昏《くら》い熱を孕《はら》んだ双眸と目が合い、こくっと喉が鳴った。

（本気……だ）

その目を見て、軽いお仕置きや、懲らしめるための脅《おど》しじゃないことがわかった。

本気で、このまま自分をどうにかしようとしている……。

ここに来て、鏑木の揺るぎない意志を感じ取り、蓮は色を失った。

いま自分の上に乗っている男は、これまで自分が知っている、どの鏑木とも違う。

包容力があって、おおらかで、大人で、紳士の鏑木じゃない。

まだ恋人同士になる前とも、記憶を失った時とも……違う。

いまだかつて知らなかった——未知の男。

八年以上のつきあいで、公私ともにお互いを知り尽くしているつもりだった。恋人同士になってからは、さらに深い繋がりができ、鏑木に関しては百パーセント理解している気になっていた。

でも違った。

鏑木の中には、まだ自分の知らない鏑木が存在していたのだ……。

未知の鏑木を前にした衝撃に、冷たい汗が毛穴から噴き出し、首の後ろを濡らす。

顔を強ばらせた蓮の首に、鏑木が片手をかけ、そのまま勢いよく引っ張った。ブッブッブッッと音を立て、上から三番目までのボタンが一気に弾け飛ぶ。

「ひっ……」

ボタンを引きちぎられたショックで固まる蓮の下半身から、鏑木が腰を浮かせた。摑んでいた手首を離して蓮の体を裏返す。俯《うつぶ》せになった蓮の両手を後ろ手に組ませたかと思うと、ボタンの取れたシャツを肘のあたりまでぐっと引き下げた。シャツが拘束衣のようになって動けなくなる。縛《いまし》めに抗って上半身を激しく揺すったが、生地が余計に食い込んだだけだった。

やがて背後で、カチャカチャという金属音が聞こえ始める。

（ベルト？）

続けてシュッと引き抜くような音が聞こえ、手首になにかを巻き付けられた。感触からいって、おそらくは鏑木が外したベルトだ。その革のベルトで、手首をぎゅっときつく縛り上げられた。

ざーっと血の気が下がる。

後ろ手に縛られるなんて仕打ちを受けたのは、生まれて初めてだ。

しかもあろうことか、この世で一番の味方であるはずの鏑木に――。

理不尽《ほど》な扱いにカッとなった蓮は、首を後ろに捻って怒鳴った。

「ほ……解けよ！」

「……………」

「解けってば！　馬鹿っ！」

だが鏑木は蓮の命令を無視して、拘束を解く代わりに体を引っ繰り返した。正面を向いた蓮と目が合っても、顔色一つ変えず、シャツの合わせ目に手をかけて左右に引き裂く。残りのボタンが吹き飛び、前が全開になった。

「………ッ」

喉の奥から、声にならない悲鳴が飛び出る。

粗暴な振る舞いが鏑木らしくなくて、実際にされている行為より、その仕打ちにショックを受けた。

鏑木がまるで別人になってしまったように思えて。

「なん……で？」

掠れた声で問いかける。

なんでこんなことをするんだ？　俺が「もうやめればいい」って言ったから？

鏑木の気持ちを試すようなことをしたから？

「…………」

やはり鏑木から答えはなかった。

蓮の露《あらわ》になった肌に熱っぽい眼差しを据えていたかと思うと、不意に手を這わせてくる。手のひらの熱に、蓮はぴくんと震えた。

腹から胸へ、手のひらを滑らせるように撫で上げられて、背筋をむず痒《がゆ》い感覚が這い上がる。

もうずっと抱き合っていなかったから、こんなふうに触れられるのはひさしぶりだ。硬い手のひらの感触に肌がざわざわと反応する。

ほどなく、胸の突起に指先が触れた。先端を転がすように触れられて、びくびくとおののく。奥歯を噛み締め、声が出そうになるのを堪《こら》えたが。

指で乳首を摘まれた刹那、そこからびりっと疼《うず》くような電流が走り――。

「あぁっ」

高い声が口をついて出てしまった。

（くそ！）

悪辣《あくらつ》な指が引き続き、先端をくにゅりと押し潰す。摘まんだ乳頭をくいくいと引っ張り、爪の先で引っ掻いた。そのたびに「んっ」「くっ」と声が漏れてしまうのを、どうしても我慢できない。

鏑木と定期的に抱き合うようになってから、本来男にとって無用のものであるはずのソコは、重要な性感帯に開発されていた。

（……熱い）

手慣れた愛撫に、乳首とその周辺がじわじわと熱を持っていく。柔らかかった乳頭が痼《しこ》って、迫り出してきたのが自分でもわかった。

（馬鹿。なんで……っ）

こんな状況なのに、乳首で感じてしまう自分が許せない。けれど許せない気持ちとは裏腹に、どんどん血液が集まっていく。

「硬くなってきたぞ」

うっすら嘲笑を含んだ声が指摘してくる。

薄々気がついていたことを、言葉でも認知させられて顔が熱くなった。さらに、その硬さを知らしめるように、鏑木の指が乳暈《にゅううん》をゆっくりとなぞる。ぐるりと一周したあとで、勃《た》ち上《あ》がった乳頭を爪の先でぴんっと弾いた。

「ひぁっ」

思わず仰《の》け反《ぞ》る。意図せず前に突き出す形になった胸に鏑木が唇を近づけ、右の突起を口に含んだ。乳頭を舌でざらりと舐められた瞬間、「んっ」と、甘ったるい声が鼻から抜ける。後ろ手に縛られているせいで、体を捩《よじ》ることはできなかった。赤ん坊が乳を吸うようにちゅくちゅくと吸われ、甘嚙みされ、先端の小さなくぼみを舌先でつつかれて、喉奥で必死に声を堪える。

「……っ……っ」

すると、牙城を突き崩そうとするかのように、鏑木がもう片方の乳首を指で捏《こ》ねてきた。口と指で左右を一緒に刺激されて、たまらず口を開く。

「ん……、あっ……」

吐息混じりの声が溢れた。一度崩されてしまえば、二度とは持《も》ち堪《こた》えられない。

「んっ……ぁんっ……」

立て続けに喘《あえ》いだ。

じくじくと痺れるような乳首の疼きが、放射線状に広がっていく。自分の嬌声《きょうせい》にも煽《あお》られ、気がつくと下腹部も同じように熱くなっていた。

胸の愛撫だけで、あっけなく昂《たかぶ》る自分が恥ずかしい。

こんなふうに拘束されて、無理矢理施される愛撫を、心は拒絶しているのに。

なのに体は、ちょっと触られただけであっさり発情して、あまつさえ次の行為を待ちわびている。

いくらひさしぶりだからといっても……他愛なさ過ぎる。

そんな自分が許せず、蓮はきゅっと唇を噛んだ。

エレクトし始めている事実をなんとか隠したかったけれど、目敏い鏑木が見逃がすはずもなく——欲望の兆しを服の上から握り込まれる。

「あっ……」

「ずいぶんと早いな」

唇を横に引いた鏑木が、色悪な笑みを浮かべた。

「胸を弄《いじ》られただけで、もうこんなに硬くして」

意地悪く揶揄《やゆ》され、カッと顔が火を噴く。

「違……うっ」

「違う?」

おもしろがるような声音で反復した鏑木が、布越しに股間を愛撫し始めた。

「ン……ふっ」

指の腹で形をなぞるように擦られ、生地の上から爪で引っ掻かれて、食いしばった歯の隙間から甘い吐息が漏れる。半勃起状態だったペニスが痛いくらいに張り詰めるまで、さほど時は要さなかった。五本の指を使った巧みな愛撫に、じわっと下着が濡れるのを感じる。溢れた蜜がボトムの生地まで染み出て、鏑木にもわかってしまったらしい。

「もうお漏らしか?」

耳殻《じかく》に唇を寄せて囁《ささや》かれ、頰が熱を持った。

物理的な証拠を摑まれてしまっているので否定できない。

情けなくて、恥ずかしくて、泣きそうな蓮に、鏑木が昏い声音で追い打ちをかけてきた。

「こんなに濡れやすくて、ちゃんと女を満足させられるのか?」

「……………っ」

蓮の男としてのプライドを踏みにじるような発言に息を吞む。

それって、ルシアナと結婚した場合のことを当てこすっているのか?

(なんでそんなひどいこと言うんだよ?)

いくら恋人だって、言っていいことと悪いことがある。

涙で潤んだ目で、蓮は底意地の悪い男を睨みつけた。対して鏑木は、蓮に睨まれても痛くも痒くもないと言いたげな、不敵な表情で見返してくる。それどころか、上からねじ伏せるような強い視線で射すくめてきた。まるで、自分のほうが強者だと言わんばかりに。

蓮の知っている鏑木は、人を睥睨《へいげい》したり、威圧するような真似はしなかった。明らかに鏑木のほうが蓮よりすべての面で秀でているが、だからこそ決して力をひけらかすことなく、みずから一段下がって仕えてくれていた。こんなふうに、自分の力を誇示するような真似は鏑木らしくない。

今日の鏑木は明らかにおかしい。酔っているせいかもしれないけれど、アルコールで人格まで変わってしまったみたいだ。

今夜はこれ以上一緒にいたくない。これまで知らなかった鏑木をもう見たくない。

その気持ちに背中を押され、蓮は鏑木に厳しい声で命じた。

「……俺の上から退いて、手首の縛めを解け」

だが鏑木は、蓮の命令に従うつもりは毛頭無いようだ。

「こんな状態で放置されたら、辛いのはおまえだぞ？」

嘲るような笑みを浮かべて、蓮のボトムのボタンを外し、ジリジリとファスナーを下げる。下着を引き下ろすと、八割方勃起したペニスが勢いよく飛び出した。

「アッ……」

非難の声をあげる間もなく、下着ごとボトムを脚から抜かれる。剝き出しになった膝を摑まれ、割り広げられた。

「やめ、ろ……っ」

必死に抗ったが、抵抗の甲斐《かい》もなく、大きく開脚させられてしまう。

薄い叢《くさむら》、先端から蜜を滴らせながら勃ち上がった欲望、きゅうっと萎縮した袋——それらが余すところなく鏑木の視界に晒《さら》された。

「や……だ」

これまでだって何度も見られている。だけど、今日ほど羞恥《しゅうち》を強く感じたことはなかった。

鏑木の熱っぽい眼差しを浴びて、欲望がふるっと震える。まるで期待しているみたいにおののく欲望を、大きな手で握り込まれた。直接感じる手のひらの熱さに、ひくんっと背中がたわむ。

馴染んだ皮膚の硬さと体温。

いつだって、この手に快感を引き出されてきた。身も世もなく喘がされ、乱されてきた。

体が、どうしようもなく、鏑木の愛撫の甘さを覚えてしまっている。

「は……ふっ……」

蓮をすっぽりと包み込んだ手が動き出した。緩く扱《しご》かれただけで痛いくらいに感じる。鏑木もまた、蓮の弱い場所を狙い澄ますように刺激を入れてくる。敏感な裏筋や、カリの下のくびれを指の腹で擦られ、腰がうずうずと揺れた。

「んっ……ん……あっ」

手の中で、みるみる欲望が硬く張り詰めていく。鈴口から溢れて軸を濡らした透明な蜜が、ぬちゅっ、にちゅっと淫猥な水音を立てた。シャフトを扱くのとは別の手で、腫《は》れた袋を握り込まれ、やさしく球を転がすように揉み込まれる。

「ふ……あ……」

右手と左手の強弱を巧みに使い分ける男に、快感を絞り出すみたいに愛撫されて、秒速で射精感が募った。

「はっ……はっ」

呼吸が浅くなり、胸が激しく上下する。

（あ……もう……っ）

出そう――出ちゃう！

そう思った瞬間だった。不意に鏑木が手を離す。

「…………え？」

あと少しというところで、いきなり突き放され、蓮は涙の溜まった両目をパチパチと瞬《しばた》かせた。

「な……なん……で？」

上擦った声で尋ねたが、鏑木は答えを寄越さずに蓮の体を裏返し、俯せの腰を持ち上げる。胸はぴったりとベッドリネンに接して、尻だけを高く突き上げた――エルバが伸びをする時のような体勢を取らされた。剝き出しの尻を左右に割られ、暴かれた恥部に視線を感じて息を吞む。

「…………っ」

一瞬後、ふっと熱い息がかかり、濡れたなにかがぴちゃりと触れる。

「ひ、あっ」

舌⁉

ここを舌で舐められるのは初めてではなかった。だからといって平気だというわけでもない。むしろ経験があるからこそ、その際の死ぬほど恥ずかしかった記憶が蘇ってくる。

「い……やだ」

ベルトで自由を封じられた上半身を揺すって嫌がったが、大きな手が尻をがっしりと摑んでいて、どうすることもできなかった。

むず痒さと居たたまれなさ、恥ずかしさとで、尾《び》てい骨《こつ》のあたりがむずむず、背筋がぞわぞわする。蓮はぎゅっと目を瞑《つぶ》り、羞恥を堪えるために奥歯を食いしばった。

周囲をぬるぬる這い回っていた舌が、頃合いを見計らったかのようにアナルを割って、ぐぐっと体内に入ってくる。

「アアッ」

衝撃に喉から悲鳴が飛び出た。反射的に括約筋を締めたが、鏑木は怯《ひる》まない。迷いのない力強さで、襞を押し開くように舌を進めてきた。

ぬるぬると出し入れされ、〝中〟を唾液でたっぷり濡らされているうちに、さっき中途半端に高められた欲望が、なお一層の熱を孕む。気がつけばいつしかそれは、腹にカリがくっつきそうなほど反り返っていた。その先端から、ぽたっ、ぽたっと滴ったカウパーが、ベッドリネンを濡らす。無意識に腰が揺れ、全身が小刻みに波打った。

完勃起したペニスの根元が痛いくらいにズキズキと疼き、どろどろに熟した官能が、出口を求めて狂おしく渦を巻く。

「んっ……は、あ……」

達《い》きたい。……もう、達きたい。

出したい。一度出してしまいたい。

頭の中は射精欲求一色に塗り潰され、もはやそのことしか考えられなかった。

欲求がピークに達した時、舌がずるっと引き抜かれる。

「………んっ」

突然の喪失感に、アナルがひくひくと収縮した。高めるだけ高めておいて、出し抜けに放り出されて戸惑う。

いつもなら、蓮がなにも言わなくても、鏑木はちゃんと欲しいものを察して与えてくれる。そうやって甘やかされてきた蓮は、自分が現在置かれている状況が理解できず、首を後ろに捻った。膝立ちの鏑木と目が合う。

初めて見るような、征服欲と昏い熱を宿した瞳。その目に向かって訴えた。

早く。達かせて。お願い。

だが鏑木は動こうとはせず、居丈高に問うてきた。

「どうして欲しいんだ？」

「えっ……」

「どうされたいのか、自分の口で言え」

傲慢な物言いに瞠目する。

（自分で？）

なにを求められているかに気がつき、カーッと全身が熱くなった。

鏑木は自分に、声に出して言わせようとしているのだ。

つまり、そのタスクをクリアしないと、このまま放置ということ？

ひどい。なんでそんな意地悪を……？

混乱のままに鏑木を睨みつけたが、肉感的な唇に不遜な笑みが刻まれただけだった。

「言わないと、このままだぞ?」

どうやら根比べするつもりのようだ。

蓮が情けを乞うのを待っている。とことん精神的に屈服させる気だ。そう思うと悔しい。

誰が言うか！

だけど、その間にも、下腹部の疼きはどんどんひどくなる。ペニスもジンジン痺れてきた。手が使えれば自分でさっさと処理するのだが、それもままならない。

この状態で捨ておかれることは、もはや責め苦でしかなかった。

断続的に襲ってくる、突き上げるような疼きに堪えきれず、カラカラに渇いた喉を開く。

「し……して」

屈辱に唇を震わせて乞うたが、鏑木の返答は無情だった。

「なにをどうして欲しいのか、具体的に言え」

（くそっ）

顔をリネンに埋《うず》め、胸の中で罵る。

だったらもういいよ！　と言ってやりたい。どんなにかすっきりするだろう。

けれど、飢えと渇きは一秒ごとに増していく。いまの自分は、水の一滴も与えられずに、干からびる寸前の砂漠の動物だ。

これ以上は、もう我慢できない。

切実な飢えにごくりと喉を鳴らし、蓮は恥ずかしい要求を震えながら発した。

「お……お尻の孔《あな》に……鏑木を入れて」

一度口にしてしまうと羞恥のタガが外れ、次々と生々しい言葉が零れ落ちる。

「ファックしてくれ。すごく太くて硬いので……中を掻き回して」

「……っ」

背後で息を呑む気配がした。ごくりと大きく唾を嚥下《えんげ》する音が響く。続いて衣擦れの音が聞こえた――と思った次の瞬間、尻肉を左右に割り広げられた。剝き出しの窄《すぼ》まりに、すでに張り詰めた亀頭を押し当てられる。灼熱の杭を思わせるその熱さと猛々しさに、蓮はぶるりと身震いした。期待半分、恐れが半分の震えだ。

「いっ……」

狭い肉をめりめりとこじ開けるようにして剛直が押し入ってくる衝撃に、生理的な涙がぶわっと溢れる。どうやらブランクのせいで、自分のソコは固くなってしまっているらしい。鏑木も初めから大きかったので、なおのこと苦しかった。

（痛い……）

痛みで、頭が白く霞《かす》む。それでも、やめて欲しくなかった。やっとしてもらえたのに、ここでまた放り出されたら、おかしくなってしまう。

蓮の痛みを感じ取ってか、躊躇《ためら》いを見せる鏑木に、「続けてっ」と懇願した。

するとと蓮の股間に手が伸びてきて、痛みに萎んでいたペニスを包み込み、ゆっくりと扱き始める。

「……ん……っ」

快感がじわじわと滲《にじ》み出《だ》すにつれて、強ばっていた体から余分な力が抜けていく。衝撃に萎えていた性器も徐々に硬度を取り戻した。

「……は……ふ……」

体が緩み始めたのを覚った鏑木が、ぐっ、ぐっと腰を押し進めてくる。一番太いカリの部分が入ったあとは、一気に最奥《さいおう》まで貫かれた。

「——っ……」

充溢《じゅういつ》のすべてを受け入れた蓮の唇から、吐息が漏れる。

今日の鏑木は、ものすごく熱い。まるで、火で熱した剣のようだ。

火傷《やけど》しそうに熱い鏑木で、〝中〟をみちみちに占拠されている。

ひさしぶりの充足感に瞳を潤ませていると、間髪《かんはつ》を容《い》れずに抽挿《ちゅうそう》が始まった。

突然の揺さぶりに、視界が前後左右にぶれ、喉の奥から高い声が押し出される。

「あっ……あっ……あっ」

いつもは蓮の様子を見て少しずつピッチを上げていくのに……いきなり激しい。ブランクもあってペースが摑めず、蓮は鏑木の荒々しい腰遣いに振り回された。

だが、荒々しく出し入れされ、搔き回されているうちに、忘れていた感覚が戻ってくる。呼吸も合わせられるようになり、快感を追い求めることができるようになった。とりわけ、いつもすごく乱れる場所を擦られると、甘い刺激がぴりっと脳天まで突き抜ける。

「は……あぁ……」

(気持ち……いい)

情熱的な抜き挿しに内襞が蕩《とろ》け、体内の鏑木にさもしく絡みつく。蓮は抽挿に合わせて、ねだりがましく腰を前後に揺らめかせた。

「……いいのか?」

耳殻に舌をねじ込まれながら問われ、こくこくと首を縦に振る。

でも、まだ足りない。もっと鏑木が欲しい。

これではまだ、離れていたブランクを埋められない。

「もっと……もっと」

声に出してリクエストする。すると要望に応えるかのように、ひときわ強く腰を打ちつけられた。ぱんっと大きな音がして、背中が大きくしなる。

「あ、ひっっ」

鏑木の動きがさらにピッチを上げ、苛烈になった。

容赦なく猛々しい雄《オス》で掻き混ぜられ、舌を噛みそうな勢いで揺さぶられる。突きまくられた体の奥が熱く蕩け、そこからどろどろに溶けてしまいそうな錯覚に陥った。

「あっ……んっ……ぁんっ」

頭のあちこちで火花が散り、眼裏《まなうら》が白くスパークする。太股の内側が痙攣《けいれん》する。閉じることのできない唇の端から唾液が滴る。

迫り来る絶頂の予感に、蓮はぶるっと身震いした。

ペースアップした鏑木が、激しく出し入れしつつ、蓮のペニスを扱く。

「んっ……んっ、んっ」

前と後ろを責め立てられた蓮は、ワンストロークごと、尻上がりに頂上まで押し上げられた。エクスタシーの階《きざはし》まで上り詰めて、そこでどんっと弾ける。

山の頂《いただき》から墜落するような感覚に、悲鳴が口をついた。

「あ……あ……あぁ——っ」

極めると同時に、〝中〟がきつく収斂《しゅうれん》し、背後で「くっ……」と低い呻《うめ》き声《ごえ》が聞こえる。精液をぴしゃりと叩きつけられ、最奥が熱く濡れる感覚に、蓮はぶるっと胴震いした。

「……はぁ……はぁ」

いままでで一番濃いセックスの余韻に放心していると、後ろから鏑木がずるっと抜け出す。ごろんと体を裏返された。向かい合った灰褐色の瞳は濡れて艶《つや》めき、達してなお衰えることのない欲情の熾火《おきび》が揺らめいている。

仄暗《ほのぐら》い眼差しで蓮を見下ろしていた鏑木が、掠れた低音で宣言した。

「おまえは俺のものだ」

「…………」

蓮は両目をゆるゆると見開く。

自分が鏑木のものであるのは当たり前で、わざわざ言うまでもないことだ。

なのに、それを口にする鏑木は、あえて言葉にすることで、わずかな不確定要素をも取り除こうとしているように見える。

(……鏑木？)

戸惑っているうちに、両脚を大きく開かれ、まだ充分に雄々しい欲望でずぶりと貫かれた。

「あぁっ……」

「……まだだ」

蓮を串刺しにした鏑木が、ねじ伏せるような強い眼差しで射貫く。

「おまえが誰のものなのか……これからじっくりわからせてやる」

征服欲をさらけ出した宣戦布告に背筋が震えた。

歓喜故か、恐れ故か、自分でもよくわからないおののき。

頭を整理する暇も与えられず、抽挿が始まる。

「あっ……あっ……あ――」

今夜の恋人の言動に拭えない違和感を覚えながらも、蓮は為《な》す術《すべ》もなく、ふたたびの嵐に呑み込まれていった。

VI

「お目覚めですか、レン様」

　ロペスの声が届いた。寝室のカーテンが開かれる音にうっすら目を開けると、明るい日差しが瞳を射る。

朝日の眩しさに、蓮《れん》はパチパチと両目を瞬《しばたた》かせた。

　いつもと変わらない朝。

「…………」

　まだ半分眠っているようなしゃっきりしない頭を枕に乗せ、だるい体を寝台に横たえていた蓮は、意識が覚醒し始めるのと同時に、ふっと目を見開いた。次の瞬間、がばっと起き上がる。

「グォルル」

　蓮の動きに反応して、足許のフットベンチから唸《うな》り声《ごえ》が聞こえた。首を持ち上げたエルバがクアーッとあくびをする。

（……エルバ？　いつの間に？）

　蓮の記憶では、最後にエルバを見たのは寝室に入る前。寝室に入って来ようとしたエルバの鼻先で、鏑木《かぶらぎ》がドアをバタンと閉めて――。

　そのシーンを思い返していた蓮は、流れで重大なことを思い出した。

そうだ。昨夜は鏑木が部屋に来たのだ。

あわてて室内を見回したが、恋人の姿は影も形もない。

「おはようございます」

ワゴンを寝台まで押してきたロペスに声をかけられ、びくっと肩を揺らした。

「昨夜はよくお休みになられましたか?」

毎朝恒例の問いかけに、気まずさを堪《こら》えて、「……うん」と答える。そう長い時間ではないが、かなり深い眠りだったのは本当だ。

「よろしゅうございました」

微笑んだロペスがミルクティーの準備をしている間に、片手をそっとデュベの中へと潜り込ませ、自分の体を確かめる。ちゃんと寝間着の下衣をつけていて、ほっとした。

ロペスに気がつかれないように、さらに下衣の中に手を入れる。昨夜は二人分の体液でベトベトだった肌は、さらりとしていて不快感もなかった。

どうやら自分が意識を失ったあとで、鏑木が体を拭《ふ》いて後始末をしてくれたようだ。ここから見える限りは寝室もきれいに片付いており、昨夜の情事の痕跡は見当たらない。

鏑木が後始末をしてくれていた間、自分はまったく意識がなかった。いま記憶を辿ってもなにも思い出せない。

うっすら覚えているのは、何度目かに達したところまでだ。そこで完全にブラックアウトして、さっきまで一度も意識が戻らなかった。

昨夜の鏑木は一切の容赦がなく、離れていた間のブランクを埋めるかのように、何度も何度も執拗《しつよう》に求めてきた。都合何回達《い》かされたのか、もはや回数すらおぼろだ。

腕の縛《いまし》めは途中で解かれたが、その頃には精も根も尽き果てており、抗う気力も体力もない蓮は鏑木に奪われるがままだった。最後のほうは精液も水のように薄くなり、空イキしていた気がする。

「お目覚めの紅茶でございます」

「ありがとう」

ロペスに差し出されたカップ&ソーサーを受け取って、甘いミルクティーを啜《すす》った。糖分が体に染《し》み渡《わた》り、ぼんやりしていた頭が少しずつ働き始める。回り出した思考の矛先は、自然と昨夜の鏑木に向かった。

(昨夜の鏑木は……本当におかしかった)

いま思えば、部屋に現れた時から変だった。めずらしく酔っていたし、顔つきも暗く、全身から荒んだオーラを発していた。

なにかトラブルがあったのかもしれないけれど、それを自分には打ち明けてくれず――。

そこに自分がルシアナの件で追い打ちをかけて、火に油を注いでしまった。

あんなに激昂した鏑木を見たのは初めてだ。

昨夜の鏑木は、八年以上の密接なつきあいで初めて見る、知らない男のようだった。

自分を抱いたのだって、欲望や愛情よりも、征服欲が先に立っているように思えた。

自分を精神的にも肉体的にも屈服させることが主目的だった気がした。

ずっと意地悪で猛々しく、威圧的で――結局最後まで、やさしい言葉一つかけてくれなかった……。

昨夜の鏑木の振る舞いを思い返すにつれて、眠ることでいったんは凍結されていた苛立ちが、またぞろ復活してくる。

確かに、ルシアナの件は軽はずみだった。それは反省している。反省しているからこそ、正直に話して謝ったのだ。でも、鏑木は許してくれなかった。

ルシアナを侮辱するような物言いをされてついカッとなり、売り言葉に買い言葉で挑発的な発言をしてしまった。

それによって鏑木の地雷を踏んでしまったことに気がついた時には、すでに後の祭りで——。

だけど、いくらなんでも手を縛ってまで強引にするなんて……やり過ぎだ。

なのに——そんな意に染まないセックスに感じてしまった自分も許せない。

いくらひさしぶりだったからって……。

しかも、自分から欲しがってあんな台詞《せりふ》を……。

(でも言わせたのは鏑木だ。無理矢理……言わせられた)

口惜しさにきゅっと唇を噛んでいると、ロペスが「そろそろお支度に取りかかりませんと、間に合わなくなります」と声をかけてきた。普段よりぼんやりしている時間が長いので心配になったようだ。

「わかった……いま起きる」

デュベを捲《めく》って寝台から下りようと片足を床につけた瞬間、尻の奥からなにかがつーっと流れ落ちるのを感じた。

「………っ」

すぐに鏑木の精液だと気がつき、じわっと腋下《えきか》に汗をかく。

(やばい)

体の表面は拭いたが、〝中〟までは処理できなかったのだろう。いつもはちゃんとゴムをするか、生でしてしまった場合も事後にシャワーを浴びるので、朝まで体内に残ることはなかった。

これだけを取っても、やはり昨夜の鏑木はイレギュラーだったのだと実感する。

「いかがなさいました？」

フリーズしている蓮を訝《いぶか》しみ、ロペスが訊いた。

「……なんでもない。ローブを取ってくれ」

ロペスに渡されたローブを羽織って、精液が染み出した下衣を隠す。床に立った蓮は、なに食わぬ顔で浴室に向かった。内股を伝う濡れた感触が気持ち悪かったが、表情に出さないように我慢する。

浴室に入ってドアを閉めたとたん、ローブを剝ぎ取って下衣を脱ぎ去った。上衣も脱いで全裸になり、シャワーブースに歩み寄る。その間も精液は内股を伝い落ち続けた。

ブースのタイルの壁に左手をつき、右手を後ろに回して、尻の間をまさぐる。そこはまだひりひりと熱を孕《はら》み、なにか異物が挟まっているみたいな感覚があった。

あれだけ何度もしたのだから、違和感が残っていても当然かもしれない。

中指を押し込み、搔き出してみたが、指だけでは上手くいかなかった。

シャワーノズルを摑んで水栓《すいせん》を捻《ひね》る。勢いよく飛び出したシャワーを尻に押し当てた。お湯が沁《し》みないところをみると、粘膜が傷ついたり、裂けたりはしていないようだ。

執拗で猛々しく、平常心を失って見えた鏑木だが、最低限の配慮はしていたらしい。

「……っ……まだ？」

搔き出しても、搔き出しても、まだ奥から出てくる。

（どれだけ出したんだよ？）

なんだか自分が、鏑木のフラストレーションの捌《は》け口《ぐち》にされた気がして……滅入った。

昨夜のセックスにすごく感じて何度も達したのは、否定しようのない事実。

だけど明らかに、いつもの「愛情を確かめ合う行為」とは別物だった。鏑木と抱き合って、こんなに後味が悪いのは初めてだ。

やっと指先にぬめりを感じなくなったので、水栓を捻ってシャワーを止める。シャワーノズルを戻そうとして、手首が赤くなっているのに気がついた。左手にも同じく帯状の内出血を認める。ベルトで縛られていた痕だ。

変色した手首を見ているうちに、鏑木に強いられた屈辱と恥辱が蘇ってきて、それまで胸の奥で燻《くすぶ》っていたもやもやした感情が怒りに変わる。

「……くそっ……」

蓮は両手をぎゅっと握り締め、罵声をタイルに吐き出した。

昨日は意識を失ってしまって言えなかったけれど、次会ったら断固として抗議する。

そして、鏑木から謝罪の言葉をもぎ取る。

二度と同じことを繰り返さないと誓わせる。

「……絶対だ」

幸い、手首の内出血はぎりぎりシャツのカフスで隠せたので、ガブリエルや秘書に覚られることはなかった。

とはいえ、ちょっとした弾みで誰かに見られやしないかと気になって落ち着かない。ちょくちょく気が散るせいで、業務に集中できなかった。

そのダメージも加味され、蓮の中で痣《あざ》をつけた張本人への苛立ちは、時間の経過につれて増していった。

電話がきたら必ず文句を言う。業務に支障を来したとクレームをつけてやる。

そう思って帰館後、携帯を手に待ち構えていたが、鏑木からの電話はなかった。メールも届かない。

「……なんだよ？」

深夜零時を過ぎた瞬間、蓮の口からは恨みがましいつぶやきが零れ落ちた。鏑木は、蓮の翌日の業務を慮《おもんぱか》り、日をまたいで連絡してくることはない。つまり今夜はもう電話がないということだ。

二週間ぶりの逢瀬があんな展開になって、最後は蓮の意識がないまま別れたのだ。様子伺いの電話の一本くらい、寄越すのが普通じゃないのか。

あのあと大丈夫だったか？　とか。手首は痕がつかなかったか？　とか。

恋人の様子が気にならないのだろうか。

あれこれ考えるほどに苛立ちが募ったが、蓮も自分からは連絡をしなかった。なんとなく癪《しゃく》だったのだ。あんなふうに好き勝手されて、男としてのプライドを踏みにじられ、しかも感じさせられて……。その上、自分から連絡をしたら、完全に「負け」な気がした。

結局、その夜はふて寝をして——翌日。

一日中、ことあるごとに携帯をチェックしていたが、鏑木からの着信はなし。

待っていないでこちらから連絡すればいいのだと頭ではわかっていたが、もう少しでメールが届くかも、もうちょっとしたら電話がかかってくるかも……と踏ん切りがつかないでいるうちに一日が終わってしまった。

さらに翌日も着信はなかった。

そうなると、蓮のほうもいよいよもって意固地になり、自分からは絶対に連絡できない心持ちになる。

袋小路《ふくろこうじ》に嵌《は》まったみたいに、その日も進展なく日が暮れた。

帰館して一人になった自室のソファで、蓮は手の中の携帯と睨《にら》み合《あ》う。

相変わらず携帯は、ウンともスンとも言わない。ルシアナからのメールもこなくなったので、今日一日、誰からも着信がなかった。現在、このプライベート携帯に電話をかけてくるのはジンくらいだ。

(今日でまる三日……)

いくらなんでもおかしい。海外に出ていて連絡がつかなかった時期は別として、国内にいて三日間完全放置なんて過去なかった。

……ということは、これは故意？　意図的に連絡してこないのか。

鏑木は自分に対して気分を害している？　だから連絡がないのか？

鏑木の怒りのトリガーとして考えられるのはルシアナの件だ。実際にあの夜の鏑木は、蓮が自分たちの関係をルシアナに明かしてしまったことをかなり怒っていた。

——蓮、俺は怒っているんじゃない。がっかりしているんだ。おまえの認識の甘さに。おまえが世間知らずなのはわかっていたが、ここまでとは思わなかった。

冷ややかな声音が耳に還《かえ》ってきて、背筋がひやっとする。

そうはいっても、本気で自分を見捨てることはないと思っていた。

鏑木が自分を嫌いになるなんてあり得ないと、心のどこかで甘く見ていた。

でも、もし本当に見限られたのだとしたら？

遅ればせながらその可能性に思い当たり、鼓動がどくんっと大きく跳ねた。

（まさか……このまま？）

連絡がつかなくなるとか……ないよな？

苦いトラウマが蘇る。側近を辞めた鏑木と、ある日を境に携帯が繋がらなくなった。のちになって、一方的な断絶には理由があったことがわかり、鏑木はちゃんと蓮の元に戻って来てくれはしたが。

それでも、視力を失うほどのショックを受けた体験は、鋭利な疵《きず》として蓮の心に深々と刻み込まれた。

いままた、あの時の衝撃がフラッシュバックしてきて、体温が急激に下がる。

もう二度と、あんな思いをするのは嫌だ。

鏑木を失うのは嫌だ。

もはや、意地なんか張っている場合じゃない。

鏑木の気持ちを確かめよう。

もし怒っているのなら、きちんと会って話をしよう。それにはこちらから連絡することが先決だ。

焦燥に背中を押された蓮は、鏑木のナンバーをタップした。携帯を耳に当てて電話が繋がるのを待ったが、虚しくコール音が鳴り響くだけで鏑木は出ない。

十コールで留守番電話サービスに切り替わったので、ひとまず切ってもう一度かけた。やはりコール音が続く。やがてコール音がぶつっと切れ、音声ガイダンスが流れ出した。

仕方なく、ピーという発信音のあとに吹き込む。

「もしもし？　俺、蓮だけど……話がしたいんだ。このメッセージを聞いたら連絡をください。いつでも構わないから……電話を待ってる」

通話を切り、携帯を手にふーっと息を吐いた。鏑木に電話をしただけなのに、心臓がドキドキしている。

そのあとは、浴室にも、トイレにも、肌身離さず携帯を持ち歩いた。寝台にも持ち込んで、ずっと握り締めていたが、呼び出し音が鳴ることはなかった。我慢できずに、メールでも、さっきのメッセージと同じ内容を送る。

だが鏑木からのレスポンスはなく、まんじりともせず朝を迎えた。

翌朝、主室まで迎えに来たガブリエルが、蓮を一目見るなり、「顔色が悪いが……どうかしたか？」と尋ねてくる。

「……昨夜、本を読んでいて夜更かししてしまったんだ」

あわてて言い訳をした。メンタルの不調がすぐ顔に出てしまうのは、自分の未熟なところだ。

「そうか。読書もいいが、寝不足になるのはいただけない。何事もほどほどに」

「わかっている。心配させてすまない」

素直に謝ってから、ちらっとガブリエルを窺《うかが》い見《み》る。相変わらず申し分のない着こなしに完璧な美貌。いつかの夜は生々しい感情をぶつけてきて蓮を驚かせたが、その後はすっかり以前のクールで隙のないガブリエルに立ち戻っている。

そういえば、ガブリエルの件も、ブルシャを探す件も、棚上げになったままだ。ガブリエルの素性に関しては、鏑木が水面下で探ってくれているし、ブルシャはジャングルに行くことができない現状ではどうしようもない。

さらにもう一つの懸案事項——ルシアナの件。

これだけが唯一、自分でどうにかできる案件だ。

着信拒否されてしまっているけれど、もう一度きちんと話し合いの場を持てるように働きかけるべきなんじゃないだろうか。

（こうなったら、実力行使で直接ルシアナの家まで行ってみるとか）

つらつらと考えを巡らせながらリムジンに乗り込んだところで、ジャケットのポケットの携帯がぶるぶると震えだした。

（鏑木⁉）

あわてて取り出してホーム画面を見る。メール着信のマーク。送信者の名前は——

（ルシアナ⁉）

びっくりして、携帯を取り落としそうになる。ガブリエルの怪訝そうな眼差しから逃れるように、蓮は体の向きを変えた。

かすかに震える手でメールの文面を開く。

【あなたに会って話がしたい。連絡を待っています。ルシアナ】

まるで心を読んだかのようなタイミングで、ルシアナから会いたいと言ってきた。蓮にとっては願ってもない申し出だ。着信拒否を止めて向こうからメールを送ってきたということは、時間をおいたことで、少し気持ちが落ち着いたのだろうか。

聞く耳を持ってもらえるならば、自分と鏑木が現在《いま》の関係に至った経緯を話したい。

ここまで、決して楽な道程ではなかったこと。

様々なリスクを承知の上で、それでも二人で生きていこうと決めたこと。

話をした結果、ルシアナに自分たちの主従を超えた結びつきを受け入れてもらえるかどうかはわからない。

それでもまずは真正面からぶつかって、誠心誠意言葉を尽くそう。

そこから先のことは、成り行き次第だ。

何度かのメールのやりとりの末に、その夜の八時にルシアナと会うこととなった。

急な展開だったが、たまたま夜の七時以降に予定が入っていなかったのが幸いした。蓮としても、話し合いは早いに越したことはない。

ルシアナが会見場所として指定してきたのは、ハヴィーナの中心地《セントロ》にある高級ホテル『エズメラウダ』だった。エストラニオ随一と称されるハイクラスのホテルだ。

エズメラウダの最上階のスイートに、ルシアナは昨日から宿泊しているのだという。家にいると塞ぎ込んでしまうので、気分転換のためにホテルに部屋を取ったようだ。

お互いの屋敷を訪問するとなるとまた大事《おおごと》になるし、街のカフェやレストランで会えば人目につく。話の内容からしても、できれば周囲の目を気にしないでゆっくりと話し込める個室が好ましい。それらの条件を鑑《かんが》みれば、ホテルの部屋という選択はベストかもしれない。

そう考えた蓮はルシアナの提案を受け入れ、ガブリエルに「今夜、エズメラウダでルシアナと会うことになった」と告げた。現実問題として、いまの蓮は、側近代理であるこの男の許可を得ずして身動きが取れないのだ。

「ルシアナとエズメラウダで？」

ガブリエルが驚いたように瞠目《どうもく》した。

「体調を崩して伏せていると聞いていたが……では、元気になったのだな？」

ガブリエルは、ルシアナが体調不良で寝込んでいることは知っているが、なぜそうなったのかという理由までは知らない。蓮も自分が原因であることは、もちろん話していない。

「……うん」

「そうか。きみとデートできるほどに復調したのならばよかった」

冗談めかしてから、どこか安心したような笑みを浮かべ、夜の段取りをつけてくれた。

「デートの邪魔をしてはいけないから、私と秘書は業務が終わり次第にリムジンを降りる。きみはそのままエズメラウダへ向かいたまえ。規定に則《のっと》りボディガードを帯同させるが、ホテルに着いたら彼らはリムジンの中で待たせておいて構わない。黒服のボディガードを引き連れてホテル内を歩いたりしたら、却《かえ》って悪目立ちするからね。エズメラウダならばセキュリティは万全だ。ホテル内に於《お》いて、身辺警護は必要ない」

その言葉どおりに、業務が終わると、ガブリエルは秘書を伴ってリムジンを降りた。残った蓮とボディガード二名は、指定のホテルに向かう。

ホテル・エズメラウダの車寄せにリムジンが滑り込むなり、フロックコートのドアマンがさっと寄ってきて、後部ドアを開けた。

エントランスに降り立った蓮の前に、ダークスーツに身を包んだ中年の男が進み出る。

ルシアナから蓮の来訪を事前に通達されていたらしい支配人が、「ようこそ、いらっしゃいませ。セニョール・シウヴァ」と満面の笑みで出迎えた。蓮自身、このホテルはパーティなどで何度も訪れていて、支配人とも顔馴染《かおなじ》みだ。

「こんばんは」

「どうぞこちらに。お部屋までご案内いたします」

なにも言わずとも心得ている彼が、案内役を買って出てくれる。支配人の先導で、エントランスロビーを横切った。その際、タキシードやドレスの紳士淑女の一群に、見知った顔を数名認める。今夜もバンケットで、セレブ主催のパーティが開かれているらしい。

ほどなくＶＩＰ専用のエレベーターホールに辿り着いた。二人でエレベーターに乗り込み、支配人がカードを取り出して操作盤にかざす。ピッという音が鳴るのを待って、最上階のボタンを押した。エグゼクティブフロアである最上階には、カードを持つ人間しか立ち入れない仕組みになっている。

上昇中も、支配人は一切の無駄口をきかなかった。これから蓮とルシアナが自分のホテルで親密な時間を持つのだとしても、余計な詮索《せんさく》はしないし、それを他言することもないという、彼なりのアピールなのだろう。

会話を交わすことなく最上階に到着して、ゲージから降りた。エレベーターホールから、部屋が連なるフロアに出る前に、もう一カ所ガラスのドアの関門がある。ふたたび支配人が操作盤にカードをかざし、自動ドアを開いた。

「こちらです」

先に歩き出した支配人が、しばらく行って角を曲がり、二十メートルほど直進した突き当たりのドアの前で止まる。右手を上げ、木製のドアをコンコンコンとノックした。ほどなくして、若い女性の声が応じる。

「はい、どなた?」

「支配人でございます。セニョール・シウヴァをご案内いたしました」

ガチャリと内側からドアが開いた。ルシアナが立っている。蓮を見ずに支配人に向かって「案内ありがとう」と告げる。

「なにか御用向きはございますか？」

「いいえ、結構よ」

「かしこまりました。ではセニョリータ、セニョール、どうぞごゆっくりとおくつろぎください。失礼いたします」

一礼した支配人が立ち去り、蓮はルシアナと向き合った。

一週間ぶりの対面となるルシアナは、一目でわかるほどにやつれている。小さな貌《かお》は白さを通り越して青ざめ、目の下はうっすら黒ずんで、明らかに睡眠が足りていないように見えた。例によって純白のドレスに身を包んでいるが、オールホワイトのコーディネイトが、今夜は却って顔色の悪さを際立たせている。

（それに……痩せた？）

もともと細いのに、目の前のルシアナは、記憶の彼女より一回り華奢《きゃしゃ》になっていた。

「…………」

自分が与えたダメージを目の当《ま》たりにして言葉を失う。

とっさになにも言えなくなってしまった蓮に、ルシアナが作ったような痛々しい笑みを浮かべて入室を促した。

「急な呼び出しだったのに、無理をきいてくれてありがとう。入ってちょうだい」

「……お邪魔します」

くるりと身を返して戻っていくルシアナを追って、室内に足を踏み入れる。

エントランススペースを経由して主室に入ると、正面の壁一面は、セントロの夜景が一望できる窓になっていた。広々とした天井の高い空間に、ソファセット、バーカウンター、ライティングデスク、ダイニングテーブルが、それぞれゆとりを持って配置されている。右手の壁のドアは、おそらくベッドルームに続いているのだろう。

さすがに最高級ホテルのスイートらしく、設《しつら》えも豪華で調度品も一流のもので統一されているが、今夜の蓮にはそれらに関心を抱く心の余裕がなかった。

バーカウンターに近づいたルシアナが、「なにか飲む？」と訊いてくる。

「……じゃあ、水を」

「お水ね。……好きな場所に腰かけて」

そう言われて、ソファに腰を下ろした蓮は、ローテーブルに置かれた赤ワインのボトル二本と使用済みのワイングラスに目を止めた。ボトルの片方はすでに空で、残りの一本も半分ほどになっている。グラスの残量は数ミリ。

（これ、全部ルシアナが呑んだのか？）

ワイングラスは一脚で、他にゲストもいないのだから、そう考えるのが妥当だ。とうに成人しているのだし、いくら酒を呑んでも法律的に問題はない。

ないのだが、ボトル一本半を空けた人物とルシアナがどうしても結びつかなかった。清純派の印象が強い彼女が、一人でワインを呑み続ける図がイメージできずにいると、当のルシアナがミネラルウォーターのペットボトルを片手に近づいてきた。蓮の隣に腰掛けて、「どうぞ」と差し出してくる。

「ありがとう」

ペットボトルを受け取った蓮は、キャップを捻ってミネラルウォーターをひとくち飲んだ。その間にルシアナは、赤ワインのボトルを持ち上げ、ワイングラスになみなみと注ぐ。赤い液体で満たされたグラスを掴み取るなり、ぐいっと呷《あお》った。

ワインを味わうというより、手っ取り早く酔うために流し込んでいるような——横目でルシアナの様子を窺い見ていた蓮は、喉元のため息を嚙み殺した。

彼女のキャラクターにそぐわない自棄酒《やけざけ》というワードが脳裏に浮かび、胸がツキッと痛む。

自分のせいだ。

自分がルシアナを、アルコールで疵の痛みを紛らわせざるを得ない精神状態に追い込んでしまった……。

それを思うと胸が苦しい。だからといって、彼女の想《おも》いを受け入れることはできなかった。

傷ついたルシアナをさらに苦しめるとわかっていても、自分の鏑木への想いが揺るぎないことを説明して、理解してもらうしかない。そのために、今夜ここに赴いたのだから——。

カンッ！

不意に耳障《みみざわ》りな音が響く。ローテーブルにワイングラスが乱暴に置かれた音だった。まだ半分以上ワインが残っているグラスから手を離したルシアナが、体の向きを変えて蓮をまっすぐ見る。「レン」と呼ぶルシアナの黒い瞳は、酔いのためか潤んでいた。

「私……やっぱりあなたを諦《あきら》められない」

色のない唇から振り絞るような声が発せられた――かと思うと、いきなり抱きつかれる。

「ルシアナ？」

脊髄反射《せきずいはんしゃ》で引き剝がそうとして、それを察したルシアナに、ぎゅっとしがみつかれた。

「この一週間、ずっとあなたのことを考えていた。あなたの心は私にないのだから、諦めなきゃいけないんだって自分に言い聞かせた。でも……無理だった」

きつくしがみつきながら、切々と訴えてくる。

「あなたが誰を好きでもいいの……お願いよ、レン……」

「ルシアナ……酔っているのか？」

ルシアナの両腕を摑み、蓮は密着している体を離した。潤んだ目を見つめて話しかける。

「もしそうなのだとしたら、別の機会を設けたほうがいい。話し合いは今夜じゃないほうがい……っ」

言葉の途中で唇を塞がれて、蓮は固まった。数秒フリーズしたあとで、唇に唇を押しつけているルシアナをぐいっと引き剝がす。

「駄目だ！」

「いやっ」

叫んで、ふたたび唇を近づけようとするルシアナを、どんっと突き飛ばした。よろめき、ソファに尻餅をついたルシアナが、キッと蓮を睨みつける。次の瞬間、ローテーブルの上のワイングラスをひっ摑み、蓮に向かってバシャッと中身をぶちまけた。

「……っ」

とっさに顔を背けたが、体は避《よ》けきれずに頭からワインを被ってしまう。髪から赤い液体が滴り落ち、首筋、そしてシャツまで濡らした。

「……あっ」

真っ赤に染まったシャツを見つめるルシアナの目が、みるみる見開かれていく。我に返ったかのように息を呑み、口許を手で覆った。

「ご……ごめんなさい。私……なんてことを……」

どうやら酔いが一気に醒めたようだ。青ざめたルシアナがソファから立ち上がり、「ちょっと待っていて！」と叫んで、パウダールームに走った。やがてタオルを手に駆け戻ってきて、蓮の頭を拭く。

「ごめんなさい……ごめんなさい」

泣きそうな声で謝り続けるルシアナからタオルを受け取り、蓮は「大丈夫だから」と宥《なだ》めた。

「私……酔って……どうかしていたの」

「わかっている」

「どうしよう……シャツがワインで染まってしまったわ。取れない……どうしよう」

取り乱した様子で、ルシアナが「どうしよう」を繰り返す。

「大丈夫だから、気にしないで」

落ち着かせようと、蓮は「大丈夫」を繰り返したが、ルシアナの動揺は収まらなかった。涙を浮かべた目でシャツのシミを食い入るように見つめていたが、急に「そうだわ！」と大きな声を出す。

「レン、シャワーを浴びてちょうだい。その間にシャツをランドリーサービスに出すから。ここのスタッフは腕がよくて染み抜きがとても上手なの」

その提案に、蓮は首を横に振った。

「そんな大事にしなくても、このまま帰るから。今夜はもうお開きにしよう。きみが落ち着いた頃に改めて機会を作って話をしよう」

説得の言葉に耳を傾けていたルシアナが、きゅっと顔を歪める。

「怒っているのよね……当たり前だわ。こんなことをして……私」

「いや、怒ってなんかないよ。悪いのは俺なんだから」

蓮は必死に慰めた。

本当に、悪いのは自分だ。

ルシアナはこんな感情的な行動をする女性じゃないのに……。

失恋で傷ついている彼女に、さらなる自己嫌悪という疵を負わせてしまった。

なにをしてもルシアナを苦しめてしまう悪循環に、蓮自身も混乱する。

「きみは悪くないし、怒ってない。本当だ」

ルシアナが蓮の目を見つめて、「だったら、お願いだから言うとおりにして」と訴えてきた。

「下のロビーにはセレブがたくさんいるし、あなたが頭からワインを被った姿で下りたりしたら、どんな噂が立つかわからないわ……」

その言葉で、さっきここに来る前に横切ったロビーの様子が脳裏に浮かぶ。顔見知りの姿を数人見かけた。もし彼らにこの姿を目撃されたら、瞬《また》く間《ま》にＳＮＳで拡散され、ソーシャル界隈《かいわい》のホットトピックスとしてバズるのは間違いない。

そうなったら、ルシアナはますます気に病むだろう。自分のせいだとみずからを責める。

ただでさえ精神的に不安定になっている彼女を、これ以上落ち込ませたくなかった。

ここは差し当たって、彼女の意向に沿うほうがいい。そう判断した蓮は「わかった」とうなずいた。

「シャワーを借りるよ」


パウダールームに一人で入って鏡を見た。

髪と顔はタオルで拭いたのでまだいいが、白いシャツの襟から胸元にかけて、思っていたより広範囲に赤く染まっている。見ようによっては血に見えなくもない。この姿でロビーに下りたら、ちょっとした騒ぎになっていただろう。鏡で自分の姿を見れば、ルシアナが必死に止めたのも理解できた。

濃紺のネクタイを摑んで、くんっと嗅いでみる。赤ワインの匂いがする。これもクリーニングに出す必要があるようだ。

ジャケットを脱ぎ、ネクタイを外し、シャツを脱いだ。ベルトを外してボトムも脱ぐ。

脱いだものを検分した結果、結局すべてにワインがかかって染みになっていた。つまり、どれもランドリー行きだ。

コンコンコンとドアがノックされ、ドアの向こうからルシアナの声が聞こえる。

「レン、どう？」

「シャツだけじゃなくて、スーツにもワインがかかっているみたいだ」

「じゃあそれも一緒に出すわね。クリーニングするものをまとめて置いておいて。あなたがシャワーを浴びている間にランドリーに出しておくから」

「わかった」

ルシアナの希望どおりにランドリー行きの衣類をまとめてバスケットに入れてから、下着と靴下を脱いで、パーティションの奥のバスルームに向かった。バスルームは、バスタブとシャワーブースに別れている。蓮はシャワーブースでワイン臭い髪と体を洗い、よく流した。

バスタオルのストックから一番上の一枚を摑み取り、頭と体を拭きながらパウダールームに戻る。バスケットに入れておいた衣類一式がなくなっていた。ルシアナが回収してランドリーサービスに出してくれたんだろう。

下着をつけてバスローブを羽織り、ドライヤーで髪を乾かす。ある程度乾いたところで、外しておいた指輪を嵌め、ローブの腰紐《こしひも》をぎゅっと縛った。バスローブ姿で女性の前に出るのは気が進まなかったが、仕方がない。

パウダールームから出ると、ルシアナはソファに座り、タンブラーグラスで水を飲んでいた。ローテーブルのワインボトルやグラスは片付けられ、代わりにミネラルウォーターのペットボトルが置かれている。

「ありがとう。さっぱりしたよ」

そう声をかけた蓮に、「よかった」と、ほっとしたようにつぶやいた。

「スーツのジャケットに携帯が入っていたから、ランドリーサービスに出す前に取り出しておいたわ」

ローテーブルの一角に置かれた携帯を指し示すルシアナは、さっきよりもずいぶんと落ち着いて見える。水を飲んで、少し酔いが醒めたのだろうか。

（よかった）

蓮は密かに胸を撫で下ろした。酔いさえ醒めれば、本来自制心が強いルシアナが、感情的になることはないはずだ。

「勝手に触ってしまってごめんなさい」

「いや……助かったよ」

蓮は携帯を手に取り、バスローブのポケットにしまった。ロックがかかっているから、どのみち他人が中を見ることはできない。

「クリーニングは、どれくらいで仕上がるって？」

「仕上がり次第、持って来てくれるという話だったわ。エクスプレスでお願いしたから、最優先でやってくれると思う」

ルシアナはホテルにとって最重要顧客《カスタマー》のはずだ。彼女のたっての頼みなら、なにを置いても一番に仕上げてくれるのは間違いないだろう。

「本当に迷惑をかけてごめんなさい」

居住まいを正したルシアナが、真剣な表情で謝罪してきた。ワインの件だけじゃなく、その前のキスに対する謝罪も含まれているのだろうと推察する。

「大丈夫だよ。気にしないで」

言葉だけでは伝わらない気がして、蓮はルシアナに微笑みかけた。ルシアナもつられたように微笑み返してくる。その顔には安堵の色が浮かんでいた。

「よかったら座って。クリーニングが出来上がってくるまで、珈琲《コーヒー》でも飲んで待っていましょう。いま淹《い》れるわ」

立ち上がったルシアナが、バーカウンターに向かう。入れ替わりに、蓮は肘掛け椅子に腰を下ろした。あえて肘掛け椅子を選んだのは、さっきはルシアナと同じソファに座ったのが敗因だった気がしたからだ。距離が近過ぎた。その点、自分にも隙があった。

カウンターの前に立つ、ルシアナの後ろ姿を目で追う。先程カウンターに向かう際の足取りもしっかりしていたし、カップ&ソーサーを用意する手つきも危なげない。

もう大丈夫だろうと確信した。

ただし今夜は、ランドリーから衣類が戻ってきたら失礼することにしよう。さっきのいまで、ルシアナに鏑木の話をするのは間が悪い。仕切り直したほうがいいだろう。

頭の中でそんなふうに算段しているうちに、どこかでピリリッと電子音が鳴り始めた。一瞬、自分の携帯かと思ったが、鳴っているのはポケットの中の端末ではない。

発信源を探して顔を上げた蓮の視線の先で、ルシアナが、スカートのポケットから携帯を取り出して耳に当てた。

「こんばんは。はい、はい……え?……いま、下のロビーにいらっしゃるの?」

ルシアナが振り返り、携帯を耳から離して「レン」と呼ぶ。

「ロビーに知り合いが来ていて、渡したいものがあるらしいの。五分くらい、会ってきても大丈夫かしら？」

確認されて、「構わないよ」と答えた。どうせランドリー待ちだし、それに本音を言えば、バスローブ姿でルシアナと長時間過ごすのはやや気まずい。二人きりの時間が減るのは、正直有り難かった。

「俺のことは気にしないでいいから」

「そう？」

「五分と言わずにゆっくりしてきて」

「ありがとう」

にっこりと笑ったルシアナが、携帯に「いまから下ります」と告げて通話を切る。ドリップし終わった珈琲のカップを運んできて、蓮の前に置いた。

「すぐに戻るから、これを飲んでいて」

「ありがとう。本当にゆっくりしてきていいよ」

ルシアナがうなずき、寝室に消える。しばらくして、白のリネンのショールを肩にかけ、クラッチバッグを携えて出てきた。

「じゃあ、いってきます」

「いってらっしゃい」

ルシアナがドアに向かって歩き出すのと同時に、コンコンコンコンとノック音が響く。

「まさか……ランドリーじゃないわよね？」

訝しげにひとりごちたルシアナが、ドアに向かって「どなた？」と問いかけた。

「ランドリーサービスです」

男の声が返ってくる。ルシアナが蓮を顧みて、驚きの表情を浮かべた。

「もう仕上がったみたい！」

「本当に速かったね」

蓮も目も丸くする。まさしく特急《エクスプレス》で仕上げてくれたらしい。

「……驚いたわ」

つぶやきながら、ルシアナがドアに向かった。蓮の位置からはドアが死角になっているので、ルシアナの姿がいったん視界から消える。蓮はローテーブルの上の珈琲カップに手を伸ばした。

服さえ戻ってくれば帰宅できる。ルシアナも知り合いと心置きなくおしゃべりができて一石二鳥だ。

ほっと息を吐き、カップを口許に持っていった時だった。

「きゃっ」

聞こえてきたルシアナの悲鳴に、蓮は肩を揺らす。とっさにカップをソーサーに置き、ソファから腰を浮かした。

「ルシアナ？」

立ち上がって壁を回り込むと、ルシアナが開いたドアの前に立ち尽くしている。その後ろ姿に、蓮は「どうした？」と声をかけた。

「…………」

返事はなく、ルシアナは呆然と立《た》ち竦《すく》むばかりだ。フリーズするルシアナの肩越しに、蓮は長身の男の姿を認めた。

がっしりとした筋肉質の体は黒ずくめで髪も黒い。

「あっ」

思わず驚きの声が口から放たれた。

男の顔が予想だにしない――それでいて、よく見知ったものだったからだ。

「か、鏑木⁉」

VII

視界に映る光景が現実であるとは、にわかに信じがたい。そう思っているのは、蓮《れん》の斜め前に呆然と立ち尽くすルシアナも同様であることがわかる。

さっきノックに対してルシアナが「どなた?」と尋ねた時、男の声で「ランドリーサービスです」と返ってきたはずだ。だから当然、ランドリーサービスのスタッフが、クリーニングした蓮の衣類を届けに来たのだと思った。

それが、ドアを開けたら鏑木《かぶらぎ》が立っていた。

なぜ？　どうして？

頭の中でぐるぐると渦巻く疑問符を、我慢できずに口に出す。

「なんで……鏑木がここに……?」

それまではルシアナをまっすぐ見据えていた鏑木が、蓮のほうを見た。刹那《せつな》、つと眉をひそめる。恋人の視線を追って、自分の胸元に目を落とした蓮は、はっと息を呑んだ。

バスローブ姿でルシアナとホテルの部屋に二人きり……。誤解されても仕方がないシチュエーションだ。

焦って「違うんだ!」と叫ぶ。

「これには理由があって!　ルシアナがワインを零……」

「わかっている」

蓮のエクスキューズを遮る鏑木の声音は冷静だった。

（え？　わかっている……ってどういうことだ？）

いよいよ頭が混乱する。その間に鏑木がドアの端を摑み、ぐいっと大きく押し開いた。室内に踏み込んできた鏑木に圧《お》されるように、ルシアナが二歩、三歩とあとずさる。蓮もつられて後ろに下がった。後ずさる二人との距離を、鏑木が大きな歩幅であっという間に詰めてくる。

ルシアナのすぐ手前まで迫った鏑木が、おもむろに彼女の腕を摑んだ。

「いやっ」

ルシアナが悲鳴をあげる。

「離してっ！」

いまだ状況が呑み込めずに鏑木をぼんやり眺めていた蓮は、ルシアナの拒絶の声で我に返った。

さっきは「わかっている」と言ったけれど、やはり鏑木は自分たちのことを誤解しているのか？

嫉妬に駆られてルシアナに乱暴しようとしている？

本当のところはわからなかったが、とにかく、このままではまずいことはわかった。「乱暴はよせ！」と叫んで鏑木に飛びつき、ルシアナの腕を摑んでいる手を引き剝がそうとする。

「手を離せって！」

だが、蓮が全力で手首を引っ張っても、鏑木はびくともしなかった。顔も無表情で、なにを考えているのか窺《うかが》い知《し》ることはできない。

「鏑木！　手を離せ！　はな……っ」

不意に鏑木がこちらを向いた。

「――蓮」

感情の見えない低音で名前を呼ばれ、びくっと震える。

「俺から離れろ」

「で、でもっ」

「ルシアナに乱暴はしない。事情もきちんと説明する。だから俺から離れろ」

「………」

躊躇《ためら》いつつも、蓮はのろのろと手を離した。鏑木の声と表情は落ち着いており、嫉妬で頭に血が上っているようには思えなかったからだ。

ちらっとルシアナのほうを見ると、鏑木とは対照的に、その顔は青ざめていた。ついさっきまでは鏑木の拘束から逃れようとして激しく体を揺すり、腕を前後左右に振っていたのだが、いまは諦《あきら》めたみたいに大人しくなっている。

「くれぐれも……ルシアナに乱暴なことはしないでくれ」

蓮の念押しに、鏑木が首肯した。

思慮深い恋人が、自分の友人におかしな真似をするはずがない。そう自分に言い聞かせ、蓮は指示どおりに鏑木から離れた。

「ソファで話そう」

先に行けというふうに顎《あご》で示され、後ろを気にしながらも、主室のリビングスペースまで戻る。項垂《うなだ》れたルシアナを引き連れ、鏑木があとからついてきた。

どうしようかとちょっと迷ったが、ソファの側面に立つことにする。無人のソファまでルシアナを引っ張ってきた鏑木が、座るように促した。すとんと腰を下ろしたルシアナは、居心地悪げな様子で、膝の上のクラッチバッグをぎゅっと握り締める。

鏑木がその前に立った――かと思うと、出し抜けにルシアナの膝に手を伸ばしてクラッチバッグを摑み取った。

奪われたルシアナが「あっ」と声をあげ、腰を浮かせる。

「なにをするのっ！　返して！」

蓮も驚き、「鏑木！」と非難の声を発した。

だが鏑木は動じることなく、クラッチバッグを取り返そうとするルシアナの手を躱《かわ》す。それどころか、勝手にクラッチバッグを開けて中に手を突っ込んだ。

一連の行動――蛮行と言ってもいいだろう――に唖然とする蓮の前で、鏑木が中から小さな布製の巾着袋を取り出す。巾着の口を結んである紐《ひも》を解《ほど》こうとする鏑木に、ルシアナが縋《すが》りついて、「やめてっ」と叫んだ。

しかし、鏑木はふたたびの懇願を無視すると、袋を逆さにして振る。鏑木の手のひらに、ぼとりと緑色の塊《かたまり》が落ちた。よく見ればそれは、金の石座《マウント》に碧《みどり》の石を抱いた指輪だった。

（シウヴァの指輪⁉）

両目を見開き、鏑木の手のひらに載っている指輪を食い入るように見つめてから、蓮は自分の左手を見る。中指にはちゃんと指輪が嵌《は》まっていた。つい先程シャワーを浴びたあとに、パウダールームで嵌め直したばかりだ。

（じゃあ、あの指輪は？）

再度、鏑木の手の上の指輪に視線を戻す。ここから見比べる限りでは、二つの指輪は同じものに思えた。けれど、そんなわけがない。あれだけの大きさのエメラルドを冠した指輪は世界に二つとないはずだし、シウヴァの指輪は始祖がライティングデスクとペアで作らせた特注品だ。

つまり、どちらかが偽物？

そうであった場合、自分が嵌めている指輪が本物のはず。

辿り着いた結論を真っ向から否定するかのように、鏑木は蓮の左指を指して断じた。

「おまえが嵌めている指輪は偽物だ」

耳を疑い、「えっ？」と聞き返す。

「いまなんて……」

「よく見てみろ。イミテーションだ」

糾弾の声に、あわてて指輪を外した。顔に近づけて、じっくりと観察する。

「……あっ……」

至近距離で検分すれば、確かに石座の彫り物が違った。本物より造作が荒く、意匠の細かい部分も異なっている。さらに石の部分を光に翳《かざ》してみたところ、輝き方がいつもと違った。光の屈折率が、本物のエメラルドとは異なるのかもしれない。

「本物はこっちだ」

鏑木が手のひらのエメラルドの指輪を摘まみ上げて蓮に渡した。二つの指輪を真近で比べれば一目瞭然。台座の彫りの緻密《ちみつ》さがまるで異なり、似て非なる物だということがわかる。

（そういえば……嵌めた時に少し緩くて軽かった）

だが、ルシアナが外で待っているというシチュエーションに焦っていたのもあり、その時の蓮は直感的な違和感を追及しなかった。

指輪の存在がもはや当たり前になっていたために、いちいち本物かどうかを確かめる手間を怠っていた自分に気づかされる。

二つの指輪から視線を上げ、蓮は強ばった顔で立ち尽くしているルシアナを見た。

「……どうして……こんなことを？」

問いかけには答えず、ルシアナはへなへなとソファに座り込む。

鏑木の横に移動した蓮は、どこか放心した面持ちで宙を見つめるルシアナに重ねて問いかけた。

「なんで指輪をすり替えたりしたんだ？」

いまとなっては蓮にもわかっていた。自分がシャワーを浴びている間に、ルシアナがこっそり本物をイミテーションと交換したこと。それどころか、そもそも自分にワインをかけたところからして、指輪をすり替えるためのトラップであったのかもしれないこと。

ルシアナが自分を嵌めようとしたなんて、信じられないし、信じたくない。

でも、手の中にある二つの指輪が、それが真実であることを証明している。自分がシャワーを浴びている間に二つの指輪をすり替えることができたのは、ルシアナだけだった。それに現実問題、さっきルシアナのクラッチバッグの中から本物が出てきた。

単純に考えれば、エメラルドを売りさばくための盗難というのが、一番わかりやすい答えだ。だがルシアナに限ってはは当てはまらない。名門カストロネベス家の令嬢である彼女が、金銭的に困窮しているわけがなかった。

じゃあなんのためにこんなことを？

なぜ手の込んだ芝居を打ち、危険を冒してまで、指輪をすり替えたのか。

「ルシアナ、どういうことなんだ？」

「…………」

「答えてくれ」

訴えかける蓮から顔を背け、ルシアナは頑《かたく》なに唇を引き結び続ける。

「ルシアナ！」

思わず大きな声を出す蓮の隣で、鏑木が静かに問いかけた。

「指輪をすり替えろと頼まれた。――そうだろう？」

（頼まれた？）

「…………」

ルシアナは相変わらず黙秘を続けているが、引き結んだ口角がぴくぴくと引き攣《ひ》っている。

「頼まれたって……誰に？」

ひとりごちるような蓮のつぶやきにも返事はなかった。三十秒ほどの沈黙を置いて、当のルシアナではなく、鏑木が答える。

「――ガブリエル」

「ガブリエル⁉」

思いもかけない名前が出てきて声が裏返った。

鏑木の登場から驚きの連続だったが、とどめを刺された気分だ。

「嘘……だろ？」

喉の奥から掠《かす》れ声《ごえ》を絞り出し、傍《かたわ》らに立つ鏑木を目の端で窺った。その横顔は厳しく引き締まり、冗談や軽口を言うような顔つきじゃない。ごくりと喉を鳴らして、次に正面のルシアナを見る。ルシアナは俯《うつむ》き、スカートの布を両手でぎゅっと摑んでいた。白い手が小刻みに震えている。

鏑木の指摘が間違っているならば、違うと言うはずだ。

否定しないということは……当たり？

ルシアナに指輪をすり替えるように指示したのは、本当にガブリエル？

「どうやら彼女は、自分から話すつもりはないようだ」

ついにルシアナからの釈明を見限ったらしい。鏑木が低音を落とした。

「俺が説明しよう」

「彼女はガブリエルに命じられて、おまえに近づいたんだ」

鏑木の説明は、のっけから蓮に打撃を与えた。

とっさに事態が呑み込めず、「どういうことだ？」と確かめる。一瞬、その目に哀れむような色を浮かべた鏑木が、すぐさま表情を引き締め、逆に聞き返してきた。

「ルシアナをおまえに紹介したのは誰だった？」

水を向けられた蓮は、ルシアナとの初対面のシーンを思い浮かべる。パーティ会場だった。

——ちょうどいい、紹介しよう。今夜のパーティは彼女のエスコート役で参加したんだ。

そう言って、自分にルシアナを紹介してきた美貌の男。

「あっ……」

ガブリエルは、「彼女はすばらしいソプラノ歌手なんだ」「とても努力家でね。ミラノの音楽院でも、師事していた先生にその表現力を絶賛されて」などと敏腕マネージャーさながらに、ルシアナを売り込んできた。

「って……ちょっと待ってくれ」

混乱した蓮は、片手で額を押さえる。眉間《みけん》に皺《しわ》を寄せてしばし思考を巡らせてから、手を離した。眉をひそめたまま、横に立つ鏑木を見やる。視線の先の顔は、変わらず厳しかった。

「……それじゃあ、あの時からすでに？」

「そうだ」

「嘘……」

「残念ながら嘘じゃない。おまえに、ルシアナの携帯番号とメールアドレスを訊くように仕向けたのもガブリエルだった。違うか？」

　言われてみれば確かにそうだ。

　――セニョリータとお近づきになるためには、まずは携帯番号とメールアドレスの交換からだよ、レン。

　ガブリエルがあそこでけしかけなかったら、自分はルシアナに携帯番号とメアドを尋ねたりしなかっただろう。女性に連絡先を訊いたのは、あの夜が初めてだった。

　メールアドレスを交換しなければ、必然的にその後のメールのやりとりもなかったし、ルシアナとメル友になることもなかった。

（一連の流れは、ルシアナとのファーストコンタクトから、仕組まれていたものだったということか？）

　そして、今日に至るまでの脚本《シナリオ》を書き、陰で糸を引いていたのはガブリエル。

　そのことに思い当たり、ぞくりと背筋が震える。鏑木に脅《おど》しをかけて辞職に追い込んだ件で、ガブリエルの怖さはわかっているつもりだったが、まだまだ認識が甘かったようだ。

　罠は一つじゃなかった。あの男は、凄腕の猟師さながら、同時にいくつものトラップを仕掛けていたのだ。

「おそらく、はじめから具体的に指輪を狙っていたわけではないだろう。自分の手駒であるルシアナをおまえに接近させておき、なにかの折に利用するつもりだった」

鏑木の冷静な見解に、「手駒」呼ばわりされたルシアナがぴくっと肩を揺らした。

「ガブリエルの思惑どおり、おまえたちはメールのやりとりをするようになった。おまえがめずらしく彼女を気に入ったことに気がついたガブリエルは、この状況を有効活用する機会を窺っていた。だがその後、おまえの不調により、メールのやりとりは途切れた。せっかくのフラグを回収し損ねて、やつは臍《ほぞ》をかんだに違いない。しかし、おまえの復調によってメールのやりとりが復活したのを知り、今度こそ機を逃さぬよう、ルシアナにおまえを誘惑しろと命じた」

「……誘惑」

思い返してみれば、ルシアナの自分への態度が変わったように感じたのは、彼女が『パラチオ　デ　シウヴァ』に遊びに来て以降だ。

あの時点までは、ルシアナの自分に対する好意に、恋愛成分が含まれているようには感じられなかった。だから油断してしまったというのもある。

それが、ある瞬間から急に変わった。

突然キスをしてきたのも、『パラチオ　デ　シウヴァ』訪問の帰り際だった……。

「ガブリエルとルシアナの仲がどこまで深いものなのかはわからない。だが少なくとも、ガブリエルのために今回のようなリスクを負うくらいには、彼女のほうはあの男に夢中だということだ」

鏑木らしからぬ、やや皮肉めいた物言いを耳に、説明が始まってからも俯いたままのルシアナの頭頂部を見つめる。

ルシアナがやったことは疑いようがない。問題は動機だ。

ルシアナが、こんなにも危ない橋を渡った原動力は、本当にガブリエルへの恋愛感情なのか？

「……ルシアナ……ガブリエルはソフィアの婚約者だってわかっているだろう？」

ふたたび、ルシアナの肩が揺れる。

知らなかったわけがない。ガブリエルとソフィアの婚約は、海外メディアでも取り上げられていたはずだ。ミラノにいたルシアナの耳にも届いただろう。

それに第一――。

「きみはソフィアやアナとも会っているじゃないか」

釈然としない思いで問い詰めると、ルシアナがじわじわと顔を上げた。その表情は、追い詰められた心情を表してか強ばっている。思い詰めたような暗い眼差しをしばらく蓮に向けていたルシアナが、口を開いた。

「……一番愛しているのはきみだって言ってくれたの」

これまで聞いたことのない声音。いつもの鈴の音のごとく透き通った声ではなく、陰りを帯びて湿っている。

「……ルシアナ」

聡明なルシアナが、浮気男の定番のような安っぽい言葉を信じたというのは、理解に苦しむ。

「『パラチオ　デ　シウヴァ』に行ったのは、ソフィアに会って、自分のほうがあの人に相応《ふさわ》しいことを確かめたかったから。そんな私のさもしい思惑を知らない『パラチオ　デ　シウヴァ』の人たちは、とてもあたたかく歓待してくれた。実際に会ってみたら、ソフィアは素敵な大人の女性で、アナは本当に愛らしくて……。疑いなんて微塵《みじん》も抱かず、私に純粋な好意を示してくれる彼女たちと比べて、自分の卑しさを思い知らされただけだった」

ルシアナが自嘲めいた悲しげな微笑みを浮かべる。

「落ち込んでいたら、追い打ちをかけるように、あなたとのつきあいを知った父が結婚話を持ち出してきた。それを知ったガブリエルまで、あなたと結婚しろと言い出して……」

「なんでそんな命令に従ったんだ」

つい苛立った声が出てしまった。ルシアナへの苛立ちというより、あまりにもひどいガブリエルの仕打ちに腹が立ったのだ。

「シウヴァとの婚姻は、もともと父が望んでいたことだった。一度シウヴァからオファーがあったのに、私のミラノ留学と重なって流れてしまったのを、父はとても残念がっていたの。それに、どうせいつかは誰かと結婚しなくてはならないのだったら、相手はあなたがいいと思って……」

「消極的な選択ということ？」

「……ごめんなさい」

ルシアナが硬い表情で謝る。

「でも、きみはガブリエルを愛していたんだろう？」

「愛していたけれど、彼とは結婚できないとわかっていた。もし仮に、あの人がソフィアとの婚約を破棄して私にプロポーズしたとしても、父が許さない。彼は、父が望む家柄を持っていないから……」

そこまでは蓮と目を合わせて淡々と語っていたルシアナが、ふっと視線を外した。

「あの人とミラノで初めて会った時、大天使ガブリエルが地上に舞い降りたかと思った。それほどまでに、彼の姿は私の目に美しく映った……」

在りし日の出会いを眼裏《まなうら》に蘇らせるような、遠い眼差しでつぶやく。

「ルシアナ……でも」

視線を蓮に戻したルシアナが「わかっているわ」と暗い声を出した。

「彼は天使なんかじゃなかった。天使どころか、この世でもっとも悪辣《あくらつ》で残酷な男。彼の本性を知ってからも好きな気持ちを消し去ることはできなかった。……子供の頃から、両親を筆頭に、周りの誰もが、私にカストロネベス家の令嬢としてあるべき姿を求めた。清く、白く、誰に対しても公平で、慈悲深く、純潔であること。私もその期待に応《こた》えたいと思って生きてきた。みんなをがっかりさせたくなかったの。いつしか人々から『ｆｌｏｒ ｂｒａｎｃａ《白い花》』と呼ばれるようになった私を、両親はますます、醜いもの、汚い感情から遠ざけるようになった。純白のベールに覆われた私の世界は、美しかったけれど、同時にどこか空虚だった」

これまで、聖女のような微笑みの奥深くに隠していた本心を語り出したルシアナを、蓮は息を詰めて見つめた。名家の令嬢という重圧《プレッシャー》と戦ってきた彼女の苦悩は、同じ立場に置かれた人間として、他人事《ひとごと》とは思えない。

「だけど故郷から遠く離れたミラノで、ガブリエルと出会って私は変わった。世の中は複雑で、重なり合う幾つもの層から成り立ち、様々な〝色〟が溢れている。人の心だってきれいなだけじゃない。嫉妬、独占欲、愛憎……ガブリエルと会って、彼を愛して、それらの感情を知って、私は生まれて初めて生きていることを実感できた。本当の私は白くなんかない。みんなが思っているような高潔な人間じゃない。『それでいいんだよ』って彼は言ってくれた。そのままでいいんだって。純白じゃなくても、私を愛しているって……」

　誰もがルシアナの容姿から「白」をイメージし、知《し》らず識《し》らずのうちに純潔であることを求めていた。純白のレッテルが、彼女を苦しめているとは思いもせずに……。

　かくいう蓮自身もそうだったかもしれない。ルシアナの人間性を掘り下げようとはせず、一方面からしか見ていなかった。

「だから私、どうしてもあの人のために役に立ちたかったの。オペラを勉強してきて表現力には自信があったし、『純白のベールに包まれたセニョリータ《お嬢さん》』じゃないことを証明したかった。ミッションに入った当初は、なんだか自分が女優になったみたいで、ドキドキしたし興奮もした。彼の脚本どおりに演じて、誉められるとうれしくて……」

　なにかに取《と》り憑《つ》かれたかのように、ルシアナは語り続ける。溜めていたものを一気に吐き出す彼女の述懐に、蓮と鏑木は黙って耳を傾けた。

「でも、あなたと親しくなって、その人柄を知るにつれて、だんだん罪悪感に苦しむようになった。あなたは気持ちがまっすぐで、シウヴァという絶対的な権力に溺れることなく、一人の人間として実直に生きようとしている。私に対しても誠実で、真摯《しんし》だった。私の偽りの告白に対して、あなたは重大な秘密を明かしてくれた。ヴィクトールを愛していること。シウヴァの根幹を揺るがしかねない、そんな大きな秘密を打ち明けてくれたのは、私を友人として信用してくれているからこそ……。あなたの信頼に相応しくない自分が恥ずかしかった。数日間、夜も眠れないほど思い悩んで、自分の限界を覚った。ガブリエルに電話をして『もうこれ以上は私には無理。降りたい』と告げたわ。そうしたら彼は、『わかった。でも最後に一つだけ頼みがある』と……」

「その頼みが、指輪をすり替えること？」

蓮の問いかけに、ルシアナがこくりとうなずく。

「彼の期待を裏切って舞台を降りるのは死ぬほど辛かった。だから、せめてもの罪滅ぼしのつもりで、最後の芝居を引き受けたの……」

そこまで言ったところで唇がわななき、見る間に黒い瞳を涙の膜が覆った。

「ごめん……なさい」

謝罪の言葉を口にした直後、表面張力が爆《は》ぜ、大粒の涙がつーっと頬を伝う。

「レン……ごめんなさいっ」

謝りながら、ルシアナが顔を手で覆った。くぐもった声が指の間から漏れる。

「謝って……済むことじゃないのは……わかっている……けど……私……っ」

あとはもう、喉を引き絞るような嗚咽《おえつ》しか聞こえなくなった。

ガブリエルを愛し、みずから彼の操り人形になったルシアナ。愛する男の演出どおりに演じ、彼の歓心を買おうとして、結果その行為に苦しみ、傷ついた。

「ふっ……あああ……うぅっ……」

そこにはもはや、純白のソプラノの天使はいなかった。

いるのは、繊細な心を持った二十二歳の生身の女性。

愛する男のために嘘をつき、人を偽った——一人の人間。

自分を騙《だま》して大切な指輪を奪おうとしたのだから、彼女に対して怒りの感情が湧いてもいいはずだ。

だけど蓮はルシアナを憎めなかった。むしろ、より人間らしくなったルシアナに親近感すら覚えた。

ルシアナは自分を「まっすぐで誠実」と言ってくれたが、そればかりではないことを、蓮自身が誰よりも一番よく知っている。自分だって、ルシアナと同じだ。

鏑木を愛し、愛されることで知った、嫉妬、猜疑心《さいぎしん》、独占欲。

もっと、もっと愛されたいという際限のない欲望。

クリアなだけじゃない、濁ったり、黒ずんだりしている心の色。

日々、一筋縄ではいかないたくさんの感情を持て余している。どんなに面倒くさくても、煩《わずら》わしくても、それらの感情を抱えて生きていくしかないのだと、最近は思うようになった。

完全にイノセントな人間などいない。

だからこそ人は、自分にないものを、他人に求めるのかもしれない。

人々の「白く、高潔であれ」という過度な期待が、ルシアナにプレッシャーを与えて苦しめていた。

純潔のイメージが強かった反面、深かった闇。

彼女自身でさえ自覚していなかったその闇の存在を、ガブリエルに見抜かれ、利用された。

「ああー……ふあああっ……ああー……」

すべてを明らかにしたことで長い苦しみから解放され、子供のように声をあげて泣きじゃくるルシアナを、蓮は鏑木と共に黙って見守り続けた。そうすることしかできなかった。

気の済むまで泣くことのほか、彼女の心に降り積もった感情の澱《おり》を洗い流す術《すべ》はないとわかっていたからだ。


胸の奥に隠し持っていた秘密や罪悪感、悔恨などの感情をすべて吐き出し、泣き疲れてぐったりとしたルシアナに、鏑木は「今日はもう家に帰ったほうがいい」と告げた。彼女は素直にうなずいた。

蓮と鏑木の二人でパッキングを手伝ったが、作業の間、ルシアナはずっと抜け殻みたいに生気のないうつろな表情をしていた。心ここにあらずといった様子だ。

こんな状態で帰して大丈夫なんだろうかと蓮は心配になったが、「一人でホテルに泊まらせるよりも、家族の許に返したほうが安心だ」という鏑木の意見に、確かにそうかもしれないと思い直す。

フロントに電話をしてタクシーを呼んでもらい、ついでに、パッキングが終わったスーツケースを車寄せまで運んでもらった。その段になっても蓮の衣類はランドリーサービスから戻って来なかったので、鏑木がルシアナをロビーまで送っていくことになった。

「じゃあ、ルシアナ。気をつけて帰って」

なんて声をかけようかと迷った挙げ句に、蓮はそれだけを言った。こうなってしまった以上、「またメールする」とは言えない。

いまの段階では、今後について、ルシアナもまだ答えが出ていないだろう。蓮自身、この先ルシアナとのつきあいをどうするか、考えがまとまっていなかった。

一つわかっているのは、なにも知らなかった頃には戻れないということ。

ルシアナとガブリエルの関係を知ってしまったからには、もう無邪気なメールのやりとりはできない。彼女と距離を置かざるを得ないだろう。

そんなふうに思っていると、ドアの前でルシアナが足を止めて、蓮を振り返った。ぼんやりしていた顔つきが少しずつ引き締まっていき、やがてしっかりと目の焦点が合う。

「もうガブリエルには会わないわ」

きっぱりとした宣言に驚いた。

「頭ではわかっていたの。一緒に過ごす時間の中で、彼の心が私のもとにはないのが伝わってきた。気がつかない振りをしていたけれど、本当はわかっていた」

ルシアナが、寂しげな笑みを浮かべる。

「彼は誰も愛したりしない。かつて愛した人がいたとしても、少なくとも私ではない。でも私にとっては初めての恋で……どうしても諦められなかった」

苦しそうに心情を吐露したルシアナが手を伸ばしてきて、蓮の腕にそっと触れた。

「レン、本当にごめんなさい。あなたの信頼を裏切ってしまった上に、策略に加担してお祖父様《じいさま》の形見の指輪をすり替えようとするなんて……本来なら、警察を呼ばれてもおかしくない罪だわ。なのに、こんな私に情けをかけて、事を荒立てないでくれた」

「ルシアナ……」

「……ありがとう」

次にルシアナは鏑木のほうを向く。

「ヴィクトール……あなたのおかげで最悪の結果を免《まぬか》れた。取り返しのつかない事態になる前に私を止めてくれてありがとう」

礼を言われた鏑木が、気持ちは伝わっているというように首を縦に振った。

それぞれに感謝の念を伝えたルシアナが、ふたたび蓮を見る。

「あなたと会うのも、これで最後にするわ。メールももうしない。携帯番号とアドレスも消去する」

毅然とした面持ちで言い切った。

「ルシアナ？」

びっくりする蓮に、「いままでありがとう。あなたとのメールのやりとりはとても楽しかった。これは本当よ」と微笑む。表情はやわらかいけれど、固い決意が声音から伝わってくる。

ルシアナはもう決めたのだ。ガブリエルに関わるありとあらゆるものを、今夜で断ち切ることを。

いざ腹をくくった時の決断は、女性のほうが潔いのかもしれなかった。

初恋の男と二度と会わないというルシアナの覚悟が揺るぎないことがわかって、蓮もほっとする。

ガブリエルの存在は誰にとっても毒だ。

ルシアナとの繋がりがここで途切れるのだとしても、彼女が自分の初めての女友達であった事実は変わらない。できれば、ルシアナには幸せになって欲しい。そのためには、ガブリエルと完全に決別するに越したことはなかった。

「わかった。こちらこそ、楽しい時間をありがとう」

差し出した右手をルシアナが握る。

「結婚話は父を説得して取り下げてもらうわ。それから、あなたたちのことは誰にも言わないから安心して」

まっすぐに蓮を見つめ、しっかりとした声で請け負った。

「だから……二人で幸せになって」

ルシアナの願いに応えるように、蓮はうなずく。

「私もミラノに戻って一からやり直すわ。恋を失っても、私にはまだ歌がある」

自分に言い聞かせるようにつぶやくルシアナの黒い瞳の奥に、蓮は小さな希望の光を見た。さっきは、初めての恋を失って、憔悴《しょうすい》し、泣き崩れていたけれど、いまの彼女からは迷いを吹っ切ったのちの清々しさを感じ取れる。見えない枷《かせ》から解き放たれたかのようだ。

誰もが愛したカストロネベス家の令嬢――可憐《かれん》な『ｆｌｏｒ《白》 ｂｒａｎｃａ《い花》』はもういない。

けれど、挫折と失恋を知り、心の痛みと引き替えに表現の深みを得た彼女の歌声は、より多くの人々を魅了することだろう。

ルシアナはきっとソプラノ歌手として成功する。そんな予感がした。

「もう会うことはないと思うけれど、遠く離れていても、いつもあなたの幸せを祈っている……レン」

友人との別れに際して、「さようなら」を言いたくなかった蓮は、「俺もきみの幸せを祈っている」と返した。

「ちゃんとタクシーに乗って帰宅したよ」

部屋に戻ってきた鏑木が、サングラスを外しながら報告した。

「ロビーで誰に見られているかわからないからな。最後までは見送れなかったが、タクシーに乗る姿は確認した。――もう彼女は大丈夫だ。さっきの様子だと、二度とガブリエルと連絡を取ることはないだろうし、たとえ向こうからアプローチがあっても応じることはないだろう」

「うん、俺もそう思う。……見送り、ありがとう」

蓮が礼を言ったタイミングでノックが響き、ランドリーサービスから衣類が戻ってきた。

きれいに染《し》み抜《ぬ》きされたシャツに袖を通し、スーツの下衣を穿《は》く。服を身につけた蓮は、やっと心許ない状態から脱却した。

ルシアナがチェックアウトせずに帰宅したから、最長で明日の正午まで部屋を使うことができる。蓮は明日も業務があるので、朝までに帰館しなければならないが、それでもまだ充分、時間は残されていた。

そう考えた蓮は、携帯でロペスに連絡を入れ、「知人と会っていて少し遅くなりそうだから先に休んでいてくれ」と申しつけた。ホテルの駐車場のリムジンに、運転手とボディガードを待たせたままだが、彼らは待機も仕事のうちだ。

「よし」

これでようやく、落ち着いて話ができる。蓮がソファに腰を下ろすと、鏑木はバーカウンターに歩み寄った。

鏑木には訊きたいことが山ほどある。

さっきまではルシアナがいたし、予想外のことが次々と起こってそれどころではなかったが、よくよく考えてみれば、鏑木と二人きりになるのは〝あの夜〟以来だ。

酔った鏑木が、蓮の発言に怒り、無理矢理に体を繋げた――〝あの夜〟。

なにかに取り憑かれたかのような鏑木に、激しく、猛々しく抱かれて意識を失い、翌朝起きたら、もう恋人はいなかった。

その後も携帯に電話すれども連絡がつかず……三日間のブランクを経て、いきなり先般の登場だ。

なぜ、突然ホテルに現れたのか。

いつ、ルシアナとガブリエルの関係に気がついたのか。

どうやって、ガブリエルの企みを知ったのか。

なにもかもが謎だらけ、疑問だらけだった。

「水を飲むか？」

「うん」

鏑木が備え付けの冷蔵庫からミネラルウォーターのペットボトルを取り出し、両手に持ってソファセットに戻って来た。蓮の隣に腰かけ、一本を手渡してくる。

「ありがとう」

キャップを開けて喉を潤し、ふーっと息を吐いた。同じく、ごくごくと喉を鳴らして水を流し込んだ鏑木が、半分ほどになったペットボトルをローテーブルに置く。ほぼ同時に蓮もペットボトルを置き、目と目が合った。

刹那《せつな》、鏑木がやや気まずい表情をする。絡み合った視線を鏑木からすっと外されて、蓮は戸惑った。

（鏑木？）

視線を床に落としたまま、こちらを見ようとしないので、微妙な空気が流れる。

なんだか様子がおかしい。〝あの夜〟も殺伐としたオーラを纏《まと》っていたけれど、再会後、ルシアナと三人でいる間は落ち着いた物腰のいつもの鏑木だったので、やはりあれは酔っていたからなのだと解釈していたのだが。

どうしたんだろう？

どことなくバツが悪そうな鏑木を観察していて、もしかしてと思った。

（〝あの夜〟の振る舞いを気にしているのか？）

そう思ったとたん、蓮も急に背中がむずむずして居たたまれなくなった。自分が鏑木に対して、あられもない台詞を口走ったことを思い出したからだ。

（うわ……やばい）

顔がじわっと熱くなるのを意識して、蓮は頭に浮かんだ淫らな映像や音声を振り払った。

〝あの夜〟のことを思い出して赤面している場合じゃない。きちんと鏑木と話をして、解明しなければならない謎が山積みなのだ。

流れによっては、〝あの夜〟に様子がおかしかった理由についても訊けるかもしれないが、まずはここに至る経緯からだ。

無理矢理頭を切り換えた蓮は、「あ、あのさ」と声を出した。

鏑木が顔を上げてこちらを見る。まだ若干気まずそうではあったが、今度はちゃんと蓮の目を見た。

「鏑木がこの部屋に来るまでの経緯を……訊いてもいいか？」

覗き込むような蓮の視線にじわりと双眸《そうぼう》を細め、うなずく。

「ああ……いまから説明する」

そう請け負ってからも少しの間、どこから話を始めるべきか迷っているのか、鏑木は沈黙していた。ほどなくして整理がついたらしく、口火を切る。

「おまえがルシアナに俺たちの関係を明かしたことを知り、俺は彼女の動向を探り始めた」

「ってことは、『パラチオ　デ　シウヴァ』に来た次の日から？」

「そうだ。俺たちの関係を知った彼女がどう動くのか、見極める必要性を感じたからだ。おまえと違って俺は、ルシアナを心からは信用していなかった。彼女はおまえに振られて泣き、おまえの番号を着信拒否設定にしているという。そのリアクションからは、彼女が失恋で負ったダメージがかなり大きいことが推測された。恋情を拒絶された時、人は思いもかけない行動を取る場合がある。ルシアナもそうだとは思いたくなかったが、失恋の逆恨みでリークに走る可能性も否定できない。ただし、そういった危機感をおまえと共有するのは難しいと考えた。あの夜も、俺が可能性をほのめかしただけで、おまえは『ルシアナはそんな子じゃない！』と声を荒らげた。俺がルシアナを疑っていると知れば、おまえが反発するのは目に見えていた」

　いまとなっては蓮も、裏にガブリエルがいたとわかっているが、あの時点でルシアナの動向を監視すると言われたら、確かに反発していただろう。そんなことを言い出すのはルシアナへの嫉妬心からではないかと、疑心暗鬼に駆られたかもしれない。

「俺はエンゾとミゲルの力を借りて、カストロネベス邸を交代で張った。一日目は動きがなかったが、二日目の夜の九時過ぎ、裏門から人目を避けるようにリムジンが滑り出てきた。後部座席に座っているのは、つばの広い黒の帽子を被り、大ぶりのサングラスをかけた女性」

「………」

「顔を隠して人目を忍ぶように外出する女性に胸騒ぎを覚えた俺は、エンゾとミゲルに引き続き見張り役を頼み、バイクでリムジンを追った。リムジンはセントロに向かい、ホテル・エズメラウダの車寄せに停車。後部座席から降り立った女性は、帽子から靴までオールブラックの装いでまとめていた」

　どうやらリムジンの女性はルシアナのようだが、あえて定番の白ではなく、黒を選んでカムフラージュしたということか。彼女の世間一般のイメージは白で統一されているから、黒ずくめの女性をルシアナだと思う人間は少ないだろう。

「彼女がホテルに入っていくのを見届けて、俺もあとに続いた。帽子とサングラスで顔の半分を隠していても、鼻や唇のフォルムは隠せない。ロビーの支柱の陰に身を潜め、明るい場所で女性を監視した結果、華奢《きゃしゃ》な首のラインやほっそりとした体つきからも、黒ずくめの女性がルシアナであるのは間違いないと思えた。ルシアナと思しき女性は、フロントでチェックインしたのちに、支配人の誘導でＶＩＰ専用のエレベーターホールへと向かっていく」

　ＶＩＰ専用のエレベーターを使われてしまえば、もう追っていけない。はらはらする蓮に、鏑木は「実はな」と切り出した。

「エズメラウダの宿泊部のチーフマネージャーとは、彼がまだドアボーイだった頃からの旧知の仲なんだ。しかも、彼には貸しがあった。一年ほど前に宿泊した折、彼のうっかりミスでダブルブッキングが生じ、いつも利用している部屋に先客が入っていた。ブッキングの相手は海外の要人で、今更部屋を移って欲しいとは言えない。しかもスイートは満室。事情を聞いた俺は、彼の顔を立ててワンランク下の部屋に泊まった。その時の貸しを取り立てるのは気が引けたが、背に腹は代えられない。チーフマネージャーを呼び出し、ルシアナの部屋番号を聞き出した。その際に彼が口にした情報に、俺は愕然《がくぜん》とした」

　ごくっと息を呑み、続きを待つ。

「部屋を取ったのは、ガブリエルだった。ガブリエルとルシアナは、エズメラウダで定期的に逢い引きしていたんだ。二人が男女の仲であるという推論から導き出されるのは、ガブリエルがなんらかの意図を持って、ルシアナをおまえに紹介した可能性だ。おそらく、ルシアナのおまえに対する告白も、ガブリエルの筋書きだろう。そう考えた俺は、ロビーラウンジの一角に陣取り、エントランスを出入りするゲストを見張った。三十分後にガブリエルが現れ、ＶＩＰ専用のエレベーターに消えた。二時間ほどしてガブリエル一人が下りてきて、ホテルから立ち去った。これで、ほぼ二人の仲は決定的だと思われた」

　ソフィアと一緒に暮らす別館から抜け出して、ルシアナと数時間の逢瀬を持っていたというガブリエル。

なにも知らないソフィアがかわいそうで、蓮はぎゅっと奥歯を噛み締めた。

「俺はチーフマネージャーに頼み込み、ルシアナの隣の部屋を取った。その後、カストロネベス邸を張っていたミゲルを呼び寄せ、隣室との境目の壁にコンクリートマイクを仕掛けた。ガブリエルが戻って来るかもしれないと思ったからだ。二人の会話を録音できれば物的な証拠になる。だが翌日の夜——つまり今夜だが、ルシアナの部屋を訪ねてきたのは、思いもよらない人物だった」

「……俺？」

蓮の確認に、鏑木が「そうだ」と首肯する。

「突然のおまえの登場に驚いたが、マイクで拾った二人の会話から、どうやらルシアナが呼び出したらしいことがわかり、成り行きを見守った。そこからの流れはおまえも知ってのとおりだ。ワイン騒動が起こって、おまえがシャワーを使うためにバスルームに入ると、ルシアナは内線でランドリーサービスにクリーニングを頼んだ。一分ほどでスタッフがピックアップにきた。衣類を受け取ったスタッフが下がったあとで、ルシアナは携帯で誰かに電話をかけた。『言われたとおりに指輪をすり替えたわ。いまシャワーを浴びている。……わかったわ。ロビーで受け渡しね。着いたら電話をして』と」

自分がシャワーを浴びている間に、ルシアナとガブリエルの間でそんなやりとりがあったのだ。

「ルシアナの台詞《せりふ》から、エメラルドの指輪を偽物とすり替えたこと、本物を誰かに渡そうとしているのがわかった。これまでの経緯から推定するに、通話の相手はガブリエルで決まりだ。そう思っていると、おまえがバスルームから出てきて、ルシアナの携帯が鳴った。ロビーに着いたというガブリエルからの電話に違いない。ルシアナがロビーに向かう前に、俺は隣室を出て、ランドリーサービスを装いドアをノックした」

　ここでようやく、鏑木の登場までの空白がすべて埋まった。蓮は肺の中の息をふーっと吐き出す。

「……ガブリエルはどうしたんだろう？」

「ルシアナを見送るために一階まで下りた時は、ロビーにその姿は見当たらなかった。約束の時間を過ぎてもルシアナが下りて来ないので、なにかアクシデントがあったと察知して引き揚げたんだろう。あと一歩のところまで迫っていても、リスク回避を優先して深追いをしないのが、実にあいつらしい」

　鏑木の見解に、蓮もうなずいた。引き際の鮮やかさはさすがだ。

　だがすぐに、敵に感心している場合ではないことに気がついた。

「ガブリエルはどうして指輪を狙ったんだ？」

「……それについて考えたんだが」

　鏑木が、思案するように顎を撫でる。

「やつに直接問い質《ただ》せない以上、現段階で推測の域を出ないが、一つの仮定として聞いてくれ。俺がやつならばこうする、という話だ。――翁《おう》の部屋を荒らした際に、室内の数ヶ所に定点カメラを仕掛ける。その上で、わざと部屋のドアを傷つけ、ロペスに異変を悟らせる。ロペスは毎朝館内を見回っているから、必ず異変に気がつく。ロペスから部屋を荒らされたことを知らされれば、おまえがジャングルから舞い戻り、文献の所在を確かめるであろうという読みだ」

「はじめから、それを狙っていたってことか？」

「おそらくな。翁が、家捜しして簡単に見つかるような場所にブルシャの文献を隠すとは、端から考えてなかったんだろう。結果、俺たちはやつのトラップにまんまと引っかかり、地下室に下りた。翌朝、おまえはロペスに荒らされた部屋を片付けるよう命じる。ここまでやつの筋書きどおりに進めば、あとは片付け要員の中の一人が、作業に乗じてカメラを回収するだけだ。ちなみにこのスタッフは、以前精液付きのシーツを盗んだのと同一人物で、ガブリエルに買収されている」

「……っ」

「このスタッフに関しては完全に俺のミスだ。ガブリエルに脅されたあと、辞職に関連する諸般の雑務に忙殺され、犯人特定を失念していた」

険しい顔つきで、みずからの非を認める鏑木に、蓮は首を横に振った。

「いや……鏑木からシーツの件について説明を聞いた時点で、俺が特定すべきだった。目先のことに追われて、後回しにした俺のミスだ」

「身内に嫌疑をかけるのは気が進まない作業だが、近々ロペスの手を借りて、疑わしい人物を洗い出そう。……その案件はひとまず置いて仮定の続きだ。——盗み撮りした動画を観て、ガブリエルは、エメラルドの指輪がブルシャの秘密の鍵を握ることを知った。あの夜、地下室で日記の無事を確認したのち、地上に戻ったところで、指輪の話をしたのを覚えているか？」

そう言われて、蓮は記憶を手繰《たぐ》る。確か、日記に問題がなかったことにほっとして……。

——留守中を狙われたのは痛かったけど、でも地下室を突き止められなくて本当によかった。不幸中の幸いってやつだよな。

——油断は禁物だぞ。

――念には念を入れて、これまで以上に指輪に注意を払え。いいな？

鏑木に釘を刺されて、「わかってるって」と答えた。

――さすがのガブリエルも、この指輪がライティングデスクの鍵になっているなんて考えないだろうけど、仮にもし「指輪を見せてくれ」って言われても当然断るし、あいつの手に渡すようなヘマはしないよ。

「あっ……」

自分の台詞を脳裏に還《かえ》して声を出した蓮に、鏑木が苦々しい表情でうなずく。

「やつにはそれで充分なヒントだった。こうして地下室の存在と、指輪が鍵であることを知ったガブリエルだが、キーである指輪は、おまえが肌身離さず身につけている。そこであいつは、側近代理の立場を利用しておまえの指輪を観察し、記憶を元にイミテーションを造らせた。無論、本物と同等のクオリティは望めないが、一時しのぎの代用品としての品質があればいいという判断だろう。そのイミテーションをルシアナに渡し、一芝居打たせた」

「それが今夜の顚末《てんまつ》？」

「あくまで仮説だがな」

そう鏑木は釘を刺したが、話に矛盾はないし、筋も通っている。蓮も、鏑木が立てた仮説でほぼ間違いないのではないかと思った。

「首尾よく指輪をすり替え、本物を手に入れた暁《あかつき》には、ルシアナを使って一晩おまえをホテルの部屋に足止めさせる算段だったと思われる。その隙に翁の部屋に忍び込み、地下に下りて、ブルシャに関する文献を盗み出す――」

「……危なかった」

今更だが、あのままルシアナがロビーに下りていたらと想像すると、冷や汗が出る。

ガブリエルの計画を未然に防ぐことができて本当によかった。

それもこれも鏑木が、ルシアナの動向を見張り、ホテルの隣室で昼夜を問わず張り込みし続けてくれたおかげだ。

「そもそも俺を側近の座から追い払ったガブリエルの狙いは、俺に代わって側近代理のポジションに就き、おまえの信頼を得ることにあった。俺を失ったダメージにつけ込んでおまえを懐柔し、ブルシャの秘密を聞き出す魂胆だったんだろう。ところが、予想以上におまえのガードが堅かった」

言われてみれば、鏑木を失って心身共に弱り切った自分に、ガブリエルはやさしく言葉をかけ、寄り添う素振りを見せていた。あのままだったら、ずるずるとガブリエルに依存していた可能性もある。それくらい、鏑木を失ったダメージは大きかった。一時期、失明するほどに。

だが、鏑木が戻って来てくれて、自分は光を取り戻した。ガブリエルの正体を知ったことで、依存の危機を未然に防ぐこともできた。

「そこでガブリエルは、自分の代わりにルシアナを近づかせ、色仕掛けで陥落させようとした。しかし、これもまたおまえに拒絶された。さらには、罪の意識に駆られたルシアナが、『もうこれ以上は私には無理。降りたい』と言い出した。内心では舌打ちしたい気分だっただろうが、下手に無理強いをしてルシアナがおまえに寝返っては元も子もない。そこであっさりと『わかった』と応じ、その代わり『最後に一つだけ頼みがある』と交換条件を提示し、最後まで彼女を利用した」

「ルシアナはかわいそうだけど……最終的に、ガブリエルとの別れを自分で決断してくれたことが救いだ」

蓮の言葉に、鏑木も「そうだな」と同意する。

「ルシアナは若くて美しく、非凡な才能も持っている。まだいくらでもやり直しがきく。彼女の今後に関しては、俺はさほど案じていない。それより問題は、俺の存在をガブリエルに知られてしまったことだ」

「あっ……そうか！」

祖父の部屋にカメラが仕掛けられていたと仮定しての話だが、そうだった場合、国外にいるはずの鏑木の姿が映ってしまっている。

動画を観たガブリエルはすべてを悟っただろう。

心因性の蓮の目が治った理由。蓮がいまだに自分に心を許さない理由。

屋敷が寝静まった深夜、鏑木がたびたび蓮の部屋に忍んで来ていること。

それらを承知の上で、ガブリエルは連に対して、なにも気がついていない振りをしていたことになる。

わざと道化師《フール》を装い、水面下で〝ルシアナ〟という謀略を仕込んでいたのだ。

（ガブリエルを欺いているつもりで、その実、さらに上をいかれていたってことか）

悔しいけれど、敵は自分より数段上手だと認めるほかなかった。

「まあ、この件に関しては正直時間の問題だと思っていた。あれほど抜け目ない男を、そうそういつまでも欺き続けられるものでもない」

諦観を帯びた鏑木の独白に「……うん」とうなずく。

ばれてしまったことは仕方がない。

今後は鏑木がついていることを認知されているという前提で、ガブリエルに対処していくしかない。

「明日からだけど、ガブリエルにはどう接すればいいのかな」

蓮の質問に、鏑木が「それだが……」と思案げな顔をした。

「指輪すり替えの計画が失敗した上にルシアナとも連絡がつかないとなれば、なんらかのイレギュラーが起こったことは当然あいつにもわかる。だが、具体的になにがあったかは知りようがない。おまえがどこまで知っているのかを見極めるために、探りを入れてくる可能性が高いが、それに対しては何事もなかったかのように振る舞い、向こうの出方を見るのが得策だ」

「しばらくは様子見ってこと？」

「ああ、そうだ。さすがに企みが露呈し、指輪の略奪に失敗した直近の今夜すぐにガブリエルが動くことはないだろう。明日以降、おまえに探りを入れつつ、ブルシャの文献を手に入れるための次の算段を練るはずだ」

「その出方を待って、俺たちも対策を講じるってことか」

「無論、待っているだけじゃ駄目だ。その間に、できるだけ早くガブリエルの素性を洗い出す」

自身に言い聞かせるような声音でつぶやいた鏑木が、ローテーブルに手を伸ばし、ミネラルウォーターのペットボトルを摑んだ。残っていた半分を喉に流し込み、ふーっと息を吐く。

話が一区切りしたせいか、張り詰めていた空気が少し緩んだのを感じて、蓮も体の緊張を解いた。空のペットボトルをローテーブルに戻した鏑木が、こちらに視線を向けてくる。蓮を見据える双眸は、ふたたび厳しさを取り戻していた。

なにを言われるのかと身構えた直後。

「俺は、おまえがルシアナに俺たちの関係を話してしまったのは軽率だったといまでも思っている」

蓮の中では片が付いたと思っていた案件を持ち出され、ドキッとした。

その言葉で、鏑木はまだ怒りを解いていなかったのだと知る。

だが、それももっともな話だ。

たまたま今回はこういった展開になったけれど、それは結果論でしかない。もしルシアナがガブリエルとただの友人関係で、本当に自分に恋愛感情を抱いて失恋し、その苦しみから逃れるために自分たちの関係を第三者に話してしまったら……。

一般的ではない自分たちの関係は、ゴシップ好きなセレブたちに電光石火で広まっていたはずだ。早晩、シウヴァの当主のスキャンダルはマスコミの知るところとなり、各メディアが大挙して押し寄せ、蓮は業務どころではなくなっていただろう。ソフィアとアナにもきっと迷惑が及んだ。

(本当に軽率だった)

改めて反省した蓮は、神妙な面持ちで詫《わ》びた。

「その件については心から反省している。俺は、シウヴァを揺るがすほどの大きな秘密を抱えることに対して、覚悟が足りていなかった。わかっていたつもりで、事の重大さを自覚していなかった。……本当にごめん」

陳謝ののちに、「もう二度とこんな軽率な真似はしない」と誓う。蓮の謝罪に耳を傾けていた鏑木が、

「わかった」と応じた。

「おまえの謝罪は受け止めた。ここからは俺の番だ」

居住まいを正した鏑木が、蓮を真剣な眼差しで見つめる。

「この間の夜は、おまえが嫌がっているのに、無理矢理体を繋げるような真似をしてすまなかった」

「……鏑木」

びっくりして瞠目《どうもく》する蓮に、苦渋の表情で言葉を継いだ。

「あの夜は酒量が過ぎて抑制が利《き》かなかったせいもあるが……おまえがルシアナに俺たちの秘密を話したことを聞かされ、ただでさえ頭に血が上っていたところに別れをほのめかされて……完全に我を失ってしまった。……すまない」

「それに関しては……俺が悪かったんだ」

謝られた蓮は、戸惑いの声を出す。

「二人の関係を不用意にルシアナに話したりしたから」

「いや、違う」

否定されて「鏑木？」と名前を呼んだ。

「そうじゃない。確かにおまえの行為は軽率だった。だが、あの時の俺は秘密を他言された憤慨よりも、ルシアナに対する嫉妬に囚われていた」

「………っ」

鏑木の口から飛び出した「嫉妬」という単語に息が止まる。呼吸を止めた蓮の視線の先で、鏑木は自責の念からか、顔を歪ませた。

「彼女がおまえに告白して結婚話まで出ていると聞き、そうでなくても穏やかな心境でいられなかったのに、おまえが俺たちの関係を彼女に伝えたと知って、さらに心がざわついた。腹が立ったというより、苛立ちのほうが強かった。それだけ、おまえにとってルシアナは特別な存在なのだと思ったからだ。偉そうにおまえの行為を詰《なじ》り、咎《とが》めながら、胸の中では制御不能の嫉妬の嵐が吹き荒れていた。あの夜の俺は、おまえを自分のものだと証明したかったんだ。おまえを組み伏せた瞬間《とき》、俺を支配していたのは醜い征服欲だった……」

眉根をきつく寄せた鏑木が、「自分でもどうかしていたと思う」と嗄《しゃが》れた低音を落とす。

「独りよがりで、卑劣な行為だったと反省している。謝って済むことではないが、もし許されるのならば、二度とあんなことはしないと誓う。……翌朝早くに目が覚め、死んだように眠っているおまえを見て我に返った。これほどまでにおのれの愚行に打ちのめされたのは、生まれて初めてだった」

反省の弁を口にする鏑木は本当に苦しそうで、見ていて心臓が痛くなる。だが、痛みとは裏腹に、胸の奥からじわじわと滲み出てくるものがあった。

「逃げるように『パラチオ　デ　シウヴァ』を離れ……その後も罪悪感に苛まれ続けた。おまえに連絡して謝らなければと何度も思ったが、実際に電話をする勇気が持てなかった。もし、おまえに拒絶されたらと思うと……」

「鏑木！」

これ以上は我慢できずに、鏑木に抱きつく。いきなり飛びつかれた鏑木が、びくっと身じろいだ。

「……蓮？」

「うれしい！」

首に腕を回してぎゅっと抱きつく蓮の肩を摑み、鏑木が引き剝がす。面食らったような表情で、蓮の顔を覗き込んできた。

「なにがうれしいんだ？」

ぴんときていない恋人に、心情を明かす。

「鏑木がそんなふうに思ってくれたことがだよ」

それでもまだ鏑木は訝《いぶか》しげだ。どうやら、もっと嚙み砕いて説明する必要があるらしい。

「鏑木は大人で、なにがあっても冷静で落ち着いていて、頼りがいがある。そんな鏑木が好きだ。でもその半面、俺ばっかりが一方的に好きで、二人の気持ちの釣り合いが取れていないとも思っていた。俺はどうしても鏑木が他の女の人と楽しそうに話していると焼き餅を焼いてしまうし、ナオミにだって何度も嫉妬して、だから……っ」

「待て」

遮られた蓮は「なに？」と聞き返した。

「ちょうどいい機会だ。俺からもう一つ話しておかなければならないことがある。——実はあの夜、『パラチオ　デ　シウヴァ』に行く前にナオミと会っていたんだ」

「ナオミと？」

最大限まで上がっていたテンションが、すとんと落下する。

「話があると呼び出され……その場で気持ちを打ち明けられた」

「………ッ」

蓮の脳裏に、いつかパーティで見た、二人の姿が浮かんだ。お似合いの美男美女の間には、長い年月をかけて熟成した特別な空気が漂い、傍目からは長年連れ添ったカップルにしか見えなかった。

(ナオミが告白した？)

いつかはその時がくるとわかっていたような気がする。それでも、いざ実際にそうなってみると、動揺は激しかった。

「警察官の同僚からプロポーズされて、生涯のパートナーとして最良の相手なのに、どうしてもイエスと応じられない自分がいると、ナオミは言った。もし、自分との未来に可能性がないならば、俺にこの場ではっきりそう言って欲しいと」

ナオミの告白の内容を明らかにしながら、鏑木の顔がふたたび苦渋を宿す。

「想いを告げられたのはその夜が初めてだが、俺はもうずっと以前から、ナオミの気持ちを知っていた。彼女の自分への好意を承知の上で、明確な意思表示をせずにここまで引っ張ってきた。……そのほうが自分にとって都合がいいからだ」

悔恨の滲む鏑木の低音を耳に、蓮は理解した。

あの夜——鏑木がいつになく荒れていた理由はこれだったのだ。

幼馴染《おさなじ》みで、友人で、許婚でもあるナオミ。

そんな彼女からの告白に、鏑木はどう応《こた》えたのか。

心臓が走り出し、冷たい汗で背中が濡れた。

鏑木の答えを聞くのが怖い。だからといって、このままというのもヘビの生殺しだ。

「そ……それで？」

上擦った声音で確認する。

「なんて……答えたんだ？」

「友人としてはこれ以上なく尊敬しているが、恋愛対象として見ることはできないと言った」

鏑木の返答に、束《つか》の間《ま》絶句した蓮は、次の瞬間、「うそっ」と叫んだ。

「断ったのか⁉」

蓮のリアクションに鏑木が眉をひそめる。

「なにをそんなに驚いているんだ？　俺にはおまえがいる。断るのは当たり前だろう」

あっさり「断って当然」と言われてもまだ、自分が選ばれた実感が湧かなかった。

ナオミは美しいだけでなくクレバーで、鏑木のことを深く理解していて……なにより女性だ。

自分にないものをすべて持っている。

「ナオミを選ぶと思ったか？」

こくりとうなずいた蓮の頭に、鏑木が大きな手を載せた。

「だって……ナオミは俺にないものを全部、持っていて……」

じわりと目を細めた鏑木が、甘い声で「馬鹿」と叱る。

「確かにナオミは美人で有能で勇敢だが、そんな彼女の何十倍……いや、何百倍も、おまえは俺にとって魅力がある。おまえの魅力は他の誰とも比べようがない」

　滅多にもらえない直球な誉め言葉に、胸の奥と目頭が熱くなった。

「図らずも、おまえもルシアナの告白を拒んで俺を選んでくれた。これでおあいこだな」

　蓮の頭をやさしく揺すってから、鏑木がこつんと、額に額をくっつけてくる。至近距離から蓮を見つめて囁《ささや》いた。

「蓮……愛している」

「鏑木！」

　歓喜にくしゃっと相好を崩した蓮は、もう一度恋人の大きな胸に飛び込む。

「俺も……愛してる」

　もはや何度目かわからない愛の告白に、今度こそ恋人は、強く抱き締め返してくれた。


　きつく抱き締めていた腕を解き、鏑木が蓮の顔を見つめる。至近から熱く見つめられて、その〝熱〟が伝播《でんぱ》したみたいに、体がじわじわと火照り始めた。

　大好きな灰褐色の瞳に、自分が映っているのを確認しながら目で訴える。

（キス……）

　キスして欲しい。

前回体を繋げた時のキスは、力でねじ伏せるような強引なものだった。

そうじゃなくて、ああいうのじゃなくて、甘くて蕩《とろ》けるようなキスが欲しい。

無言の訴えを的確に汲《く》み取《と》り、鏑木が顔を近づけてくる。ほどなく唇が覆い被さってきた。上唇と下唇をちゅくっと啄んでから、深く合わせてくる。蓮も鏑木の唇を吸い返して、口を開いた。

その瞬間を待っていたとばかりに、濡れた舌が侵入してくる。待ちわびていたそれに、蓮も自分の舌を絡めた。すぐに大きなうねりに搦《から》め捕《と》られる。

「んっ……んんっ」

鼻から甘い息が漏れ、喉が鳴った。口腔を掻き混ぜられる、クチュクチュという水音が鼓膜に響く。舌の裏筋を舐《な》め上《あ》げられて、ぞくっと背筋が震えた。閉じた目蓋《まぶた》の内側が、じわりと潤む。喉の奥まで攻め入られた蓮は、甘苦しさに鏑木の腕をぎゅっと強く摑んだ。

口の中が鏑木でいっぱいになる。全身の細胞で鏑木を感じる。この感覚がずっと欲しかった。

「ふっ……ぅ、ん」

熱い舌で口腔内を甘く掻き混ぜられて、体から力が抜けていく。硬い体と密着している部分から、とろとろと蕩けていきそうだ。

（溶ける……）

気が遠くなるのを感じていたら、舌が解かれて唇が離れた。銀の糸を引きつつ、名残惜《なごりお》しげに口接を解いた鏑木が、蓮の耳許に掠《かす》れた声で「……ベッドに行こう」と囁く。

鏑木も同じ気持ちだとわかってうれしかった。

一刻も早く、このまま一つになりたい。

望んでいた展開にこくこくとうなずき、ソファから立ち上がろうとして気がついた。

訝しげな問いかけに、蓮は「た、立てない」と答える。全身から力が抜け落ちたみたいになっていて、立ち上がれないのだ。

「どうした？」

（キスで腰が抜けちゃうなんて……）

情けない気分でいると、鏑木がふっと片頬で笑い、体を屈《かが》めてくる。

「首に腕を回せ」

言われたとおり、鏑木の首に両手を回した。

「ちゃんと掴まっていろよ？」

念を押した鏑木が、蓮の体をすくい上げるようにして抱き上げる。いわゆる「お姫様抱っこ」というやつだ。その状態で鏑木が歩き出し、蓮は硬い首にぎゅっとしがみつく。寝室までの距離、成人男子を一人抱きかかえて、足取りがまったくふらつかないのはさすがだ。がっしりとした腕の中でゆらゆら揺れる感覚が郷愁を誘う。子供の頃、遊び疲れてぐったりした蓮を、鏑木はよくこんなふうに抱きかかえて部屋まで運んでくれた。

（肩車やおんぶもしてくれたな……）

当時は、数年後の自分たちがこうなっているなんて想像もしなかった。

それでもすでに、あの頃から、自分にとって鏑木は特別だった。

ジャングルで、樹の上の自分に鏑木が手を差し伸べてきた瞬間から――。

そんなことをぼんやり思い出しているうちに、寝室のドアを片手で開けた鏑木が中に入る。きれいにベッドメイクされたベッドは大きく、優にキングサイズはあった。そのベッドに歩み寄った鏑木が、蓮を寝具の上に下ろす。

起き上がった蓮の唇から、ちゅっとキスを掠め取ったかと思うと、衣類を脱ぎ始めた。

黒いシャツのボタンを全部外して、裾を引き抜く。両腕を抜いたシャツを床に落とした。

現れた裸身は、何度見ても見惚《みと》れてしまう完成度だ。

逞《たくま》しい首。肩から腕にかけての官能的な隆起。鎖骨の下から形よく盛り上がった胸筋。美しく割れた腹筋。男盛りの肉体からは、熟し切った雄の色香が隠しようもなく滲み出ている。

それに比べて……と自分を卑下し、コンプレックスを増幅させるのは、今回は棚上げにする。そんなことで、せっかくの幸せな気分に水を差したくなかった。

次に鏑木は、慣れた手つきで蓮を脱がしにかかる。さっき着たばかりの服をまた脱がされるのは、なんだか変な気分だった。

あっという間にすべての衣類を剝かれて一糸纏《いっしまと》わぬ全裸になった蓮は、自分に向けられた熱っぽい眼差しを持て余し、照れ隠しに訊く。

「俺の体、好き？」

鏑木がわずかに瞠目した。そんなふうに訊かれるとは予想外だったのだろう。蓮自身、自分の口から出た台詞に驚いていた。棚上げにしたつもりでも、根深いコンプレックスは拭い切れていなかったということか。

「…………」

自分で訊いておきながら、素に返って気まずい思いをしていると、鏑木が見開いていた目を細め、ああ……とうなずく。

「若枝のようにしなやかで柔軟性があり、肌はしっとりと手に馴染み、それでいて弾力がある。手足はすらりと長く、体のサイズは抱き締めるのにちょうどいい」

面と向かって誉め言葉を口にされるのが、こんなに気恥ずかしいものだとは思わなかった。

照れくさかったが、素直にうれしくもあった。

「背中の蝶《ちょう》の形の痣《あざ》は、おまえの体の中で特に好きな場所だ」

「……鏑木」

見た目がすべてだとは思わないけれど、気に入ってくれているパーツがあるのは安心する。

「だが、肉体は所詮器でしかない。大切なのは、その器の中にある魂だ」

一転して、舞い上がる蓮を諭すように、鏑木が言った。

「俺はおまえの魂に惚れた。だからもし仮に、この先おまえの肉体が衰えたとしても、気持ちが変わることはない」

（魂……）

鏑木らしい、真摯《しんし》な物言いに胸の奥がじわっとぬくもる。

口先だけでなく、本気でそう思っているのがわかるからだ。

　そうでなければ、ナオミを選んでいたはずだ。ナオミの告白を退けて、あえて自分を選ぶメリットは一つもない。

「鏑木……好き」

　込み上げてきた想いのままに囁くと、鏑木が愛おしげに「蓮……」とつぶやき、覆い被さってきた。ベッドに仰向けに押し倒される。

　片脚を摑まれ、膝の関節の内側にくちづけられた。付け根に向かって唇が移動し始める。時折、やわらかい部分をざらりと舐める舌の感触に、びくんっと腰が跳ねた。

「ふっ……んっ」

　くすぐったくて、もどかしくて、喉から変な声が漏れそうになるのを堪《こら》える。

　内股の皮膚をキスで埋めながら、ゆっくりと脚の付け根まで下りてきた唇が、やにわに蓮のペニスを含んだ。

「あっ」

　熱い粘膜に包まれた衝撃に、高い声が飛び出る。反射的に逃れようとしたが、脚に乗り上げられて腰を押さえつけられてしまい、果たせなかった。

「かぶら……あぁっ」

　いきなり感じる場所をきゅうっと吸われて背中を反らせる。舌で裏筋をつーっと辿られ、シャフトにねっとりと舌を這わされて、背筋にぞくぞくっと快感が走った。舌先でちろちろとカリの際《きわ》を刺激された欲望が、鏑木の口の中でぴくぴくと跳ねる。

「んっ……く、んっ」

能動的なフェラチオという行為に慣れていなかったはじめの頃に比べて、鏑木は格段に上達していると感じた。自分と違って口蓋《こうがい》の奥行きがあるから、すっぽりと包み込まれるとそれだけで気持ちいいし、なんといっても舌遣いが絶妙だ。鏑木の舌は厚みがあるのに、すごく器用に動く。それに強弱の付け方が上手い。いろいろな意味で愛撫にメリハリがあるのだ。

心得た口戯によって、さほど時を置かずに、蓮のペニスはとろとろに蕩け切った。

唇で扱《しご》く一方で、陰嚢《いんのう》を大きな手で揉みしだかれ、先走りが鈴口からつぷっと溢れたのが自分でもわかる。押し出されたカウパーをすかさず舌先で舐め取られ、びくびくと腰が震えた。

(……いい)

あまりの気持ちよさに、頭がぼーっとしてくる。

玉ごと陰嚢まで口の中に含まれ、舌を使ってやさしくしゃぶられて、全身が淫蕩に揺れた。呼吸が浅くなり、薄く開いた唇の端から唾液が滴る。

蓮は無意識のうちに、鏑木の頭に手を伸ばしていた。黒髪に指をくぐらせ、縋《すが》るみたいに頭皮を摑む。

「かぶら……ぎ」

吐息混じりの切ない声で、恋人の名前を呼んだ。

もう、あまり保《も》たない。このままだと口の中で爆発してしまう。鏑木のブロウジョブは、ものすごく気持ちいいけれど、それは駄目だ。出しちゃいけない。

「だ……め……あ……だ……めっ」

譫言《うわごと》のように「だめ」を繰り返す。続けるのが駄目なのか、やめるのが駄目なのか、自分でもだんだんわからなくなってきた。頭が混乱している間にも、体はどんどん熱を上げていく。急激な射精感に眉根を寄せて、蓮は懸命に鏑木の頭を押し戻した。

「で……出る！」

訴えたが、鏑木はびくとも動かない。むしろ早く出せと言わんばかりに、口淫を強めてきた。

「出るっ……からっ」

切羽詰まった声が喉から飛び出す。腰がうねり、もう先端まで〝きている〟のがわかった。

「出ちゃ……あっ……」

大きく膨らんだペニスを唇で引き絞るみたいにきつく扱かれて、我慢できずに最後の抑制を手放す。

「あっ……あぁ――っ」

腰をカクカクと前後させ、とぷっ、とぷっ、とぷっと、断続的に精を吐き出した。

「はあ……はあ」

脱力しつつ目を開くと、涙で歪んだ視界に、尖《とが》った喉仏を上下させる鏑木が映る。蓮は濡れた両目を瞬《しばばた》かせた。

「呑んだ……のか？」

おそるおそる確かめると、鏑木が唇を拭って笑う。

「だいぶ慣れてきた」

「……嘘」

無理をさせているのだと思って心が痛んだが、鏑木は微笑んだまま、手を伸ばしてきて蓮の頬に触れた。

「嘘じゃない。……気持ちよかったか？」

慈愛に満ちた声の問いかけに、こくりと首を縦に振る。

「すごくよかった」

「よし。おまえがよければ俺もいい」

そう言ってうなずく幸せそうな顔を見て、胸がきゅんと甘く締めつけられた。

鏑木の包み込むような笑顔を見るにつけ、尻がむずっとしてくる。

（……俺だって）

鏑木に、自分が味わったのと同じように、気持ちよくなって欲しい。

その気持ちに圧された蓮は、体を起こした。

「蓮？」

ベッドの上に正座をして、あぐらをかく鏑木の股間に顔を寄せる。ベルトを外して下衣の前立てをくつろげ、下着の中からずっしりと重いものを引き出した。

（……大きい）

まだ柔らかいのに、片手に余るほどの重量に圧倒される。しかも、これがさらに大きく、硬く、漲《みなぎ》るのを自分は知っている。想像しただけで、ごくっと喉が鳴った。

「蓮……大丈夫か？」

蓮がなにをしようとしているのかを悟ったらしく、頭上から気遣わしげな声が落ちてくる。「大丈夫だ」と答えて、蓮は顔を寄せた。できるだけ大きく口を開き、熱の塊《かたまり》をゆっくりと少しずつ含んでいく。過去の経験値から、一気に呑み込もうとすると嘔吐《えず》くのがわかっていた。

「んっ、う……、ン……ん」

身構えていても、口いっぱいの異物感に、喉から苦しい声が漏れる。じっとしていても苦しいばかりなので、軸に舌を絡ませた。複雑な血管の隆起に舌を這わせ、ちゅくちゅくと音を立ててシャフトを舐めしゃぶる。張り出たカリの際を舌先で刺激したり、薄い皮膚を甘噛みしたり、歯で引っ掻いたりした。

「……っ」

腕が触れている鏑木の脚が、時折ぴくっ、ぴくっと震える。はっと息を詰めたかと思うと、ふーっと吐いた。口の中の鏑木も、少しずつ張り詰めていく。

（硬くなってきた……）

自分の拙《つたな》い愛撫で、鏑木が反応してくれるのがうれしい。男の場合、快感がなければ反応しない。その点、バロメータとして実に有効だ。

だんだん顎がだるくなってきたが、恋人のリアクションに励まされ、なおのこと熱を入れて奉仕する。唇で輪を作って、圧をかけながら出し入れし、同時に袋を手でマッサージした。どれも蓮がされて気持ちいいと感じる愛撫だ。

「うむっ……ん、ふっ……」

いつしか鏑木の欲望は、いまにも喉をつきそうな大きさに成長していた。舌で舐め回した亀頭から、ぬめりが溢れ、独特のえぐみが口の中に広がる。

(鏑木の味……)

はじめの頃は苦手だったけれど、いまではその味を愛おしいと思うようにまでなった。

「……蓮」

艶《つや》めいた掠れ声が蓮を呼び、大きな手で頭を撫でてくる。額に落ちた前髪を梳《す》く指のやさしさに、蓮はうっとりと目を細めた。髪を弄《まさぐ》られただけで体が熱く火照り、腰の奥がジンジン痺れてくる。

(勃《た》ってきた)

さっき出したばかりなのに、もうエレクトし始めている自分に焦った。奉仕しているこっちが気持ちよくなるなんて、おかしいけれど……。

気がつくと、尻が持ち上がり、左右に揺れてしまっていた。

髪を撫でていた鏑木の手が後ろにスライドして、蓮の尻を摑む。しばらく弾力を楽しむように肉を揉んでいたが、さらに尻のスリットに指を忍ばせてきた。あわいを指の腹で擦られて、びくんっと全身が震える。その弾みで、口から鏑木が抜けそうになった。

あわてて軸の根元を手で摑み、喉の奥まで押し戻した刹那。

「………くっ」

頭上で息を詰める気配がした。口腔内の鏑木がぐぐっと膨らんだかと思うと、いきなり肩を摑まれ、ぐいっと押《お》し退《の》けられる。口からずるっと抜け出た雄《オス》が、釣り上げられた直後の魚のように、蓮の顔の前で勢いよく跳ねた。

「あ……っ」

ぴしゃっと熱い飛沫《ひまつ》がかかり、反射的に目を瞑《つぶ》る。

「…………」

一瞬、なにが起こったのかわからなかった。

じわじわと薄目を開けた蓮の顔を覗き込み、鏑木があわてた様子で「大丈夫か？」と訊いてくる。

「すまない。……抑えが利《き》かなかった」

申し訳なさそうに謝った鏑木に、顔に飛び散った液体を拭われて、やっと事態を把握した。どうやら蓮の口から抜いた瞬間に射精してしまったらしい。

自分でも残滓《ざんし》を拭い、蓮は「大丈夫」と言った。

「それだけ……我慢できないくらいに気持ちよかったってことだろ？」

「ああ……すごくよかった。上手くなったな」

目を細めて、鏑木が認める。

うれしくなった。今日はたくさん誉めてもらえた。いろいろあったけど、いい日だ。

「蓮――こっちに来い」

蓮に向かって、鏑木が両手を広げた。

抗いがたく魅力的な低音で呼ばれ、見えない糸で手繰《たぐ》り寄《よ》せられるようにその胸に飛び込む。硬く張り詰めた胸と胸が触れ合うと同時に、ぎゅっときつく抱き締められ、がんばったご褒美のように頭を撫でられる。

「ものすごく気持ちよかったが……次は、おまえの〝中〟で達《い》きたい」

耳許の甘く掠れた囁きに、じわっと体温が上がった。

「……来て」

顔を上げて囁き返す。どちらからともなく唇が重なり合い、そのままゆっくり押し倒された。啄むようなキスを受けながら、リネンに背中が沈み込む。蓮は片手を伸ばし、恋人の股間に触れた。達したばかりなのに、もう復活し始めている。芯ができつつある屹立を、今度は手のひらで包んで夢中で扱いた。

早く――早く育って欲しい。そうして自分の〝中〟を隙間なくみっしりと充《み》たして欲しい。

願いが通じたかのように、手の中の鏑木がみるみる逞しく育っていく。

先端からカウパーも漏れてきて、手のひらを濡らした。くちゅっ、ぬちゅっと濡れた音が漏れ聞こえるのがエロティックで、ぞくぞくと背中が疼《うず》く。

（これが……いまから自分の〝中〟に入ってくる）

そう思っただけで体がいっそう熱を上げ、下腹部がじくじく疼いた。

「蓮……それ以上は触るな」

苦しそうな声を出して制した鏑木が、蓮の腕を掴んで自分の欲望から引き剝がす。

不服そうな蓮の膝裏を摑んだかと思うと、大きく左右に割り開いた。

「あっ……」

「………っ」

羞恥《しゅうち》に身を竦《すく》める間もなく、めいっぱい開脚させられた。七分勃ちのペニスの奥――きゅっと窄《すぼ》まったアナルに、鏑木が指で触れてくる。

つぷっと小さな刺激を感じ、あっと思った時にはすでに、長い指を半分ほど呑み込まされていた。ぬぷぬぷと音を立てて抜き挿しされる。体内を往き来する硬い異物に眉をひそめ、狭い肉を掻き混ぜられる違和感に耐えた。

「く……ぅっ」

深く繋がるためには、このプロセスは必須だ。

しかしやがて、鏑木の指が蓮の好きなポイントを集中的に責め立て始めると、嬌声《きょうせい》が止まらなくなる。

「あっ……あっ……あぁっ」

あられもないよがり声をあげた蓮は、鏑木の指をきつく締め付け、疼いてどうしようもない腰をうずうずと揺らした。ペニスもいつしか完勃起している。溢れた先走りが、蜂蜜のようにとろとろと腹に滴った。

（い……い）

気持ちいい。すごく……いい。たまらない……。

快感の波にうっとりと浸っていた蓮は、不意に指を引き抜かれて喪失感におののいた。

はっと顔を上げて、欲情に濡れた灰褐色の瞳と目が合う。

「そろそろ……いいか？」

余裕のない表情で同意を求められ、こくこくとうなずいた。それだけじゃ足りない気がして、受け入れやすいように太股《ふともも》の裏を自分で摑む。ひくひくと淫らな収斂《しゅうれん》を繰り返す後孔に猛った充溢《じゅういつ》を押しつけられ、衝撃に備えて奥歯を食いしばった。

「あ……ッ」

先端を含まされ、まるで焼《や》き鏝《ごて》を押しつけられたみたいな灼熱に悲鳴を放つ。獰猛《どうもう》な眼差しで蓮を射貫《いぬ》いたまま、鏑木がその大きさに体を馴染ませるように、ゆっくりと、少しずつ入ってきた。

「ん……う、ン……ん……っ」

用意周到に準備をしてもなお、楽な行為でないことに変わりはなく、じわじわと内部を侵食されていく感覚に喉から苦しい吐息が漏れる。

鏑木はじっくりと時間をかけて、長大な自身を埋め込んでいった。前回が強引だったことを反省してか、今夜の恋人は丁寧かつ慎重だ。

「あ……は……あ……あ」

自分の肉体を限界まで押し開かれ、充たされる——苦しみと紙一重の快感。

これ以上はない、恋人との一体感。

どうにかすべてを呑み込み、腹の中の脈動が発する熱に瞳を潤ませていると、鏑木がご褒美のようなキスをくれる。鏑木のものは残らず自分の中に取り込みたいという貪欲な欲求に駆られ、蓮は口を開いて熱い舌を誘い込んだ。

鏑木もそれに応じ、蓮の口腔を舌で掻き回す。それと同時に、じわっと腰を動かした。

「ん……ふ、んっ」

小刻《じ》みな動きに反応して、脈動を咥《くわ》え込《こ》んだ場所がじくじくと疼き始める。どこかもどかしい刺激に、蓮は焦れた。

「おねが……もっと……」

ちゃんと動いてと乞う前に、鏑木が動き始める。ずるっと引き抜かれ、ぱんっと押し込まれる抽挿《ちゅうそう》に、喉の奥から吐息が漏れた。

「ふ、……あ……うぅ」

回を重ねるごとに激しく、深くなっていく抜き挿しに翻弄され、脳髄《のうずい》がジンジンと痺れる。挿入の痛みに萎えていたペニスも勃ち上がり、弓のようにしなった。先端から蜜が溢れて腹を濡らす。

肉と肉がぶつかり合う鈍く重い音、結合部から漏れる粘ついた水音にも煽られた。

「今日は……すごく奥まで入るな」

鏑木が、感嘆めいたつぶやきを落とす。

それだけ、体が欲しているのかもしれない。

全部、丸ごと、欲しくてたまらない。

「蓮……蓮……」

眉をひそめて自分の名前を呼ぶ――汗に濡れた男らしい貌《かお》を見上げているうちに、狂おしい欲望が体全体に膨らんで、気がつくと蓮はその言葉を発していた。

「来て。……もっと。……奥まで……来てっ」

悲鳴のように叫んだ直後、これでマックスだと思っていた体内の雄がさらに質量を増す。

獣じみた低い唸《うな》り声《ごえ》をあげた鏑木が、蓮の両腕をベッドリネンにきつく押しつけ、手加減を忘れたみたいに激しく奪ってきた。

「あっ、あっ、あぁっ」

剛直を容赦なく突き入れられ、グチャグチャに掻き混ぜられ、とめどなく嬌声が溢れる。骨と肉がぶつかる音がバチバチと響き、汗が飛び散った。二人分の重みに、ベッドがギシギシと軋《きし》む。

野性味を剝き出しにした鏑木の激しさに振り落とされないよう、蓮は逞しい腰に脚を絡ませ、強くしがみついた。

「——はっ……ッ」

最奥《さいおう》まで突き入れられた瞬間、背中が大きく反り、鏑木の腹が白濁で汚れる。

「あぁ——っっ……ッ」

二度目の絶頂にぐったりと弛緩した体を引き起こされ、膝の上に乗せられた。ぴったりと合わさった胸から速い鼓動が伝わってくる。呼吸を整える猶予も与えられず、まだ達していない鏑木が動き出した。尻の丸みを大きな手で鷲掴《わしづか》みにされたかと思うと、達したばかりの弱みを下から突き上げられる。

「あ、んっ」

ずっ、ずっと腹に響くような重たい律動を送り込まれ、さほど間を置かずに欲望が三度《みたび》力を取り戻した。硬い腹筋に擦られたペニスが、快感の涙をはらはらと零す。

「あっ……あっ……あぅっ」

力強い抽挿にじりじりと押し上げられた蓮は、汗でしっとりと湿った筋肉質の背中に爪を立てた。

「んっ、ふ、んっ」

ラストスパートが始まる。体全体を揺さぶられて、悲鳴のような嬌声が迸《ほとばし》った。情熱的なストロークを刻み込まれ、男の上で体をくねらせる。

「は……うっ」

危うくまた一人で達しかけた蓮は、鏑木の首に縋って訴えた。

「……い……一緒に……っ」

一緒に達きたい。今度こそ一緒に……。

「わかった。一緒だな」

もう一度腰を抱え直した鏑木にひときわ強く突き上げられて、体が大きくバウンドした。脳天が痺れるほどの快感に眼裏が白く眩《くら》む。

「あ……あ……い……く――いくっ……っ」

収斂した肉襞《にくひだ》が体内の脈動を締め上げ、くっと低く唸《うな》った鏑木が弾けた。最も深い場所に熱い放埒を浴びせかけられた蓮も、三度目の頂点へと駆け上がる。

思いの丈をぶつけるような恋人の射精はなかなか終わらず、結合部から溢れそうなほど、おびただしい量をたっぷりと注ぎ込まれた。

「あ……あ……あ」

いつまでも尾を引くエクスタシーに、全身がびくびくと痙攣《けいれん》する。

オーガズムの余韻を引き摺りながらじわじわと脱力し、蓮は鏑木にしなだれかかった。頭頂部にキスが落ちてくる。

「俺がおまえにどれだけ魅力を感じているか、これでわかったか?」

甘い声で訊かれ、蓮は痺れた頭でぼんやり考えた。

やがて、抱き合う前の「おまえの魅力は他の誰とも比べようがない」という台詞の続きなのだと気がつく。

「……よくわかった」

そこは認めざるを得ない。その上で「でも」と繋げた。

「もっとわかりたい。鏑木が俺をどう思っているのか、いくらでも知りたい」

ねだる蓮に鏑木が「欲張りだな」と笑った。

この先には、試練の道行きがまだまだ続く。それがわかっているからこそ、束の間のインターバルである今夜だけは、なにもかも忘れてお互いの存在に浸り切りたい。

貪りたい。貪られたい。溺れたい――。

「まだ足りないか？」

問いかけられた蓮は、きっぱり「足りない」と返す。

「俺は鏑木と違って若いから」

挑発的な返答に、鏑木が灰褐色の目を獰猛に光らせた。

「そんな生意気な口をきいていると、あとで後悔する羽目になるぞ」

低く囁いた恋人が、体重をかけてのし掛かってくる。

「……上等」

うっとりつぶやいた蓮は、貴重な二人だけの時間を一秒たりとも無駄にしないために、自分を組み敷く男の逞しい首に両腕を巻きつけた。

POSTSCRIPT

KAORU IWAMOTO

プリンス・オブ・シウヴァシリーズ第五弾『白の純真《イノセント》』をお届けします。

本シリーズも五作目になりましたが、蓮川先生の美麗なイラストを書店頭で見て、思わずこの巻から手に取った方のために、シウヴァシリーズの順番をおさらいさせてください。

『碧《みどり》の王子』↓『青の誘惑《サファイア》』↓『黒の騎士《ナイト》』↓『銀の謀略《たくらみ》』↓『白の純《イノ》真《セント》』（↑いまここ！）になります。タイトルは色縛りになっておりまして、各巻のカラーイメージに合った素敵なイラストを蓮川先生が描き下ろしてくださっていますので、ご興味を持たれた方は既刊もチェックしてみてくださいね。

そして毎回のことですが……今回も厚いです。前回に引き続き、ページ数を更新しました。書き出す前のプロットでは、そこまでのボリュームにはならないと思っていたのですが……甘かった（笑）。読んでくださっている皆様が、読み応えがあるほうが好きと言ってくださるのを祈るばかりです。

さて、物語もいよいよ大詰めです。クライマックス直前の一冊は、タ

ツイッターアカウント：@kaoruiwamoto

イトルの「白」からもおわかりのように、前作から登場したルシアナが主要キャラとしてクローズアップされるお話となりました。彼女が蓮と鏑木にどう関わってくるのかは本編をお読みいただくとして、今巻は謎の男ガブリエルのヴェールに包まれた素顔にも迫っております。私、この人を書く時、つい筆が乗ってしまい、今回も担当さんから「少し表現を抑えめにしてください」と忠告をいただいてしまいました。鏑木と蓮は正当派のキャラなので、王道を書く上での楽しみがあるのですが、ガブリエルはまた別の楽しさがあり……いや、結局どっちも楽しいということで、本当にこのシリーズは私得です（笑）。書きたいものを思う存分に書かせていただけて、作家としてこれ以上の幸せはありません。それもこれも、読んでくださる読者様あってのこと。本当にシリーズを追いかけてくださっている皆様には感謝の念に堪えません。

感謝といえば、蓮川先生。実は今回のテーマカラーが「白」であることは、ずいぶん前から決まっておりました。タイトルに白が入るということは、カバーイラストに「白縛り」が発生してしまうことにほかならないわけです。で、皆様ご存じのとおり、前回は「銀」でした。「銀」と

「白」ってわりと似ていますよね。間に他の色を挟められればよかったのですが構成上そうもいかず……。なので、今回原稿を渡すに当たって、心の中で「蓮川先生、すみません」と謝っておりました。どうやら担当様も同じように思っていらしたようで……ところが！　蓮川先生は、そんな私たちの杞憂を軽々と飛び越え、想像を遥かに超えたスペシャルな「白」のビジュアルをくださいました。毎回同じ言葉で恐縮ですが、素晴らしいイラストを本当にありがとうございます！　皆様もどうか神々しいまでに〝純真な〟カバーイラストをご堪能くださいませ。

さてさて次巻はついにクライマックス（の予定）です。

物語を上手く着地させられるのか、いまからドキドキしておりますが、とにかく精一杯がんばります。どうかお楽しみにお待ちいただけますように。それまで皆様、お元気でお過ごしください。

岩本薫

SHY NOVELS
このたびは小社の作品をお買い上げくださり、ありがとうございます。
下記よりアンケートにご協力お願いいたします。
http://www.bs-garden.com/enquete_form/

白の純真 Prince of Silva

SHY NOVELS343

岩本 薫 著
KAORU IWAMOTO

ファンレターの宛先
〒101-0065 東京都千代田区西神田3-3-9大洋ビル3F
(株)大洋図書 SHY NOVELS編集部
「岩本 薫先生」「蓮川 愛先生」係
皆様のお便りをお待ちしております。

初版第一刷2016年12月14日

発行者 山田章博
発行所 株式会社大洋図書
〒101-0065 東京都千代田区西神田3-3-9大洋ビル
電話 03-3263-2424(代表)
〒101-0065 東京都千代田区西神田3-3-9大洋ビル3F
電話 03-3556-1352(編集)
イラスト 蓮川 愛
デザイン 川谷デザイン
カラー印刷 大日本印刷株式会社
本文印刷 株式会社暁印刷
製本 株式会社暁印刷

ISBN978-4-8130-1311-2